Le cycle des combattantes
Théâtre

7 pièces
par Imago des Framboisiers

1

La Naissance des Bacchantes

2018-2020

Trilogie d'Urcydie, épisode 1

à Pamela Acosta, qui fit sortir de terre Urcydie

Représentée pour la première fois au Théâtre de l'Orme le 14 avril 2018

La naissance des Bacchantes
PERSONNAGES

Personnage	Premier acteur	Acteur dans les films « Les Bacchanides »
BAKKHOS, ou *Dionysos, fils de Sémélé, dieu du vin et de la fête*	Jean-Baptiste Sieuw	Jean-Baptiste Sieuw
AGAVÉ, *reine de Thèbes*	Monica Tracke	Monica Tracke
URCYDIE, *fille d'Agavé, sœur de Penthée*	Pamela Acosta	Sofia Kerezidou
INÔ, *sœur d'Agavé, tante et amie d'enfance d'Urcydie*	Stella Pueyo	Marion Ettviller
RÉGLIS, *bacchante*	Julia Huber	Julia Huber
PENTHÉE, *fils d'Agavé, roi de Thèbes*	Pierre Sacquet	Pierre Sacquet
Les Bacchantes, *en fête, portant le thyrse, et une peau de bête*	MJ Lo, Vigdis Gondinet, Flore Helary, Alice Cambon	Coumba Doucouré, Flore Helary, Emmanuelle Morice, Anaïs d'Alyciade, Daphné Astier, Céline Berthod, Sarah de Jesus, Rita Guérin

Prologue

Au début, musique bachique avec des flûtes. Au milieu les attributs de Bakkhos (thyrse, couronne) sont posés sur son autel. La lumière les isole. Un temps de silence. Des tambours retentissent, et avec eux, trois bacchantes masquées, les mêmes que celles qui jouent les trois personnages féminins. Elles dansent autour des attributs et se frappent les cuisses en rythme. Elles commencent à ponctuer leurs danse de cris.
Bacchante 1. J'appelle Bakkhos, le rugissant !

À chaque réplique, l'oratrice passe au milieu. Les autres continent de se frapper la poitrine.

Bacchante 2. J'appelle Bakkhos, le fils de Sémélé.

Bacchante 3. J'appelle Bakkhos, l'enfant et le maître de Thèbes !

Bakkhos entre lentement et va prendre ses attributs. Sitôt qu'il les a, les tambours et les frappes corporelles cessent. Bakkhos observe le public.

Bakkhos. Je suis Bakkhos, le dieu des plaisirs,
Ma venue fait les Grecs se transir !
Dans le vin, à loisir, ce qu'on boit
Je l'avoue, je le clame, c'est bien moi !
Mon verbe décousu se répand
Quand le verre impromptu redescend.

Je reviens d'un voyage exotique,
J'ai vu l'Inde et le Golfe persique,
Les femmes, grâce à mon sortilège
M'ont suivi pour former mon cortège.
Révoltées, écorchées, décadentes,
On les nomme, à raison, les bacchantes !
Roulement de Percussions.

Les Bacchantes. Évohé !

Bakkhos. Nouveau dieu, je viens dans ma patrie.

Je voulais rencontrer ma fratrie.
Mais hélas ! Ma mère Sémélé
M'a t-on dit, est morte foudroyée !
Et pourquoi ? Parce qu'un vain mortel
Son mari, a souillé son autel !

Les bacchantes vont faire le récit en corps de ce qui suit.

Le roi Zeus, profitant d'une absence
Honora de sa sainte présence
Sémélé, la chanceuse mortelle,
Il se languit, brûla d'amour pour elle.
Mais le mari rentrant, fou de rage,
Désira réparer cet outrage,
Jaloux du roi des dieux, l'imbécile
Profana sa femme trop docile
Commettant sur l'autel de ses dieux
L'inconscient ! Un crime périlleux !

L'une des trois joue Zeus, un autre joue Sémélé et la dernière le mari.
À la fin du récit, les deux foudroyées restent un moment étendues,
jouant les morts.

Mère aurait refusé si mes tantes
Avaient tu leur palabre infamante.

Les trois bacchantes vont prendre les voix de leurs personnages
principaux.

Bacchante 1 (Agavé). Tu refuses à ton mari ta couche ?

Bakkhos. Lui disait Agavé la farouche.

Bacchante 2 (Autonoé/Urcydie). Sémélé, tu le trompes et le quittes ?

Bakkhos. Disait Autonoé.

Inô. Ton mérite
Est bien bas.

Bakkhos. Renchérissait Inô.
Et ma mère, aux tourments infernaux,
Dut faire face seule ! Ô infâme !

Femmes liguées contre une femme !
Mais mon cousin Penthée, sans douleur
Lui causa le dernier déshonneur.
Son tombeau et l'autel de mon père
Délaissés, envahis par le lierre !
Je reviens pour punir leur engeance
Et contre eux consommer ma vengeance.

Grand mouvement parmi les bacchantes. Percussions corporelles.

Pour cela j'ai des moyens tout prêts.
Bacchantes, révélez-moi ces traits.

Les Bacchantes 1 et 2 viennent démasquer la bacchante 3 qui s'arrête net de frapper son corps tandis que les deux autres continuent les percussions corporelles plus lentement.

C'est Inô, fille du vieux Kadmos,
Princesse et tante de Dionysos.
Son esprit à présent m'appartient,
Mon pouvoir tant qu'il faut la maintient.
J'entrevois ses désirs et ses vices
Ses tabous sont pour moi des délices.
Je les sais mais je n'en dirai mot.
Vous verrez ses instincts animaux
Étalés, répandus sur la scène
Exposés, pour faire naître l'obscène.

Je prendrai le masque du bouffon,
Ces mortels n'auront aucun soupçon,
Mon Inô fera ma voix tragique
Me laissant l'ivre danse bachique.
(*Fin des percussions corporelles*)
Dans l'effroi, la trop droite Agavé, *(Elle retire son masque)*
Sans le voir, me livrera Penthée.
Pour sa fille Urcydie, l'innocente *(Elle retire son masque)*
J'en ferai, si je puis, ma bacchante.

(Percussions en régie. Bakkhos sort, Agavé aussi, tenant les masques)

Acte 1 : Ancien sanctuaire de Zeus

(Le décor : L'autel de Dionysos envahi de lierre.)

Scène 1
Inô, Urcydie

(Inô se place face à Urcydie. Les percussions cessent. Lumière.)

Inô. C'est ici, Urcydie, qu'on enterra ta tante, Sémélé. Zeus la foudroya avec son mari tandis qu'elle accomplissait le devoir conjugal sur son autel sacré.

Urcydie. Mais mon frère, le roi Penthée, a défendu qu'on approche de cet autel.

Inô. Ce que ton frère ignore – que les dieux le protègent! - c'est que Sémélé était enceinte de Zeus, le roi des dieux, le maître du ciel. Il a recueilli son fils dans sa cuisse, achevant sa gestation ! Un dieu est né de sa cuisse, et ce dieu, c'est Bakkhos !

Urcydie. Mon cousin est un dieu et mon frère est un roi. Mais moi, qui suis-je ?

Inô. Tu es Urcydie, la fille d'Agavé, la princesse de Thèbes. Tu es semblable à Sémélé , et de corps et d'esprit. Tu possèdes sa beauté, qui charma Zeus. Tu possèdes aussi son caractère fort et déterminé.

Urcydie. Fort et déterminé ? Si elle a cédé à son mari jaloux pour profaner l'autel de Zeus, son caractère était faible.

Inô. Hélas, ta mère, notre sœur et moi-même l'avons rappelée au devoir conjugal.

Urcydie. Je n'aurais pas cédé, je suis bien différente.

Inô. Et comme tu aurais eu raison, Urcydie !

Urcydie. Que veux-tu de moi, Inô ? Pourquoi m'as-tu amené dans ce lieu défendu ? Maman sera furieuse.

Inô. Je suis venue ici pour te rappeler ta tante, à qui tu ressembles tant, et te convaincre de faire un sacrifice à Bakkhos, de reconnaître son culte pour calmer sa colère. J'ai amené cette amphore de vin, nous devons en verser la moitié sur l'autel et en partager le reste entre nous.

Urcydie. C'est un étrange dieu, qui veut que l'on soit soûl.

Inô. Nous devons nous plier au rituel, Urcydie. Sans cela la colère de ce dieu pourrait s'abattre sur Thèbes et ce dieu punit terriblement ceux qui ne le reconnaissent pas.

Urcydie. Il en veut donc à notre famille ?

Inô. À ta mère, à Autonoé et à moi. Aujourd'hui nous encourrons la colère de Bakkhos. Et ton frère surtout, qui ne reconnaît pas ce dieu et défend qu'on fleure la tombe de Sémélé, court un grave danger.

Urcydie. Qu'il soit foudroyé par Zeus lui aussi, cela me va bien.

Inô. Urcydie, peux-tu souhaiter pareil sort à ton frère ?
(Pas de réponse)
C'est terrible, ce que tu dis Urcydie. Pourquoi lui vouloir tant de mal ? Tu l'aimais pourtant !
(Pas de réponse)
Nous jouions ensemble quand tu étais petite. Rappelle-toi. Je construisais des abris pour vous, nous nous disions tout. Dès que vous le pouviez, vous partiez tous les deux. Vous me laissiez toute seule. Tu te souviens ? Je vous cherchais, vous étiez en train de vous battre. Penthée n'aimait pas perdre. Tu l'embrassais pour le consoler. Pourquoi souhaites-tu sa mort ?
(Silence)
Urcydie, confie-toi à moi. Si tu savais comme tu m'es chère !

Scène 2
Inô, Urcydie, Agavé

Agavé. Que vois-je ici ? Ma sœur qui enlace ma fille dans un lieu interdit par mon fils, notre roi ! Ayant fouillé partout, jusqu'auprès de la forêt, ne pouvant vous trouver, j'ai craint le pire. J'ai ameuté la ville, interrogé tout le monde, j'ai demandé si on vous avait vues. Près de la porte nord-ouest, m'a t-on dit. Sur la route escarpée, m'a t-on encore dit. Il n'y a rien là-bas. Où vont-elles ? Je devenais folle. Aurais-je pu songer que vous vous apprêtiez à enfreindre une loi de la ville ? Aurais-je pu songer que vous braviez notre roi et mon fils ?

Inô. Penthée ne respecte pas la mémoire de Sémélé en laissant son tombeau sans fleurs, abandonné au lierre.

Agavé. Tu te soucies de notre sœur à présent, Inô ? Ne l'as-tu pas avec moi déclarée traîtresse ? N'as-tu pas su comme moi qu'elle avait trompé son mari et voulait garder l'enfant ? Penthée veut qu'on punisse férocement les femmes adultères.

Inô. Penthée ! Toujours Penthée ! Sa loi est-elle supérieure à celle des dieux ?

Agavé. Mon fils parle avec les dieux. Zeus a puni Sémélé, ainsi Penthée punit aussi Sémélé. Laisse Urcydie partir et ne la mêle pas à ça. Tes paroles sont mauvaises pour elle. Si elle suit ton exemple, elle n'aura pas de mari !

Urcydie. Je n'ai pas besoin de mari pour être sage ni de fils pour me gouverner !

Agavé. Ainsi parle Urcydie parce qu'elle t'écoute ! J'aurais dû l'éloigner de toi. Tu la flattes et la choie trop. Tu la touches sans cesse comme si elle était à toi.

Inô. Ta fille est invisible, tu ne vois que ton fils !

Agavé. Écoute, Urcydie, le serpent parler par sa bouche ! Du vivant de ta tante, Sémélé, crois-tu qu'elle se souciait d'elle ? Reproches, critiques, rumeurs, Inô n'épargnait rien ! Elle était jalouse ! Sémélé était si belle, si fière ! Tu crois qu'elle t'aime parce qu'elle te flatte, mais prends garde à ce qu'elle ne te haïsse pas, comme elle haïssait Sémélé !

Inô. Tu dis cela sur l'autel de sa mort !

Agavé. Je le dirai devant Zeus car cela est vrai.

Inô. Mais j'ai honte Agavé, d'avoir fait du mal à ma sœur. Toi tu en sembles fière ! Et cet enfant qu'elle attendait, il vit ! C'est un dieu !

Urcydie. Bakkhos.

Agavé. Bakkhos ! Avez-vous perdu l'esprit ?

Inô. Il m'est apparu en rêve et m'a dit de venir ici reconnaître son culte.

Urcydie. Nous devons verser la moitié de ce vin sur l'autel et en partager le reste entre nous.

Agavé. Où as-tu pris ce vin ? Inô, tu l'as dérobé à notre vieux père !

Inô. Père souffrira moins de perdre son vin plutôt que sa famille.

Agavé. Insensée ! Je n'ai jamais entendu parler de ce dieu ! Le fils de Sémélé !

Inô. De Sémélé et de Zeus.

Agavé. Tu cauchemardes, Inô ! Tu perds l'esprit ! Donne-moi cette amphore, Urcydie ! Je vais la rendre à ton grand-père !

Urcydie. Maman, ne fais pas ça ! *(Elle résiste)*

Inô. N'excite pas la colère du dieu, Agavé !

Agavé. Il n'y a pas de Bakkhos ! *(Elle arrache l'amphore qui se renverse sur l'autel)*

Urcydie. Maman !

Inô. Le rite est accompli, nous devons boire !

Agavé. Folle, tu as déjà trop bu ! *(On entend des trompettes)* Qu'est-ce ?

Inô et Urcydie. Bakkhos !

(Inô prend l'amphore et boit, la passe à Urcydie, qui fait de même. Elles passent à Agavé qui ne boit pas.)

Scène 3
Agavé, Urcydie, Inô, Bakkhos

(Bakkhos entre en roulant sur le sol et se relève péniblement)

Bakkhos.
Ah mais nom de mon père ! Qui m'invoque ?

Et de si bon matin ? Quel colloque !
On me prie ! Et ici ! Qui l'eût cru ?

A t-on au moins un verre ? Point de vin ?
Quoi ? Tout cela, par terre ? Mais enfin !
Tout ce vin, renversé ! Pourquoi faire ?

Comment pourrons-nous boire, à présent ?
Sale affaire, je dis ! Maintenant...
S'il vous plaît, dites-moi : il en reste ?

(Il boit tout le reste d'une traite)
Deux gouttes, oui ! Sale journée ! Bon ?
Qu'est-ce que vous voulez ? Finissons !

Agavé. C'est toi, Bakkhos ?

Bakkhos. Bah oui, c'est moi, pas Apollon ! Fi !

La barbe, celui-là ! Ce crétin !
Il se lève à six heures, au matin,
Et fringuant, et content, et souriant

Pour faire du cheval, sur son char,
Promener son soleil, ce braillard,
Qui brille, qui crie et qui réveille !

Inô. Mais tu es... enfin...

Urcydie. Tu n'es pas...

Bakkhos. Grand ?

Inô. Si, mais...

Bakkhos. Musclé ?

Urcydie. Oui.

Bakkhos. Je ne suis pas Arès ! Ni Hercule !
Mais si je me fâche, l'on recule,
Ma colère, on la craint, à raison !

Inô. Ô Bakkhos, j'ai pour ta gloire initié ces deux femmes à tes mystères !

Bakkhos. Et il t'en remercie ! Maintenant...
(Il sort un instant et revient avec un thyrse.)
Le thyrse ! Je vous en fais présent !
Prenez-le, c'est cadeau, pour vous trois.

Inô. C'est... un bâton orné de lierre ?

Bakkhos. Ce bâton, chère Inô, tu vas voir,
Est magique et contient mon pouvoir !

Il peut vaincre un cyclope enragé,
Et sauver une ville en détresse,
D'une armée déceler les faiblesses,

Écraser les hoplites et les lances,
Sur la mer, condamner des navires,
Et des rois renverser les empires !

Si tu frappes un lion il se meurt,
Frappe un homme et son crâne est fendu
Une épée et sa lame est rompue !

Il soumet les peuples et les rois
Grâce à lui, les hommes te respectent,
N'étant plus que de simples insectes

Qui craignent pour leur vie, à raison !
Car tes coups ont la force d'Achille !
Prends-le donc, cesse d'être fragile !

Défais-toi de ces hommes orgueilleux !

Agavé. Les filles, prenez garde, il ne nous appartient pas de défier nos maris et nos frères ! Ne prenez pas ce thyrse !

Bakkhos. *(Soudain comme possédé)*
Silence quand je parle, Agavé !

13

Les thébains et ton fils dépravé,
Je le sais, nourrissent ta colère.
Cesse de te mentir, sois sincère !
Étouffe toutes tes réticences
N'attends plus, déchaîne ta puissance !
Ô femme, ton sexe n'est pas faible
Il ne l'est qu'à trop suivre la règle.
Enfreignez, refusez le dressage,
Et chassez, oubliez le tissage !
Quoiqu'Inô ait agi pour braver
L'interdit, c'est bien toi Agavé
Qui me fit apparaître en ces lieux.
Le thyrse est donc à toi, pour le mieux,
Possédant mon pouvoir tu vaincras
Ces thébains qui ne m'honorent pas.
Ces idiots ! Oublient-ils que leurs femmes
Tout comme eux, peuvent manier les lames ?
Pensent-ils que toutes sont sans haine
De porter cette charge inhumaine ?
Enfermées pour couver des enfants ?!
Qu'existe t-il de plus étouffant ?
La douleur de les avoir portés,
Le labeur, n'était-ce pas assez ?
Prends le thyrse, Agavé, sois la cheffe,
Mène-les, incarne mon grief
Thèbes n'aime ni toi ni Bakkhos,
Venge-nous, c'est là ton sacerdoce.
Pars d'ici, emmène les femmes
Leurs maris te voueront tous au blâme,
Qu'importe ! Mène-les dans mon temple
Mets du cuir, oublie cette robe ample
Mauvaise pour la chasse et combats
Pour ta communauté ! Tout là-bas
La forêt sera ton sanctuaire,
Tes suivantes boiront pour me plaire
Des amphores de vin qui viendront
De vos propres vignobles et crieront
Evohé ! Evohé ! Que ce cri

Autre nom de Bakkhos vous rallie
Prête serment, ô ma combattante
Et devient maîtresse des Bacchantes.

(Agavé n'ose pas bouger)

Inô. Peux-tu hésiter Agavé, quand notre roi Bakkhos t'offre sa puissance et son nom ?

Agavé. J'ai aimé mon mari, pourrais-je aimer Bakkhos aussi bien que lui ?

Bakkhos. Prends seulement le thyrse, Agavé
Et brave les thébains effrontés !
Ces vieux fous n'écoutent plus ton père
Qui fonda leur cité, ils sont fiers
D'intriguer, d'influencer ton fils !
C'est assez ! Défie-les ! Prends le thyrse !

Agavé. Je crains cependant un malheur, qui nous frapperaient toutes. Dois-je le prendre ?

Urcydie. Maman, ne fais pas patienter ce dieu qui se tient devant toi. Veux-tu notre malheur ? Prends le thyrse, ou moi, qui suis ta fille, je le saisirai à ta place.

Agavé. Si ce n'est pas mon orgueil qui me perd, ce sera le tien. *(Elle saisit le thyrse. Bakkhos semble redevenir égal à lui-même.)*

Bakkhos. À présent, tu dois quitter ce toit
Ce foyer qui n'est plus rien pour toi ;
Accomplis ce que veut Dionysos :
Répands mes mystères ! Pas le vin !
Je m'en vais, dans mon antre divin !
Bacchantes, forgez votre destin !   *(Il sort en grande pompe)*

Scène 4
Agavé, Urcydie, Inô

Inô. Agavé, c'est toi qui es porteuse du thyrse, c'est toi qu'il a choisi ! Comprends-tu à présent qu'il faut reconnaître son culte ?

Agavé. Je l'ai vu, il est réel. Mais son attitude bouffonne dissimule sans doute quelque traîtrise. Je ne suis pas tranquille.

Urcydie. Pour un dieu en colère, je l'ai trouvé détendu.

Inô. Ne t'y fie pas, Urcydie. Dionysos est le prince des masques, le dieu du théâtre et du vin, changeant comme lui. Il y a le bouffon agréable, le gentil bateleur, et le roi de la nuit, le tigre dévoreur. Si le rond de son ventre rassure, vous pouvez, à l'instant, être sa nourriture.

Urcydie. C'est étrange, je crois le reconnaître dans tes yeux.

Inô. Laissons cela.

Agavé. Oui laissons cela. Je vois qu'il est un dieu et nous sommes de pieuses Grecques, respectueuses des traditions. Il faut faire ce qu'il dit et quitter le palais, sans attendre Penthée. Il comprendra.

Urcydie. J'en doute fort.

Agavé. Je le convaincrai.

Urcydie, *bas à Inô.* Trop de naïveté.

Agavé. Je m'en vais voir notre sœur Autonoé pour la convaincre de nous rejoindre. Puis nous irons établir notre camp au Cithéron, au bas de la montagne !

Inô. Quant à moi je resterai quelques jours à Thèbes pour convertir les femmes de la ville, selon la volonté de Bakkhos, puis je ferai transporter son autel au Cithéron, auprès de ses fidèles.

Urcydie. C'est par les femmes que Bakkhos impose sa puissance, prêtons-lui nos bras forts, et les hommes nous respecteront ou resteront seuls.

Inô. Bien parlé, Urcydie.

Agavé. Il est temps de partir, mes bacchantes ! Évohé !

Inô et Urcydie. Évohé, Évohé !

Acte 2 : Thèbes

Scène 1
Penthée, *seul*

Quelques jours plus tard, Penthée arrive, furieux.

Je reviens du banquet où l'on m'avait convié. Avant d'être en ces lieux, j'étais tout à la fête, joyeux, guilleret, je marchais en confiance. Et que vois-je en rentrant ? Le chaos, le désordre ! C'est ainsi que ma mère abandonne son rôle ! Elle, si respectable ! Nous trahir de la sorte ! Je viens de voir grand-père acclamant son forfait ! Le fondateur de Thèbes applaudit la démente qui quitte le foyer ! Et pas seule avec ça ! Plus de cinquante femmes ont suivi l'impudente qui me donna le jour ! Mais je les punirai, je les ramènerai au sein de leurs foyers pour servir leurs maris ! Quand je vois nos enfants là, livrés à eux-mêmes, j'ai honte pour ces femmes ! Quant à leurs décideuses, j'en ferai des esclaves qui tisseront pour moi !

Scène 2
Penthée, Inô, les Bacchantes d'Afrique et d'Asie

Entre Inô, portant le masque de Bakkhos, suivie par les Bacchantes d'Afrique et d'Asie.

Inô. (*Possédée par l'esprit de Bakkhos*) Où est Penthée ? Où est le malheureux roi de Thèbes ?

Penthée. Comment ! Ma tante, vous voilà vous aussi dans ce grotesque accoutrement !

Inô. Ce n'est pas Inô, fille de Kadmos, qui te parle, infortuné Penthée ! C'est Bakkhos lui-même, le bienheureux !

Penthée. Elle est folle. Et qui sont ces femmes qui t'entourent, avec leurs masques ?

Inô. Ce sont les Bacchantes d'Asie et d'Afrique, répondant à l'appel de Bakkhos, le rugissant !

Bacchante 1. Je viens de l'Inde lointaine où les danses de Bromios se sont répandues dans les villages !

Bacchante 2. J'ai quitté les bords du Nil blanc au son des tambourins et des flûtes bachiques !

Toutes. Évohé ! Évohé !

Inô. Bakkhos vient te demander de te joindre à ces femmes, de te coiffer de la couronne de vignes, et de passer une robe de bacchant pour honorer le dieu !

Penthée. Que moi, Penthée, prince de Thèbes, je m'abandonne à vos débauches ! Il n'en sera rien, je vous ferai saisir par mes gardes, et conduire en prison, toutes autant que vous êtes, étrangères dépravées ! Et toi aussi ma tante, puisque tu conduis ces paillardes !

Inô. Inconscient roi !

Bacchante 1. Tu provoques la colère de Dionysos !

Bacchante 2. Demande-lui pardon !

(Les bacchantes commencent à frapper sur leur poitrine et à danser autour de lui)

Inô. (*après un rire*) Bakkhos te pardonne ! Pourvu que tu veuilles abandonner ton trône à ta mère, Agavé, et la supplier de régner à ta place ! À ce prix, tu auras son pardon et tu seras initié à ses mystères !

Penthée. Offrir le trône à une femme ! Jamais ! Je te ferai torturer, stupide magicienne, et tes disciples avec !

Inô. Tu vas sceller ton sort, Penthée, et celui de ta famille. Renonce à ta folie tant qu'il en est encore temps !

(Les Bacchantes continuent de tourner autour de lui)

Penthée. Gardes ! Gardes, emmenez ces bestioles d'orgies dans les cachots du palais ! Qu'on les fasse fouetter et coucher à terre pour leur apprendre à obéir !

Noir

Scène 3
Inô, Les Bacchantes d'Afrique et d'Asie, la voix de Bakkhos

(*Bruit de porte de prison. Les bacchantes sont regroupées à l'avant-scène, isolées et serrées. Bruit de fouet, on les entend tomber au sol et hurler. Musique.*)

Inô. Ô Bakkhos, prête-nous ta puissance !

Bacchante 1. Aide-nous, Bromios, punis Penthée l'infâme !

Bacchante 2. Donne-nous le feu, Évohé, et nous brûlerons tout sur notre passage !

Voix de Bakkhos. Oui pour vous, mes Bacchantes au supplice,
Qui pour moi avez fait sacrifice,
Je frapperai le sol de mon thyrse,
Déchaînant sur Penthée mon courroux !
Sa prison va tomber sous mes coups !
Montrez à l'hypocrite ingénu
Le rouge de vos poitrines nues
Dans les bois, saisissez des bâtons,
Mettez-y du lierre, ils deviendront
Des thyrses ! Vous serez invincibles,
Ils se rendra devant l'impossible !
C'est sa dernière chance, qu'il la saisisse !
Qu'il me reconnaisse, ou qu'il périsse !

(*Bruit d'effondrement du mur. Les bacchantes se regardent et hurlent. Musique.*)

Acte 3 : Au pied du Mont Cithéron

Scène 1
Agavé, Urcydie

Isolation lumineuse sur l'avant-scène, l'autel est invisible. Près du feu se trouve Urcydie, Agavé est auprès d'elle.

Agavé. Cela fait plusieurs jours qu'Inô est là-bas. J'espère qu'il ne lui est rien arrivé.

Urcydie Je l'espère aussi. *(Silence)*

Agavé. Te plais-tu mieux ici ?

Urcydie. Oui, bien mieux.

Agavé. Pourtant on ne le lit pas sur ton visage. Que te manque t-il ?

Urcydie. Je ne sais pas.

Agavé. Ton frère te manque ?

Urcydie. Non.

Agavé. Moi, il me manque.

Urcydie. J'ai vu.

Agavé. Nous avons besoin de son appui.

Urcydie. Tu as besoin de son appui, surtout depuis que papa n'est plus là. Je suis comme invisible.

Agavé. Nous avons toutes besoin de lui, il règne sur la ville, s'il se déclare contre nous, ce sera la guerre.

Urcydie. Mais il ne le fera jamais, n'est-ce pas ? *(Silence)*

Agavé. Pourquoi parles-tu si souvent contre lui ? *(Urcydie lance à sa mère un regard terrible et se lève)* Où vas-tu ? Reste ici ! *(Urcydie s'immobilise et se retourne vers sa mère)* Réponds à ma question.

Urcydie. Je ne me répéterai pas.

Agavé. Vous étiez jeunes. N'as-tu jamais pensé que vous étiez tous les deux responsables ? *(Un temps)* Tu n'as rien à dire ?

Urcydie. Non. *(Un temps)* As-tu fini ?

Agavé. J'ai l'impression que tu ne m'aimes pas.

(Silence)

Scène 2
Agavé, Urcydie, Inô, Réglis

(La lumière éclaire Inô auprès de l'autel qu'elle vient d'apporter.)

Inô. Évohé !

(Urcydie court vers elle pour l'embrasser)

Agavé. Évohé ma sœur ! Comment fut ton voyage ? Où sont nos nouvelles bacchantes ? *(Elle écarte Urcydie qui s'agace et s'éloigne. Inô en semble affligée.)*

Inô. Il y en a plus d'une centaine qui rejoignent nos rangs. Évohé à nos sœurs !

(Les bacchantes arrivent au fond de la scène, Réglis se détache du groupe et entre)

Agavé. Mais que s'est-il passé ? Pourquoi êtes-vous en sang ? *(Inô détourne la tête)* Que quelqu'un réponde !

Réglis. Évohé !

Agavé. Qui es-tu, jeune femme ?

Réglis. Je suis Réglis, j'ai répondu à l'appel de Bakkhos, je parlerai au nom de ses servantes.

Agavé. Alors dis-moi, Réglis. Que s'est-il passé ?

Réglis. Cela risque de t'affliger Agavé.

Agavé. Il n'importe. Parle. *(Réglis regarde Inô qui fait un signe de tête)*

Réglis. Il s'agit de ton fils.

Agavé. Penthée ? Qu'a t-il dit ? Qu'a t-il fait ? Eh bien, parle.

Réglis. Revenu de son voyage, et apprenant de ton père que de nombreuses thébaines avaient quitté leurs maisons, il s'emporta contre ce nouveau culte et, voyant que d'autres voulaient se joindre au mouvement, il fit emprisonner cinquante citoyennes sans procès. Il les fit enchaîner et fouetter sur le sol.

Urcydie. L'infâme !

Agavé. C'est impossible !

Inô. C'est la pure vérité.

Réglis. Mais Bakkhos soit loué, qui entendit nos prières ! Alors que tout espoir semblait anéanti, les murs de la prison, par on ne sait quel miracle, s'effondrèrent et ces nouvelles Bacchantes se répandirent dans les rues, échevelées, leurs robes déchirées, leurs poitrines nues, parfois marquées au sang. D'autres, en voyant ce prodige, sortirent à leur tour, abandonnant leurs enfants, parfois les prenant avec elles. Les hommes, dépassés par l'ampleur du phénomène, étaient trop stupéfaits pour prendre les armes et les retenir. Mais, plutôt que d'aller prendre dans les armureries, les glaives, les piques et les boucliers, les insurgées coururent vers la forêt toute proche et prirent des bâtons qu'elles entouraient de lierre, se faisant par là de nouveaux thyrses. Investies de la force de Dionysos, lorsqu'elles virent arriver les gardes du palais, elles frappèrent simplement leurs boucliers avec ces armes à l'apparence inoffensive et les enfoncèrent comme de vulgaires cibles de paille, repoussant leurs assaillants sans effort. Je vis tout cela de mes yeux, et lorsque je les vis partir, je vis que notre sœur était au milieu d'elles et brandissait son thyrse en signe de victoire. Je remerciai Bromios, le défenseur des femmes. Je guidai les bacchantes à travers la forêt. Je criai Évohé, Évohé, les femmes répondirent : Évohé, Évohé ! Jusqu'ici. Nous voici à présent, nous ployons le genou devant celle qu'on nomme la Maîtresse des Bacchantes, choisie par Dionysos. *(Elle s'agenouille)*

Agavé. Relève-toi, Réglis. Relevez-vous toutes. Vous avez été éprouvées par ce combat et par ce dur voyage. Prenez place dans le campement, montez vos tentes, partagez notre repas. Nos compagnes se chargeront de vous montrer tout ce dont vous aurez besoin. Ce soir, si Bakkhos le veut, nous nous retrouverons. *(Toutes sortent sauf Inô, Agavé et Urcydie)*

Scène 3
Inô, Agavé, Urcydie

Inô. Ton fils a promis de mater la révolte et de faire des Bacchantes des esclaves qui tisseront pour lui. *(Urcydie sursaute et respire difficilement)*

Agavé. Penthée rentre tout juste, le changement est brutal. Il est furieux de voir les femmes de sa vie quitter son foyer. Donne-lui une semaine tout au plus, et il changera d'idée.

Inô. Et ces femmes emprisonnées, ces vœux terribles, les comptes-tu pour rien ?

Agavé. Il a l'âme trop fière et l'invective facile. Il ne faut pas y prendre garde.

Inô. Pourtant sans l'intervention de Bakkhos, des dizaines de femmes auraient trouvé la mort aujourd'hui.

Agavé. C'est par là qu'il verra que ce dieu est puissant et mérite son culte.

Urcydie, *explosant.* Maman, es-tu sourde, ou es-tu aveugle ? *(Tout le monde se tourne vers Urcydie)* Quoi, tu lui trouves des excuses parce qu'il est ton fils ?

Agavé. Il est encore notre roi.

Urcydie. *(s'effondrant à genoux, avec sur le visage des larmes de colère et de dépit)* Hélas ! Nous sommes malheureuses si Bakkhos t'a choisie, le dieu se joue de nous ! D'abord nous libérer puis voir notre libératrice ployer devant l'ennemi !

Agavé *(criant).* Veux-tu que notre famille se déchire, Urcydie ? Veux-tu que ce culte pacifique, cette communauté sans arme, devienne demain une horde de sauvageonnes, puant le sexe et le sang, tuant tous ceux qui lui résistent ?

Urcydie *(pour elle-même).* Oh abjecte, infâme reine aveugle, qui voue ton peuple à l'horreur et à la destruction !

Inô. Urcydie, comment peux-tu dire cela de ta mère ? Retire cela tout de suite !

Urcydie. Je ne retire rien ! *(Elle repousse très violemment Inô)* Laissez-le faire, agenouillez-vous devant Penthée, vous ne valez pas mieux ! *(Elle part dans la forêt)*

Scène 4
Agavé, Inô

(Silence. Inô tombe assise. Silence. Agavé s'assoit aussi)
Agavé. Je ne sais plus quoi faire d'elle.

Inô. Agavé, il y a quelque chose avec Penthée. Quand nous étions petites, il était toujours avec nous, Urcydie l'aimait !

Agavé. Elle l'aimait trop, Inô. Et quand on aime trop, on finit par devenir jaloux.

Inô. Il y a des années que je ne les ai plus vus ensemble. Je croyais que c'était l'âge et ses nouvelles fonctions de roi !

Agavé. Un jour, c'était il y a des années, ils se sont fait mal en jouant. Urcydie provoquait, elle voulait faire l'homme avec sa petite épée. Penthée n'a pas supporté de perdre et il lui a fait mal. Je les ai séparés. On ne devrait jamais élever filles et garçons ensemble, cela finit toujours mal.

Inô. Je n'ai été élevée qu'avec vous trois, mes sœurs, et regarde ce que je suis ! Cela ne veut rien dire.

Agavé. Tu regardais trop Sémélé.

Inô. Oui je la regardais trop, elle était belle.

Agavé. Fais attention avec Urcydie.

Inô. Mais je fais attention ! Et je sens qu'il y a quelque chose avec Penthée. Quelque chose qui n'est pas normal.

Agavé. Que sais-tu de ce qui est normal entre un homme et une femme ? Tu n'aimes pas les hommes !

Inô. Je n'aime pas les hommes parce qu'ils font du mal, et parce qu'ils sont laids.

Agavé. Et tu sers Bakkhos ! Quelle ironie !

Inô. Je sers Bakkhos parce qu'il ne m'oblige pas à me marier !

Agavé. Et moi je sers Bakkhos parce qu'il nous protège, toi, moi et Penthée !

Inô. Mais ta fille, qui la protégera ?

Agavé. L'orgueilleuse croit qu'elle n'a pas besoin d'aide. On ne peut rien pour elle.

Inô. Il faut lui parler.

Agavé. Elle ne dira rien. Chez elle, tout n'est que silence et provocation. Occupons-nous du campement, Inô. Les autres nous attendent.

Inô. Je viendrai tout à l'heure, je suis épuisée.

Agavé. Si tu vois Urcydie, dis-lui que je lui garde à dîner. *(Elle sort)*

Scène 5
Inô, Bakkhos

(Inô s'immobilise, ouvre grand les yeux. Bakkhos arrive.)

Bakkhos. J'ai appris des choses singulières
Par tes yeux, je vois la sale affaire,
Un frère qui fait mal à sa sœur !

Inô. Au point qu'elle ne dise plus rien...

Bakkhos. Chère Inô, il nous faut son récit
Ce Penthée a l'âme bien rassie.
Je veux voir ses méfaits sous son masque !

Inô. Mais comment ? Urcydie reste muette !

Bakkhos. *(sortant une épée de bois)*
J'ai l'épée tout de bois qu'elle avait,
Sa version, nous l'aurons par ce biais.

(Il pose l'épée à terre)
Urcydie la verra sur le sol.
Mon pouvoir saisira sa pensée.
La forêt l'entendra se confier.

Inô. Comme je crains de l'entendre !

Bakkhos. C'est trop tard pour la peur, la voilà !
(Il sort, Inô se cache.)

Scène 6
Urcydie, (Inô, cachée) *puis* L'ombre de Penthée

(Urcydie avance près de l'autel et trouve l'épée)

Urcydie. Que fait là cette épée ? Si je m'y attendais ! Allez-vous m'écouter, esprits de la forêt ? Est-ce un signe de vous ? Vous ne répondez rien. C'est heureux, chers esprits ; je ne me confie qu'au silence. Il était là.

(Entre l'Ombre de Penthée, qui s'arrête au fond de la scène)
C'est sa voix seule que j'entendais ce jour-là. Oui, j'aimais provoquer, j'aimais me battre en jeu. Je lui ai dit Penthée, arrête de faire l'homme et fais-moi un baiser. Comme il me disait non tout en me faisant croire que j'en pourrais avoir, il me tenait pour lui, pouvait m'utiliser. Vers mes douze ans, lui en avait quatorze, j'aimais le défier en combat singulier, avec l'épée de bois, mais il perdait toujours et me faisait la tête, me privait de baisers. Je me battais pourtant et ne voulais pas perdre. Mais il me fit un jour une bouderie telle que pendant des semaines, du moins j'eus l'impression que c'était très longtemps, je n'eus aucun baiser. Peut-être qu'il n'en voulait plus du tout, savais-je ? Pour le tester je vins le provoquer en duel, si je gagnais j'aurais mon baiser. Il sourit.

L'ombre de Penthée. Et si tu perds ?

Urcydie. Je lui laisse le choix : embrasse-moi ou pas. Il accepte les termes. Mais à ce moment-là, je ne veux pas gagner, je veux de la tendresse. Je donne tout le change, pourtant je fais semblant, je laisse l'occasion et je me défends mal, je veux le voir gagner et connaître mon sort. Le veut-il son baiser ? Je fais durer un peu, puis je laisse l'épée frapper sur mon flanc gauche. Et il sourit enfin ! J'étais tellement heureuse ! Pourtant il continue, et je perds l'équilibre. Il arrive sur moi et m'enlève l'épée tandis que la sienne compresse ma poitrine.

L'ombre de Penthée. « A présent petite sœur, nomme-moi donc ton maître. »

Urcydie. Je refusai ; furieux, il appuya le bois, écrasant mon sternum.

L'ombre de Penthée. « Traîtresse ! Je t'ai vue, tu m'as laissé gagner ! En plus d'être insolente, tu veux m'humilier ! Mais tu verras, tu n'auras pas le dernier mot. »

Urcydie. C'est vrai... je ne l'eus pas. *(Elle respire profondément, et des larmes de honte de colère apparaissent)* Car sa main libre a relevé tout mon chiton et il l'a enfoncée au creux de mes entrailles. Comme j'eus préféré que son épée m'étouffe ! J'ai pleuré j'ai crié, personne n'entendait. Que le silence. Je cesse. A quoi bon ? J'attends juste. Est-ce que j'allais mourir ? La honte ne tue pas, pas plus que la tristesse. Je suis vivante donc, et dedans je suis morte. Je me relève alors et je pars sans un mot. Lui non plus ne dit rien. *(Sortie de l'Ombre de Penthée)*

Quand je parle à maman, elle me crie dessus, nos jeux sont trop violents, il faut arrêter ça, on n'est plus des enfants. Pour cela c'était vrai, cette enfant était morte. On m'interdit l'épée, me sépare de lui. Il devient roi de Thèbes et moi je me dessèche.

Scène 7
Urcydie, Inô, Bakkhos

Inô, *sortant de sa cachette.* Urcydie...

Urcydie, *brandissant son épée.* Inô ! Tu m'as entendue !

Bakkhos et Inô, *en même temps.* C'est moi qui t'ai entendue.

Urcydie. Bakkhos !

Bakkhos. Je vois tout par ses yeux, Urcydie.
Ce qu'il me faut savoir, tu l'as dit.

Urcydie. J'ai tant de honte, tant de rage ! Ne me plains pas, Bakkhos, ne me plains jamais ! L'épée est dans ma main, plus contre ma poitrine.

Bakkhos. Je connais ta valeur, te venger
Je le puis, non sans efflux de sang,
Car Penthée est loin d'être innocent.

Urcydie. Comment ? Dis-moi comment !

Bakkhos. Si tu peux, malgré ton préjudice
Pour lui, rendre une saine justice,
Ta tribu règnera, bienheureuse,
Mais sinon, dans la voie ténébreuse
Où tu t'engagerais, la vengeance,
Tu n'auras toute ton existence
Pour les tiens qu'une vie de violence.

(Il s'éloigne et disparaît dans l'obscurité)

Urcydie. Bakkhos, reviens ! Il faut qu'il périsse ! Quelle justice puis-je faire ? Bakkhos ! *(Elle se jette sur lui mais trouve Inô. Elles sont proches.)*

Scène 8
Urcydie, Inô

Inô. Urcydie... tu es toute proche. Je suis désolée, j'ai tout entendu.

Urcydie. Bakkhos parlait par ta bouche. Tu ne t'en souviens pas ?

Inô. Tu es si belle, Urcydie. Tu le sais ?

Urcydie. Je sais que tu le penses. Tu me regardes depuis des années. Moi je ne regardais que Penthée. Je ne sais pas pourquoi tu me regardes. Je suis mauvaise.

Inô. Non, tu n'es pas mauvaise.

Urcydie. Je veux du mal à mon frère et à maman. Je veux qu'ils meurent.

Inô. C'est normal, Urcydie, je comprends, après ce qu'il a fait... et Agavé qui ne t'a pas crue !

Urcydie. Qui ne m'a pas crue ? *(Elle rit)* Inô, ma chère Inô, elle m'a crue et elle n'a rien fait ! Son rêve, c'est que nous nous réconcilions ! Elle n'a rien fait !

Inô. Je la convaincrai, il faut qu'elle répare son injustice !

Urcydie. C'est inutile, Inô, reste. Elle n'écoutera rien. Reste avec moi. *(Elle la serre et respire fort)*

Inô. Pas si près, Urcydie. Éloigne-toi.

Urcydie. Je ne veux pas.

Inô. Je ne veux pas être une mère pour toi.

Urcydie. Cela tombe bien, je ne veux pas de mère.

Inô. Je ne veux pas non plus être une sœur.

Urcydie. Je ne veux plus ni frère ni sœur.

Inô. Je suis ta tante !

Urcydie. Les bacchantes font-elles la différence ?

Inô. Urcydie ! Je vais voir ta mère ! *(Elle sort)*

Urcydie. Inô, où vas-tu ? Reviens ! Cela ne sert à rien ! Elle va te chasser ! Tu vas me laisser seule ! Si tu me laisses seule, ce sera terrible, Inô, ce sera terrible !

Noir

Scène 9
Agavé, Inô

(Il fait nuit. Agavé fait une prière à Bakkhos près de l'autel. Elle a posé sa couronne dessus. Non loin, se trouvent des griffes de fer et une amphore de vin pour les sacrifices. Inô arrive.)

Agavé. Inô. Je priai notre dieu pour qu'il te ramène, toi et ma fille. L'as-tu vue ?

Inô. Oui, je l'ai vue. Elle est rentrée au camp.

Agavé. Tant mieux.

Inô. Tu es couronnée.

Agavé. Oui, notre sœur Autonoé a organisé une cérémonie. Aux yeux de tous, je suis la Maîtresse des Bacchantes.

(Inô remarque les griffes de fer près du feu)

Inô. Que font là ces griffes ?

Agavé. Ah, les griffes ? Elles ont été forgées par l'une de nos compagnes. Elle dit que c'est une arme qui convient mieux à la femme. Le glaive est trop viril.

Inô. Elle a raison, j'ai toujours détesté les épées. *(Un temps.)* Tu ne te prépares pas à la guerre ?

Agavé. Non. Mais les bacchantes ont peur.

Inô. Peut-être ont-elles raison.

Agavé. Je ne le crois pas.

(Silence)

Tu veux me dire quelque chose, Inô.

Inô. Oui, mais je ne trouve pas la force.

Agavé. Puises-la en Dionysos.

Inô. Ce qu'il me dit de te dire, tu ne voudras pas l'entendre.

Agavé. Assez de mystère, Inô ! Parle.

Inô. Urcydie a été violée. Penthée est le responsable.

(Silence)

Agavé. Tu parles de viol au sein de ma famille ?

Inô. De notre famille.

Agavé. Toi, tu n'es pas de notre famille.

Inô. Comment peux-tu... ?

Agavé. J'ai vu comment tu regardais ma fille ! C'est toi qui veut abuser d'elle ! Tu accuses Penthée de tes vices !

Inô. Urcydie m'a raconté ce qui s'est passé !

Agavé. Mensonges, pour calomnier son frère !

Inô. Elle m'a dit que tu l'avais crue ! Tu le nies à présent ?

Agavé. Où t'a t-elle raconté cela, sur l'oreiller ?

Inô. Je n'ai rien fait de la sorte avec Urcydie !

Agavé. Si tu ne l'as pas fait, cela ne tardera pas ! Car tu en meurs d'envie ! Tu as lui as donné ton vice !

Inô. Je t'en prie, écoute-moi, Penthée ne peut pas rester roi après ce qu'il a fait, Bakkhos ne le tolérera pas !

Agavé. Tu souilles le nom de notre dieu, langue de serpent ! Pars d'ici, à l'instant, je te bannis, n'approche plus jamais ma fille !

Inô. Si tu n'écoutes pas ta fille, elle fera quelque chose de terrible, Agavé. Insulte-moi, traîne-moi dans la boue tant que tu voudras mais écoute-la, je t'en prie !

Agavé, *saisissant l'une des griffes près du feu*. N'ose plus jamais prononcer son nom !

(Silence, Inô est sous la menace de la griffe)

Pars, Inô. Si tu reviens jamais en ces lieux, crois-moi, je te tuerai. *(Elle sort. Un temps long.)*

Scène 10
Inô, Urcydie

(Urcydie entre et regarde Inô dont le regard s'emplit de larmes.)

Urcydie. Imbécile.

Inô. J'ai tout essayé. J'ai tout subi.

Urcydie. Il ne faut ni essayer ni subir. Il faut faire.

Inô. Et qu'aurais-je pu faire ? Elle a mis sa griffe de fer sous ma gorge !

Urcydie. Une griffe de fer ? Intéressant.

Inô. Que voulais-tu que je fasse ? Je n'allais pas la tuer !

Urcydie. Ma mère est sourde et aveugle. Quand le sang ne répond pas, il faut qu'il coule.

Inô. Tuer ma propre sœur !

Urcydie. À ton premier mouvement, elle n'aurait pas hésité.

Inô. Quand je pense qu'elle m'a exclue de la famille !

Urcydie. Juste ce que j'attendais. *(Elle se rapproche)*

Inô. Tout cela parce que je suis différente !

Urcydie. Moi aussi je suis différente. *(Elle s'approche encore)*

Inô. Urcydie, arrête, elle m'a défendu de t'approcher.

Urcydie. C'est vrai, que fais-tu là ? Va t-en, tu me parles, c'est interdit !

Inô. Urcydie...

Urcydie. De quoi te plains-tu encore ? Tu n'es plus de la famille. *(Elle l'embrasse)*

Inô. Hélas ! Agavé avait raison ! Je suis une incestueuse !

Urcydie. Voilà ce qu'elle condamne, pendant que son fils viole, torture et tue ! Fais-moi mille baisers, brûle ma peau de désir, fais-moi jouir cent fois, tu seras encore loin des crimes de mon frère ! Moi, je t'ai dit oui !

Inô. Urcydie, je t'en prie, je suis confuse, parfois j'oublie ce que je fais, je ne suis plus moi-même !

Urcydie. Surgis, Bakkhos ! *(Elle crie)* Envahis-moi, fais vibrer mon corps de tes tambours !

Inô. Tu vas réveiller le campement, Urcydie !

Urcydie. Viens à moi, Bromios, donne-moi ta puissance ! Vois mes lèvres, humides encore du baiser de ma tante ! *(Elle monte sur l'autel)*

Inô. Urcydie, c'est obscène, je t'en prie ! Tu vas provoquer la colère des dieux, arrête !

Urcydie. Dionysos ! Regarde-moi, roi des satyres ! *(Elle jette sa robe)*

Inô. Ne le provoque pas, pense à Sémélé !

Urcydie. Je ne suis pas Sémélé la faible, Sémélé la soumise ! Je suis la fille de Bakkhos, le grand dieu du désordre !

(Orage)

Inô. Le dieu répond !

Urcydie. Le vin !

Inô. Quoi ?

Urcydie. Inô, le vin, donne-moi l'amphore ! (*Inô le lui donne*) Reçois mon sacrifice, offre-moi ma vengeance !

(Elle se verse tout l'amphore sur elle. Elle rit. L'orage continue)

Inô. Comme tu es belle, Urcydie !

(Percussions bachiques, fin de l'orage.)

Noir

Acte 4 : Thèbes

Scène 1
Penthée, Voix de la foule qui l'acclame

(Il fait jour. La lumière isole à nouveau l'avant-scène. On ne voit plus l'autel. Rumeurs de voix, hurlements de la foule, applaudissements)

Voix dans le public. Penthée ! Penthée ! Penthée !

(Penthée entre triomphant, le glaive à la main. Il fait cesser le bruit d'un geste.)

Penthée. Soldats, je vous le dis : vous aurez vos épouses ! Ma mère nous défie ? Nous allons lui répondre ! Et le sang coulera ! *(Il lève son glaive, la foule l'acclame)* Les meilleurs guerriers grecs iront au Cithéron récupérer leurs femmes ! *(Nouvelle ovation, Penthée réclame le calme)* Oui, nous les avons vues, ces harpies infernales, détruire la prison et repousser nos assauts. Le désespoir les porte, mais surtout, sachez-le, leur libido terrible, qui est un puits sans fond, leur donne cette force. Alors comment triompher d'elles ? Comment tuer ces tigresses ? Comment retrouver notre rang d'hommes ? Il faut les attaquer au milieu de leurs orgies infâmes ! Ces paillardes-là, et ma sœur la première, se jettent sur les hommes pour combler l'appétit de leur monts de Vénus ! Attaquons-les de nuit, au milieu de leur fange, prenons-les par surprise, tandis qu'elles se repaissent des bergers et des chiens ! *(La foule l'acclame)* Leurs corps, trop affaiblis par leurs sales effluves, ne pourra résister ! Aux armes, soldats, transpercez ces bacchantes !

(Grande acclamation, bientôt contrées par les protestations des Bacchantes)

Scène 2
Penthée, Les Bacchantes d'Afrique et d'Asie *puis* Inô

Bacchante 1. Honte à toi, Penthée !

Bacchante 2. Honte au prince de Thèbes qui foule aux pieds Dionysos !

Penthée. Vous êtes encore là, étrangères, vous étiez en prison !

Inô, *paraissant sur la scène, portant le masque de Bakkhos.* Et Bakkhos a brisé son mur, c'était le mois dernier !

Penthée. Tu te moques de moi, Inô, je vais te couper les mains et puis la langue pour t'apprendre à parler !

Bacchante 1. Oui, torture-nous Penthée !

Bacchante 2. Fouette-nous !

Bacchantes 1. Encore, encore, Penthée !

Bacchante 2, *se jetant sur scène.* Le dieu le veut ainsi !

Bacchante 1. Déchire-nous !

Bacchante 2. Fouette-nous, Penthée, envoie tes soldats !

Penthée. Regardez, le vice du bacchant ! Regardez l'horreur ! Est-ce ainsi que vous voulez vos femmes ?

Inô. Envoie tes soldats Penthée, nous les recevrons avec délice !

(Les Bacchantes se roulent au sol, en riant et en faisant des cris obscènes)

Penthée. Ah maudites bacchantes ! D'où vient votre pouvoir ?

Inô. Notre pouvoir provient de Bromios, le rugissant, le bienheureux !

Penthée. Que désire votre dieu ?

Inô. Que le désordre remédie au désordre !

Penthée. Est-ce encore une énigme ?

Inô. Les Bacchantes comprennent et gouvernent.

Penthée. Veut-il ma soumission ? Il ne l'obtiendra pas.

Inô. Il veut l'insoumission, non pas la tyrannie.

Penthée. Et le pouvoir aux femmes ?

Inô. Elles feront bien mieux !

Penthée, *montrant les Bacchantes qui se caressent, boivent, rient et se frappent la poitrine.* Je voudrais bien voir ça ! Ces bestioles d'orgie !

Bacchante 1. Crois-tu qu'elles jouissent, vos femmes, au Cithéron ?

Penthée. Toutes les cinq minutes !

Bacchante 2. Crois-tu qu'elles vous trompent, là-bas ?

Penthée. Dix garçons chaque jour !

Bacchante 1. Les chanceuses ! Nous n'avons pas cela !

Bacchante 2. Un bon vaut mieux que dix mauvais.

Bacchante 1. Si un sur dix est bon, il y en aura un dans le lot !

Bacchante 2. Sinon, ce n'est pas grave, il nous reste les femmes !

Penthée. Horreur, voilà encore l'effet de ce dieu ! Comme je voudrais pouvoir les surprendre et les punir de leurs vices !

Inô. Et pourquoi ne le pourrais-tu pas, Penthée ?

Penthée. Leurs thyrses maudits repoussent nos soldats !

Inô. C'est que tu emploies la force, il faut te montrer plus malin !

Penthée. Et comment donc ?

Inô. Dépose ton épée, et prends une robe !

Penthée. Moi, m'habiller en femme ! *(Il la menace de son épée. Les autres Bacchantes se mettent autour d'elle)* Tu veux me débaucher, serpent ! Tu veux me posséder comme tu possèdes ma tante !

Bacchante 1. Si tu viens en homme, elles te tueront !

Bacchante 2. Tu dois venir en femme !

Bacchante 1. Laisse-nous t'habiller, et tu verras les Bacchantes !

Penthée. Vous me tentez, et vous croyez que je jouerai votre farce ridicule !

Bacchante 2. Tu n'es pas curieux de nos mystères ?

Bacchante 1. Tu connaîtras leurs vices, pour mieux les condamner !

Bacchante 2. Tu les espionneras pour vérifier tes dires !

Penthée. Hum... pourquoi vous ferais-je confiance ?

Inô. Bakkhos pense que tu te rendras à son culte quand tu verras son œuvre !

Penthée. Qu'il compte là-dessus, ce soi-disant dieu, je ne changerai pas, dussé-je posséder chacune des Bacchantes !

Bacchante 1. Ne change pas, mais viens voir nos mystères !

Bacchante 2. Suis-nous Penthée, et ôte ta tunique !

Bacchante 1. Nous avons tout à faire ! *(Elles le tirent vers la sortie de la scène en essayant de le dévêtir)*

Penthée (*hors scène*). Prenez bien garde à vous, je saurai vos mystères !

Inô, *seule*. Tu les sauras Penthée. Mais celui qui a vu les mystères de Dionysos doit être un bacchant, ou mourir.

Acte 5 : Sur le mont Cithéron

Scène 1
Agavé, Urcydie

(La lumière occupe tout l'espace, l'autel réapparaît. Agavé est en train de nettoyer une des griffes. Urcydie entre.)

Agavé. Ah tu es là, Urcydie, j'ai cru que tu étais...

Urcydie. Partie ? Non, je suis toujours là.

Agavé. Inô nous a trahies. Elle est partie avec plusieurs des nôtres cette nuit.

Urcydie. Les traîtresses à l'élue de Dionysos doivent mourir.

Agavé. Je suis d'accord, Urcydie et j'ai trop longtemps toléré celle-là.

Urcydie. Ces griffes sont pour la guerre ?

Agavé. Pour le gibier mais nous en ferons un autre usage.

Urcydie. Comment se mettent-elles ? *(Elle en saisit une et la met)*

Agavé. Attention, tu vas te blesser. Il te faut des gants pour te protéger, sans cela, en combat, les lames pourraient te couper les veines de la main.

Urcydie. Ne faut-il pas saigner en combat ?

Agavé. Pas inutilement. *(Agavé tient l'autre griffe)*

Urcydie. Elle me plaît bien.

(Elle s'immobilise, regardant au loin)

Agavé. Que se passe t-il ? Que regardes-tu ?

Urcydie. Il est venu, ce scélérat, ce rebut infâme !

Agavé. Qui donc ? De qui parles-tu ?

Urcydie. Penthée ! Il vient nous narguer chez nous, dans ces ridicules habits féminins !

Agavé. *(Les yeux grands ouverts, comme possédée)* Non, Urcydie, c'est un lion !

Urcydie. Un lion ! C'est Penthée, regarde-le !

Agavé. C'est un lion, te dis-je, et il court au milieu des bacchantes, il faut l'arrêter ! *(Elle sort en courant)*

Urcydie. Maman, où vas-tu ? Ô Bakkhos, est-ce une de tes énigmes ? Tu saisis maman et me laisse en liberté, pourquoi ?

Scène 2
Urcydie, Penthée, Agavé, Une bacchante masquée

Penthée. *(Attrapé par Agavé et la bacchante)* Laissez-moi ! Créatures infernales ! Lâchez-moi !

(Il est jeté à terre et maintenu par la bacchante)

Agavé. Ce lion ne blessera personne ! Mais sa chair nous nourrira, dépecez-le !

Penthée. Maman ! Maman, ne me reconnais-tu pas ? Arrêtez ! Maman, arrête-les ! Non, vous en prie, je vous en supplie !

(Il hurle, tandis que les Bacchantes se jettent sur lui. Il voit alors Urcydie qui le regarde)

Urcydie ! Ma sœur, ma chère sœur ! Dis leur d'arrêter !

Urcydie. C'était cela ! Tu veux savoir mon choix, Bakkhos ! Le voici ! La vengeance !

(Les Bacchantes commencent à l'entailler, puis elles arrachent ses membres, l'un après l'autre. Urcydie se détourne, laissant faire)

Penthée. Urcydie ! Urcydie !

(Il hurle encore tandis qu'on le dépèce. Urcydie vient en avant-scène, sa respiration augmente, un sentiment d'excitation, de joie et de toute-puissance l'envahit. Elle pose ses deux mains sur ses cuisses et serre

sa chair brutalement, son bassin chargé d'une énergie terrible qui semble donner des coups, au rythme des mâchoires des Bacchantes. Tandis qu'on entend plus Penthée, elle rit, emplie d'une joie revancharde.)

Urcydie. Merci, Bakkhos ! Merci !

(La scène s'assombrit)

Scène 3
Deux bacchantes masquées

(Percussions lentes. Une lumière isole deux bacchantes masquées.)

Bacchante 1. Penthée est mort.

Bacchante 2. L'ennemi de Bakkhos n'est plus.

Bacchante 1. Agavé croit avoir tué un lion !

Bacchante 2. Elle promène la tête de son fils dans tout Thèbes !

Bacchante 1. Infortunée mère !

Bacchante 2. Elle parle à son père !

Bacchante 1. Que dit-elle ?

Bacchante 2. Elle lui offre un trophée de chasse et le garde d'Inô, la traîtresse.

Bacchante 1. Que répond t-il ?

Bacchante 2. Malheureuse, c'est la tête de ton fils que tu m'offres !

Bacchante 1. Mon fils ! (*Hurlement de douleur. Elle ôte le masque. Lumière sur tout le plateau.)*

Scène 4
Agavé, Une bacchante masquée

Agavé, *s'effondrant devant l'autel.* Le sang de Penthée ! Répandu, dans mon sanctuaire ! Ô dieu cruel ! Tu ne connais pas la justice ! J'ai fait ce que tu m'as demandé ! Pourquoi me punir si cruellement, Bakkhos ? Pourquoi me faire tuer mon fils ? Je t'ai écouté, je t'ai obéi !

(La bacchante 2 ôte son masque, c'est Urcydie.)

Urcydie. Et c'est là ton offense, maman. *(Agavé relève la tête, les yeux emplis de larmes.)* Bakkhos nous incite à braver l'interdit, à lui tenir tête, à accomplir nous-mêmes notre destin. Tu n'as fait que t'en remettre à lui, comme tu l'as fait avec Penthée, et avec l'époux de Sémélé ! Et c'est pourquoi Bakkhos t'a affligée, toi, et toi seule.

Agavé. Comment, Urcydie ? Ta partie est égale ! Il t'a ôté ton frère, en se servant de ton bras !

Urcydie. J'eusse aimé qu'il mourût par mon bras. Mais j'étais seule à n'y pas prendre part.

Agavé. Quoi, tu étais donc consciente ? Et tu as échoué à le sauver ?

Urcydie. J'étais consciente, mais je n'ai rien fait.

Agavé. Ah sauvage, ah barbare ! Tu as voué ton frère à cette mort atroce ! Tu n'as rien fait !

Urcydie. Je crois que toi non plus tu n'as rien fait quand il m'a violée. *(Agavé fond en larmes)* Oui tu peux pleurer, maman, car ton crime envers moi est mille fois plus grand qu'envers ton fils. Bakkhos est son vrai assassin et toi son instrument. Mais quand tu m'as abandonnée, il n'y était pour rien. Mais Penthée, lui, a droit à des larmes et moi juste au silence. C'est ainsi que se conduit une mère indigne et un mauvais souverain.

Scène 5
Agavé, Urcydie, Inô

(Inô entre, tenant le thyrse)

Agavé. Voilà la traîtresse, tenant mon thyrse ! Sois satisfaite Inô, regarde ce que tu as causé ! Tu as détruit ta famille ! J'irai aux enfers retrouver mon fils, mais tu viendras avec nous ! *(Elle s'élance, sa griffe à la main, vers Inô qui se laisse faire, fermant les yeux. Mais Urcydie l'arrête avec sa propre griffe)*

Urcydie. Je ne crois pas, non.

Agavé. Tu protèges la traîtresse ?

Urcydie. Je protège ma femme.

Agavé. Ta femme... *(sourire d'Urcydie)* Infâme... féroce bacchante. Tu as tout d'elle à présent, tu n'as plus rien de moi.

Urcydie. Bakkhos parlait par sa bouche, tu n'étais qu'un pantin.

Agavé. C'en est fait, je renonce à ce dieu de malheur, il n'a apporté que le sang et la mort ! *(Elle ôte sa couronne et la pose sur l'autel)*

Inô. Tu profanes Bakkhos, et devant son autel. Mais tu as envoyé sa mère, Sémélé, à la mort.

Agavé. Silence, incestueuse !

Inô et Bakkhos. Tu peux faire taire ta sœur ! Mais le dieu, s'il veut, parlera.

Scène 6
Agavé, Urcydie, Inô, Bakkhos

(Bakkhos apparaît derrière Inô et se détache d'elle tandis qu'elle reste immobile, les yeux grands ouverts)

Agavé. Bakkhos !

Bakkhos. Oui, tu l'as bien nommé, Agavé.
J'ai fait tuer ce tyran sans remords.
Mais il faut pour maman plus encore !
À présent mon Inô se réveille !

Inô. *(clignant des yeux, retrouvant sa conscience)* Hélas ! Qu'ai-je fait ?

Bakkhos. J'ai ouvert, déchaîné tes penchants,
Tes désirs se changeaient en torrents
Violence, jalousie, inceste,
Désormais, sont tout ce qu'il te reste.

Inô. Pardon, Bakkhos, pardon pour Sémélé !

Agavé. Pardon pour Sémélé !

Bakkhos. Ton tourment sera assez pour elle,
Pour ta fille en revanche, c'est à elle

D'en décider. Souvenez-vous de moi.
Le prince des masques, adieu ! *(Il sort)*

Scène 7
Agavé, Urcydie, Inô

Agavé. Ô Bakkhos, tu alourdis ma peine ! Tu me prends mon fils et me laisse à ma fille !

Urcydie. Autre crime, autre châtiment. Le mien sera ton exil.

Agavé. Sans avoir enterré Penthée selon les rites ?

Urcydie. Ses restes nourriront les corbeaux. Quant à toi, si tu pars assez vite, je te laisse la vie sauve.

(Agavé va déposer sa griffe sur l'autel)

Agavé. Tu m'affronterais désarmée ?

Urcydie. Je n'ai pas besoin d'arme. *(Elle dépose sa propre griffe au même endroit.)* Pars. Je te laisse dix secondes. *(Agavé reste immobile et regarde sa fille)* Dix, neuf, huit...

Agavé. Je ne bougerai pas.

Urcydie. Jamais de courage, mais une pointe de témérité. Sept, six, cinq, quatre...

Agavé. Je ne partirai pas.

Urcydie. C'est dommage. Trois, deux, un... zéro.

(Elle se jette sur Agavé avec une violence terrible. Il s'ensuit un combat au sol où coups de poing au visage et morsures ne sont pas épargnées. Dans un premier temps, Urcydie maîtrisée sur le sol, le bras d'Agavé lui bloquant le sternum, la respiration d'Urcydie accélère. Finalement elle hurle et renverse sa mère avec une puissance jusqu'ici non révélée, de tout son poids elle la maintient à terre et lui tient le cou)

Agavé. Tu as tué mon fils...

Urcydie. Encore ton fils ? *(Elle commence à serrer très fort, Agavé n'a plus de souffle et suffoque)*

Agavé. Pitié...aie pitié...

Urcydie. De la pitié ? Est-ce que tu en as eu pour moi ? *(Elle hurle)* Est-ce que tu en as eu pour moi ?

(Elle secoue et serre toujours. Agavé meurt. Urcydie pose ses deux doigts sur son cou ; constatant sa mort, elle se relève. Elle va chercher la couronne sur l'autel et la place sur sa tête. Elle prend ensuite les griffes et les met puis monte sur l'autel. Inô, en larmes, la regarde.)

Ploieras-tu le genou, Inô ?

(Inô regarde Agavé morte. On sent qu'elle a réellement peur. Elle finit par s'avancer et s'agenouiller devant Urcydie qui se tourne vers le public. La lumière l'isole)

Urcydie. J'ai choisi d'être seule et le suis à présent,
Mon nom est le linceul qu'attendaient mes parents.
Bakkhos m'a révélée mais c'était mon destin
Je me suis rebellée, elle était son pantin.
Mon peuple désormais n'obéira qu'à moi,
Ne passera jamais sous une tierce loi.
Même si mon armée dans les combats excelle,
Ma seule renommée sera universelle,
On me vénérera ainsi qu'une déesse
Ou bien l'on subira ma foudre vengeresse.
Seule je conduirai toutes mes combattantes
Tandis que je serai Maîtresse des Bacchantes.

2

<u>Orphée et les Bacchantes</u>

2012-2020

Trilogie d'Urcydie, épisode 2

à Delphine Thelliez, je dédie cet ouvrage qui permit notre rencontre

Représentée pour la première fois à l'ABC Théâtre le 16 octobre 2016

« J'aime le souvenir de ces époques nues, dont Phoebus se plaisait à dorer les statues, alors l'homme et la femme en leur agilité jouissaient sans mensonge et sans anxiété, et le ciel amoureux leur caressant l'échine, exerçait la santé de leur noble machine. »

Charles BAUDELAIRE

Orphée et les Bacchantes
PERSONNAGES

Personnage	Premier acteur	Acteur dans les films « Les Bacchanides »
ORPHÉE, *poète de Thrace*	Jean-Baptiste Sieuw	Jean-Baptiste Sieuw
URCYDIE, *Maîtresse des bacchantes*	Pamela Acosta	Sofia Kerezidou
EURYDICE, *cueilleuse*	Delphine Thelliez	Delphine Thelliez
SAPPHÔ, *poétesse et conteuse*	Monica Tracke	Delphine Thelliez
APHRODITE, *déesse de la beauté et de l'amour*	Déàky Szandra	Alice Giraud
INÔ, *bacchante, ancienne amante d'Urcydie*	Stella Pueyo	Marion Ettviller
RÉGLIS, *bacchante*	Marie Beaumont	Julia Huber
HIPPOLYTE, *bacchante*	Daphné Bordalis	Coumba Doucouré
CALYPSO, *bacchante*	-	Virginie de Brie Robert

MIKA, *amante de Sapphô*	Alice Giraud	-
Les prêtresses d'Aphrodite	Delphine, Szandra, Julia	-
Les cueilleuses	-	-
CHARON, *le guide des Enfers*	Monica Tracke	Pierre Sacquet
OMBRE 1	Déàky Szandra	Julia Huber
OMBRE 2	Daphné Bordalis	Marion Ettviller
OMBRE 3	Julia Huber	Salomé Persephonia

Attributs des personnages

Hippolyte : Un ceinturon où elle attache un couteau.

Réglis : Peinture de guerre

Inô : une couronne de Vignes

Sapphô : Une lyre

Orphée : Une lyre et une couronne de lierre

Aphrodite : Nue avec des bijoux et des voiles de mousseline transparents

Eurydice : Couronne de fleurs

Urcydie : Griffes de fer, couronne de Dionysos

Les ombres : nues ou peintes, ou vaporeuses

Prologue 1

SAPPHÔ, ORPHÉE, LES QUATRE PRÊTRESSES dont MIKA *puis* **URCYDIE**

(Orphée est assis au centre de la scène. Sapphô est à Jardin. Les quatre prêtresses, leur voile blanc sur la tête, arrivent en procession, elles portent toutes des attributs. La première, une couronne de lierre. La seconde, une bassine d'eau. La troisième, une lyre. La quatrième, une ceinture dorée. Sapphô étend ses bras en l'air et ferme les yeux, en prière antique, les autres prêtresses l'imitent. Quand elle baisse ses bras, les autres font de même et chacune prend l'offrande la plus proche d'elle. Toutes les quatre s'approchent du centre. Sapphô s'adresse au public. Pendant ce temps, les prêtresses passent les attributs à Orphée.)

Sapphô
Vous qui avez pris place,
Écoutez-moi conter
Le poète de Thrace,
Le malheureux Orphée.

(Sapphô s'écarte et rejoint l'avant-scène jardin tandis qu'une faible lumière tombe sur Orphée. La première prêtresse dépose la couronne de lierre sur la tête d'Orphée et recule. La troisième prêtresse dépose la lyre d'Orphée dans ses bras et recule. La deuxième s'agenouille, la bassine en main, et Mika y prend un peu d'eau pour en mettre sur le visage d'Orphée. Alors il ouvre les yeux et se lève. La dernière prêtresse met la ceinture. Elles reculent toutes. La troisième prêtresse dépose la bassine à Jardin.)

Vivant dans la forêt
Parlant à la nature,
Les passants le trouvaient
En cherchant aventure.
Mais lorsque les bacchantes
Investirent sa terre,
Il en vainquit quarante
En contrôlant le lierre.

(La lumière change. Les quatre prêtresses retirent leurs voiles et leurs robes et on découvre en dessous les bacchantes, avec leurs vêtement de cuir et de peau, leurs peintures de guerre, et leur visage furieux.)

Ne pouvant plus chasser
Ni piller les villages
Leur cheffe dut acter
Qu'on réparât l'outrage.

Urcydie, *entrant*
Oui je vous soumettrai
À un jeûne infernal !
Fini les beaux banquets
Finies les bacchanales !
Tant qu'il peut respirer,
Vous ne mangerez rien,
Ou nous tuerons Orphée
Ou nous mourrons de faim.

Sapphô
C'est ainsi que commence
Au creux de la forêt
L'ultime discordance
La lyre et le coup'ret.

(Toutes sortent sauf Hippolyte et Réglis)

Acte 1 : L'arrivée des Bacchantes

Scène 1
ORPHÉE, RÉGLIS, HYPPOLYTE

(Orphée est assis avec sa lyre. Réglis et Hippolyte sont là, à distance du poète, ce dernier ne réagit pas à leur présence.)

Réglis. Regarde Hippolyte, n'est-ce pas Orphée là-bas ? Le poète le plus connu de toute la Grèce, celui qui refuse toutes les femmes, qui ne veut ni épouse ni maîtresse ?

Hippolyte. C'est lui-même, Réglis.

Réglis. Il est fils d'une muse et sa lyre est un cadeau d'Apollon... posséder un tel homme, c'est s'approcher des dieux. Foi de bacchante, il faut qu'il me cède !

Hippolyte. Pourtant c'est à moi qu'il cédera !

Réglis, *l'arrêtant*. Je te défends de l'approcher, il est ma proie, et je suis une Ménade !

Hippolyte. J'en suis une au même titre que toi !

Elles commencent à se battre.

Scène 2
ORPHÉE, HIPPOLYTE, RÉGLIS, URCYDIE, INÔ, CALYPSO

Entre Urcydie, la maîtresse des Bacchantes, suivie de sa commandante en second, Inô ; en les voyant qui s'arrêtent à leur niveau, les deux belligérantes cessent.

Urcydie. Quoi, je vois se battre deux de mes meilleures lionnes ? Je vous crois à la chasse pour nourrir nos guerrières, malgré mon interdiction, et je vous trouve ici, vous querellant comme des jouvencelles ? Le sujet doit être d'importance. Du moins je l'espère pour vous.

(Inô, derrière elle, fronce les sourcils en regardant les fautives)

Hippolyte. Nous arpentions la forêt lorsque nous avons vu le chantre de Thrace, celui qui cause notre famine en nous empêchant d'approcher les troupeaux.

Réglis. Sa voix maléfique arrache des larmes à nos plus fières combattantes !

Urcydie. Vous vouliez donc le tuer ?

Réglis. C'est bien cela !

Urcydie. Pourtant vous vous battiez. Pourquoi ?

(Silence gêné)

Hippolyte. Je ne sais pour Réglis, mais quant à moi, je voulais jouir de lui, et Réglis me disputait ce plaisir.

Inô. Tu sais que tant qu'Orphée nous empêchera d'attaquer le bétail, la chair est prohibée ? Tu le sais, n'est-ce pas, Hippolyte ?

Urcydie. Bien sûr qu'elle le sait. *(Hippolyte baisse la tête. Urcydie se tourne vers Réglis)*

Réglis. Quant à moi, je l'aurais tué aussitôt satisfaite !

(Urcydie se tourne vers Hippolyte.)

Urcydie. Calypso. *(Calypso sourit et va derrière les fautives et les attrape au cou par derrière, leur faisant baisser la tête. Urcydie marche lentement vers elles.)* Un poète protégé par les dieux affame nos bacchantes par le seul pouvoir de sa voix, et vous vouliez l'approcher seules, et sans me consulter. Quoi d'étonnant à ce que les nôtres meurent de faim si les meilleures d'entre nous agissent avec tant de bêtise ?

Hippolyte. Mais à quoi bon survivre sans nourriture ni plaisir ? Sommes-nous des bacchantes ?

Réglis. Mettons-le en pièces comme ton frère, et nous mangerons les restes !

Urcydie. Sans la faveur des dieux, vous serez repoussées. Mais puisque vous voilà si hardies, vous méritez votre humiliation. *(Elle* *fait signe à Calypso de les lâcher. Elle les envoie à terre, les deux toussent.)* Montrez-moi donc, l'une et l'autre, comme vous jouissez de lui.

Réglis. *(se relevant)* J'irai la première !

Hippolyte. *(de même)* Et moi la seconde, je ne crains pas qu'elle réussisse ! *(Réglis lui lance un regard noir)*

Inô. Urcydie...

Urcydie. Laisse-les faire Inô. Peut-être bien qu'Orphée ne se défendra pas.

Inô. S'il cède, il a tout mon mépris.

(Urcydie fait signe à Hippolyte de revenir derrière elle. Toutes laissent le champ libre à Réglis. Réglis s'approche d'Orphée, à la façon d'un ours)

Réglis. Orphée, viens-tu ici chercher l'inspiration ? Si c'est le cas, tu as tout ce qu'il te faut.

Orphée. Que fais-tu là, Réglis ?

Réglis. Rien que de très banal, poète de mon cœur, je m'en vais ensemencer mes champs avec le meilleur grain.

Orphée. Alors ce n'est pas celui-là qu'il te faut.

Réglis. J'ai pourtant lieu de croire qu'il y aurait grand plaisir.

Orphée. Et grand malheur pour nous deux car je ne peux t'aimer.

Réglis. S'agit-il vraiment d'aimer ?

Orphée. Je ne veux pas. Cela devrait suffire.

Réglis. Et cela me suffit bien à moi ! *(elle regarde, furieuse, en direction de Hippolyte)* Je te laisse, poète de mon cœur, mais je suis là, dans la forêt, et si tu viens à devenir mon gibier, mets-toi à courir nu par ici ! Je surgirai des bosquets pour mordre dans ton grand corps ! *(Elle revient près des autres)*

Urcydie *(L'attrapant).* Tu es faible et sans confiance, Réglis. Tu as besoin qu'on te caresse pour attaquer. Ne me tiens plus jamais tête. *(Elle la lâche)* Hippolyte, à ton tour.

(Hippolyte s'approche d'Orphée, à la façon d'un serpent)

Hippolyte. Félicitations Orphée, de l'avoir fait partir. D'ordinaire, elle ne s'arrête pas tant qu'elle n'a pas consommé.

Orphée. Je n'y suis pour rien, car le doute est en elle. Elle agit pour se rassurer, rien de plus.

Hippolyte. On m'a dit que les dieux te protégeaient. Est-ce la vérité ?

Orphée. Comment le saurais-je ? Je ne peux qu'espérer.

Hippolyte. Souvent je viens t'écouter, à quelques pas du saule, conter toutes ces amours... comment n'y as-tu jamais succombé, toi qui aime tant les décrire ?

Orphée. Je suis insensible au charme d'Aphrodite.

Hippolyte *(lui prenant la main).* Vraiment ?

Orphée. Vraiment.

Hippolyte. Et si je t'embrassais, maintenant, cela ne te ferait rien ?

Orphée. Rien du tout, Hippolyte.

Hippolyte. Voyons cela alors.

(Elle l'embrasse, pendant ce temps, au loin, Réglis laisse échapper un grognement de colère mais Urcydie reste concentrée. Hippolyte regarde Orphée sans voir de changement sur son visage.)

Hippolyte, *avec impatience et frustration.* Eh bien ?

Orphée. Je t'avais prévenue, Hippolyte. *(Orphée se relève)* Pourquoi ne pas me croire quand je te dis que c'est impossible ?

(Hippolyte furieuse, se lève aussi et sort, suivie par Réglis qui ricane.)

Scène 3
ORPHÉE, URCYDIE, INÔ, HIPPOLYTE

Urcydie. Elles ont réussi à me mettre en appétit.

Inô *(retenant sa jalousie).* Avec ce cœur de pierre ? Je te souhaite bien du plaisir.

Urcydie. Ou je l'aurai ou personne ne l'aura. *(Urcydie regarde vers Orphée. Inô demeure sur scène.)* Va t-en, Inô. *(Inô ne bouge pas.. À contrecoeur, Inô quitte la scène.)*

Scène 4
ORPHÉE, URCYDIE

Orphée. Tu es Urcydie, la maîtresse des bacchantes.

Urcydie. Et toi Orphée, fils de Calliope, qui ignore Aphrodite. L'un comme l'autre, nous sommes des légendes. Unissons-nous, Orphée, chantre de Thrace, et répandons les mystères de Dionysos, que nous servons tous deux.

Orphée. Je ne peux éprouver l'amour, pas plus que je ne puis chasser ou faire la guerre parmi vous.

Urcydie. N'étais-tu pas, Orphée, parmi les Argonautes, pourchassant la Toison d'or avec Jason ? N'as-tu pas protégé ces hommes des sirènes aux griffes acérées grâce au pouvoir de ta lyre ? N'as-tu pas mis en déroute mes guerrières en usant de ta voix ?

Orphée. Ma voix ne peut toucher que ceux qui doutent ; qui est sûr d'être juste sera poussé par mes mots, et non pas arrêté.

Urcydie. Tu refuses donc la maîtresse des Bacchantes, choisie par Dionysos ?

Orphée. Oui je la refuse, car je ne puis mentir, et je ne puis aimer.

Urcydie. L'amour est blessure mortelle, si tu viens à le connaître, ma griffe déchirera ton être et répandra le sang. Cependant, si ta résolution dure, je m'inclinerai face à mon vainqueur ; car j'ai aimé, pour mon malheur, jusqu'à m'ôter mon âme. Tiens seulement ta résolution, et je te laisserai en paix.

Orphée. Je n'ai rien à tenir, ne pouvant pas aimer, mais si je le pouvais, la peur ne m'arrêterait pas. Cette même peur est celle qui te nourrit et celle qui te dévore. Déchire donc, tu agrandiras ta plaie.

Urcydie. Adieu Orphée, n'oublie pas ce que je t'ai dit. Si tu baisses ta garde, je frapperai. *(Elle sort)*

Scène 5
ORPHÉE, INÔ

(Inô arrive rapidement)

Inô. Orphée ! *(Orphée se retourne vers elle)* Elle a offert de t' épouser. Qu'as-tu dit ?

Orphée. Non.

Inô. Bien. Sache que si tu venais à changer d'avis, je serai sur ton chemin. Et je serai sans pitié.

Orphée. Bien sûr que tu le seras. Tu l'aimes. Mais elle n'est pas digne de ton amour.

(Inô, furieuse, se jette sur Orphée. Il fait tinter une corde de sa lyre. Inô, qui allait l'étrangler, se trouve paralysée et, lentement, sent ses yeux se remplir de larmes. Elle finit par pleurer contre lui.)

NOIR

Acte 2 : Le défi d'Aphrodite

Scène 1
ORPHÉE, MIKA, SAPPHÔ

(Sapphô est installée, Mika la rejoint en cours de scène Orphée est assis un peu plus loin, il a déposé sa lyre.)

Sapphô. Tu as refusé la maîtresse des Bacchantes. Tu es courageux. Elle a tué sa mère, laissé mourir son frère, décimé des villages entiers. Où puises-tu cette force Orphée ?

Orphée. Les passions m'ont quitté et la mort m'indiffère.

Sapphô, *souriant*. Même la mort ?

Orphée. Pour le poète, la mort n'existe pas.

Sapphô. Et l'Amour, Orphée ? Existe t-il ?

Orphée. Pas pour moi.

Sapphô. Tu n'as jamais aimé ? *(Orphée se lève, Mika rejoint Sapphô.)*

STANCES D'ORPHÉE N°1

Orphée. Jamais je n'ai connu l'attente sans espoir.
Jamais je n'ai perçu dans l'autre mon miroir.
Jamais je n'ai senti l'indomptable blessure,
Ni du cœur inquiet enduré la brisure.

Jamais je n'ai d'une âme effleuré la naissance.
Jamais je n'ai rêvé de sentir sa présence.
Jamais je n'ai tremblé pour de tendres aveux,
Ni ne me suis perdu dans l'azur de ses yeux.

J'ai des flèches d'Amour su garder ma poitrine,
Renoncé à la rose, évité les épines,
Pour toujours sous les cieux vivre selon ma loi,
Laisser la poésie faire toute ma joie
Écrire dans ma vie des chansons éternelles
Pour rejoindre en mourant les âmes immortelles.

Sapphô. Après avoir défié Urcydie, tu défies Aphrodite ? Ne nourris pas l'espoir de lui résister. Qui refuse d'aimer n'en aimera que plus fort.

Orphée. Mais mon cœur est fermé, que pourrait-elle y faire ?

Sapphô. La déesse de l'amour est orgueilleuse, c'est une reine nue, brillant de mille feux, que le choix de Pâris fit déesse des déesses ! Nul mortel, nul dieu n'échappe à l'Amour ! Tu dois voir Aphrodite, celle qui sur un trône aux mille couleurs voit tout et entend tout des choses de l'amour ! Il te faut la voir !

(Elle se lève. Entre Androméda avec sa clarinette. Mika commence à jouer de la flûte, Androméda joue elle aussi. Orphée va s'assoir en bord de scène, on voit Sapphô ensuite arriver au centre.)

ODE À APHRODITA
(Sapphô chante, accompagnée par Mika à la lyre)

(Tandis qu'elle chante, les prêtresses d'Aphrodite entrent discrètement, entourant la déesse, qui vient se placer dans la position de l'oeuf en fond de scène.)
Sapphô
Ô divine Aphrodite, entends ma plainte ardente,
Brise ton ammonite, apparais, ruisselante,
Sur les flots lazulite, avance triomphante.
Reine aux mille couleurs, écoute ce blâmé,
Qui fait mille douleurs à un coeur bien-aimé,
Pose sur sa pâleur ton regard enflammé,
Toi pour qui la passion ne déclare aucun blâme,
Qu'un écrit polisson fait effet sur ton âme,
Repêche ce poisson qui rêve d'une femme,
Plonge en lui, dans son eau, sois de ces visiteuses,
Qui mettent sur le dos les pucelles précieuses,
Au moyen d'un rondeau aux formes délicieuses.
Nage tant qu'il acquiesce et dépose, ô doriade,
Ta couronne de liesse sur sa tête malade ;
Comme oncle aima sa nièce et femme sa tribade,
Même à l'amour malsain, son coeur tout en attente

Cédera sous ton sein. Sous la caresse lente
De tes doigts assassins va s'ouvrir une fente.
Cet abîme infernal, délicieuse blessure
Sera ouverte au mal comme une flétrissure
Où bientôt le plaisir versera son eau pure.
N'attends pas pour aimer, ces envies délictueuses
Ne pourront que t'armer contre les vicieuses
Qui veulent t'animer de pensées licencieuses.
Ô Aphrodite aimante, sois sensible à mon charme
Car je suis ta servante et mes mots sont une arme
Pour ta cause excellente, ô, embrasse mes larmes.

Scène 2
ORPHÉE, SAPPHÔ, MIKA, APHRODITE, LES DEUX PRÊTRESSES D'APHRODITE

DANSE D'APHRODITE

(À ces mots, la déesse de l'Amour, Aphrodite, apparaît au fond de la scène. Elle est nue et porte de nombreux bijoux, des voilages sont accrochés à ses bras. Derrière elle, deux prêtresses de son cortège, dans des robes blanches. Toutes trois exécutent une danse de l'amour. Il y a comme une attente dans le regard d'Orphée, comme un enfant qui regarde le ciel pour y retrouver un nuage particulier. La danse d'Aphrodite raconte toutes les formes d'amour, de la plus modeste à la plus sauvage. Sapphô est en prière et la déesse, à la fin de sa danse, vient l'embrasser sur l'oeil. Puis elle retourne au centre, encadrée par deux prêtresses.)

Aphrodite. Tu m'as appelée, poétesse. Je suis là, quel est ton désir ? Tu sais que je l'accomplirai. Que pourrais-je te refuser, à toi, Sapphô, qui me fit découvrir ces plaisirs si secrets dont je frémis encore ? Sans tes chants, je les ignorerais, il seraient restés dans l'ombre des chauds foyers du gynécée. Parle, et je ferai ton bonheur.

Sapphô. Toute-puissante et splendide déesse, si je t'ai invoquée aujourd'hui, c'est pour mon cher ami Orphée. Il refuse, une à une, les prétendantes qui s'offrent à lui. Pourrais-tu le guérir, le ramener à l'amour ?

Aphrodite. Je le ferai. L'amour et l'immortalité s'accommodent mal l'une de l'autre, et cependant, tu les voies réunies en moi. *(Elle se tourne vers Orphée)* Orphée. *(Il se lève et s'approche, il s'agenouille près d'elle)* Ne cherche pas l'éternel dans l'exaltation des corps, ce frisson périssable de votre espèce qui trouve son délice dans son commencement comme dans son achèvement. L'amour éternel n'est que dans la poésie.

Orphée. Alors que ma chair, à la poésie, soit sacrifiée.

Aphrodite. Il en sera ainsi, car tel est ton destin. En attendant, tu rencontreras une femme qui te fera voir l'amour tel qu'il t'est à présent odieux. Cependant tu l'aimeras, car telle est ma volonté et telle est la volonté du coeur des hommes, nés pour se reproduire et non pour durer. Cette idole de chair, un jour, te demandera de choisir entre la lumière et l'ombre. En choisissant la lumière, tu deviendras mon égal, en choisissant l'ombre, tu prendras le chemin de l'humanité et de la mort.

Orphée. Je choisis la lumière.

Aphrodite. C'est parce qu'elle t'éclaire. Dès que j'aurais disparu et que des bras chauds et fragiles viendront se glisser au creux de tes épaules, tumultueux Orphée... *(elle l'embrasse presque, comme lui prenant son âme)* tu seras attiré par l'abîme où rugissent les titans. Alors que toute transgression soit permise, et que la perversion, en jouant avec le monde, le rende supportable aux mortels qui le peuplent.

Orphée. Si lointaine est la mort...

Aphrodite. Qu'il te faut jouir de ton avance. Adieu.

(La déesse, au son cristallin des instruments, disparaît, suivie par ses prêtresses)

Scène 3
ORPHÉE, SAPPHÔ, MIKA

Orphée. Adieu... *(il touche un instant sa lèvre)* Que sens-je ? Serait-ce quelque sortilège pour m'imposer d'aimer ? En regardant ses yeux, je n'ai vu que la beauté, et le désir, mais pas l'amour.

(Sapphô apparaît sous l'arbre, allongée la tête sur ses genoux se trouve sa tendre amie Mika.)

Sapphô. L'amour que tu cherches est celui qui viendra.

Orphée. Je n'en cherche aucun pourtant.

Sapphô. Ton esprit le cherche, en poursuivant l'idéal. *(Elle caresse la tête de Mika)* Un regard t'a ému, un jour, c'est certain. Tu l'as simplement oublié.

Orphée. Oublié... ?

(Androméda se redresse et regarde Sapphô)

Sapphô. Il arrive qu'on oublie. *(Elle embrasse Mika. La lumière isole Orphée. Sapphô et Mika sortent)*

Scène 4
ORPHÉE, *seul*

Orphée. Je me souviens maintenant qu'une fois, au jardin des Hespérides, tandis que je m'étais éloigné de mes amis, les Argonautes, j'ai aperçu, imprimée dans un arbre, une forme humaine. Saisi de sa beauté, je me suis approché, m'attendant à voir quelque fée ou quelque nymphe. C'est alors qu'elle a ouvert son œil bleu. Je ne pouvais plus la quitter des yeux. Et lorsque les Hespérides sont arrivées, bruyantes et fières, la forme a disparu et je n'ai pu distinguer son visage. J'y pense parfois quand je chante sous le saule. Je m'imagine tremblant, n'osant pas l'approcher. Troublé, j'ai demandé son nom à l'arbre, et quand j'ai fermé les yeux, ma plume a tracé ce nom... Eurydice.

Scène 5
ORPHÉE, EURYDICE

DANSE D'EURYDICE

(Une douce musique débute alors que la nuit est tombée. La dryade Eurydice entre en dansant, elle se croit invisible aux yeux d'Orphée.)

(Quand Eurydice comprend qu'il la voit, elle sursaute et court se cacher au milieu des cueilleuses. Puis, il sort un peu la tête pour voir où est la danseuse qu'il a vue. Alors qu'elle sortait elle-même sa cachette, Eurydice croise de nouveau son regard et se cache à nouveau, Orphée fait de même, puis s'éloigne un peu, le regard tourné vers le ciel)

Orphée.
Ô puissante Aphrodite, est-ce ma destinée ?
Entrevoir un regard et aussitôt l'aimer ?
Mais quel est ton pouvoir quand l'inconnue d'hier
Peut renverser mon âme et transpercer ma chair ?
L'auteur cède à l'amant, et ce sans jalousie
Car l'amour était là avant la poésie.

Eurydice.
Mon masque, c'est la nuit.
Sais-je ce que je fuis ?
Mais quelqu'un me regarde,
Me voit parmi les arbres.
C'est pourtant impossible,
Car je suis invisible.
Je suis lune nouvelle.
Mais que dit-il ?

Orphée. C'est elle !

(Eurydice, tout en dansant, s'approche peu à peu d'Orphée, elle s'amuse dans sa danse à lui donner des doutes sur le fait qu'elle ne soit peut-être qu'un rêve. Elle s'approche et s'évapore. Entourés des cueilleuses, ils s'approchent, se découvrent, se craignent d'abord. Puis se comprennent. Ils jouent, ils s'amusent. Ils se touchent une première fois. Eurydice, effrayée, veut fuir. Mais Orphée, faisant seulement un geste vers elle pour la retenir, la voit finalement se retourner. Elle s'approche, lui touche la main. Ils se regardent. L'un caresse l'autre

au visage. Puis le second fait de même. Ils se sont reconnus. Ils finissent dans les bras l'un de l'autre. La nuit devient de plus en plus sombre jusqu'à ce qu'on ne les voit plus.)

Eurydice. J'ai envie de m'allonger à côté de toi.

Orphée. Pourquoi ne le fais-tu pas ?

Eurydice. J'aurais peur de m'endormir.

Orphée. Ce serait doux, ce serait charmant.

Eurydice. Mais je ne veux pas.

Orphée. Pourquoi ?

Eurydice. Parce que quand je dors, tu es avec moi, mais je ne suis pas avec toi. Ou alors, donne-moi de la poussière de rêve, un rêve dans lequel tu es, pour que je ne sois pas en reste. Reste, reste.

(Ils restent enlacés tandis que le jour revient et que Sapphô raconte)

Prologue 2

SAPPHÔ, *seule*

Et c'est ainsi qu'Orphée
Par une nuit sans lune,
Découvre cette fée,
Signe de sa fortune ;
Il en tombe amoureux
Comme on peut s'en douter,
Et se trouvant heureux
Demande à l'épouser.
La dryade Eurydice,
Qui l'aime éperdument
Dans un clin d'oeil complice
Accepte innocemment.
On fait partout l'annonce,
La foule se réjouit,
Le poète renonce
Au célibat pour lui !
Mais des voix dissonantes
Résonnent en silence
Dans les cœurs des bacchantes
Dont l'habile insistance
N'avait rien obtenu.
Puis leur cheffe surtout,
Beauté très reconnue,
En conçut du dégoût ;
Et sa fierté de femme
Qui était inflexible
Laissait dedans son âme
Une rancoeur terrible.

Acte 3 : La vengeance d'Urcydie

Scène 1
URCYDIE, (ORPHÉE, EURYDICE)

(Fin de nuit. Orphée et Eurydice dorment dans la forêt, enlacés. Urcydie, qui est entrée pendant les dernières paroles du prologue, les observe puis s'approche doucement d'eux. Progressivement, elle ira jusqu'à s'accroupir tout près.)

Urcydie. Ainsi tu m'as trahie, homme ingrat, abject,
Prince à portée de main sommet de mes conquêtes.
Toi qui pris de la femme un pouvoir enchanteur,
Moi qui tenait de l'homme la dominante ardeur,
Assemblés nous eussions transcendé l'être humain
Et des portes d'Olympe brisé les faibles joints.
Comme ton souffle est chaud, tout près de son oreille !
Comme vous êtes beaux, prisonniers du sommeil !
Si je voulais pourtant... je pourrais t'embrasser
Mais un baiser pour moi, ce n'est jamais assez,
Il faudrait que tu sois, chaque instant de ta vie
Soumis à mes caprices, soumis à mes envies,
Et mon ventre brûlant, nourri de vitriol
Tranché, scindé, percé, fendu par un viol,
Te prendrait de ta chair un complet quartier
Faisant du gras morceau un festin entier,
Et ta pauvre Eurydice, aussi faible que l'air
N'aurait pas le bonheur de servir de dessert.
Qu'ils sont bien enlacés, ces deux corps si paisibles
Si sûrs qu'ils sont d'avoir une âme indivisible !
Le voici donc, Orphée le poète éternel,
Amoureux d'Eurydice, la semi-immortelle !
Tu as scellé le sort de cet être magique,
En écrivant son nom sur ton livre tragique.
Un flot de sang sans fin s'enfuira de son corps
Quand je la jetterai au royaume des morts !
Tu as contre Urcydie préféré l'inhumaine,

La dryade, la fée, l'adorable sylvaine !
Comme je te comprends, ambitieux poète,
Moi qui mène en secret la divine conquête
De l'immortalité. Je vais tuer Eurydice,
Libérant son pouvoir, et par ce sacrifice,
Je volerai sa vie, devenant millénaire,
Tandis que ta déesse ira nourrir la terre
Fraîche de vos amours une fois consommées !
Profitez-en tous deux, enlacez-vous, dormez !
L'amour mène à la mort comme la nuit au jour,
Quand la flèche pénètre, elle blesse à rebours,
Tant qu'on y touche point, elle est douce dedans,
Mais quand on la retire elle est rouge de sang.
Je vais vous séparer, amoureux adorables,
Je vais scier en deux ce tableau si aimable,
Et vous rappellerai, avec ma griffe ardente,
Ce que c'est que trahir la maîtresse bacchante.

(Elle sort. Le soleil se lève doucement.)

Scène 2
ORPHÉE, EURYDICE

Eurydice. *(se réveillant).* Crois-tu que la poésie acceptera de te partager avec moi ?

Orphée. Elle est très orgueilleuse. *(Ils se lèvent)* Et toi, la danse, te laisse t-elle venir entre mes bras ?

Eurydice. Elle m'y pousse, et j'aime sa libéralité.

Orphée. Alors, danse, danse toujours, mon Eurydice. *(Eurydice commence une danse)*

STANCES D'ORPHÉE N°2

Danse mon Eurydice, au milieu des grelots,
Comme faisaient jadis les licornes au galop
Fendant le ciel, perdant leurs ailes au bord de l'eau.
Tu soustrais à Vénus la douceur du sommeil
Tu ravis à Phoebus tout l'éclat du soleil
Comme la trêve d'un très long rêve avant l'éveil.

La nuit m'a révélée tes boucles blondes et belles,
Petits farceurs ailés, qui toujours s'entremêlent,
Et qui arrivent, d'une autre rive, plus irréelle.
Toi qui cours au levant, sur la berge ondulante
Emportée par le vent, comme une autre Atalante
Regarde encor la pomme d'or ensorcelante.
(Il va mettre un peu d'eau sur le visage d'Eurydice, comme un baptême.)
Accepte ce regard au creux de tes yeux bleus,
Aime toujours sans fard et je t'offre mes vœux
(Elle fait de même avec lui)
Mon absinthe, mon Hyacinthe, tu es mon feu.
Danse mon Eurydice, sois ma seule prêtresse,
Sans toi j'étais jadis comme un dieu en détresse,
Tu fis le monde à la seconde ô ma déesse.

Eurydice. Venez, mon cher ange, célébrer notre union toute blanche !
(Ils sortent)

Scène 3
RÉGLIS, INÔ, URCYDIE, HIPPOLYTE, CALYPSO

(La scène s'assombrit, on entend un cliquetis de fer. Lorsque la lumière revient, Urcydie est au bord de la scène et nettoie de grandes griffes de fer, près d'elle se trouve Calypso. Inô entre et s'arrête au milieu de la scène, elle regarde Urcydie. Alors qu'elle veut prendre son courage à deux mains et parler, on entend un cri furieux qui vient de loin, c'est Réglis qui arrive, son sabre à la main, suivie d'Hippolyte qui la surveille.)

Réglis. Ah le traître ! L'impie ! L'homme ! *(Elle fait les cent pas et tape du pied)*

Inô, *à Urcydie.* Elle a faim. Les autres aussi ont faim. Partons, laissons cet Orphée. *(Urcydie fait la sourde oreille)*

Réglis. Cet Orphée... Ah si je l'avais sous la main, je crois que je le mordrai ! Oui je le mordrai jusqu'à sentir son sang couler sur mes lèvres !

Hippolyte. Quant à cette Eurydice...

Réglis. Mais qui est cette Eurydice de toute façon ?

Inô. C'est une dryade.

Hippolyte. Comment cela ? C'est une déesse de la forêt, elle ?

Inô. C'est l'esprit de la forêt, née de l'arbre des Hespérides. Elle peut vivre des siècles, et sait disparaître au milieu des arbres si on l'attaque.

Réglis. Alors il faudrait nous avouer vaincues ? L'un nous repousse de sa lyre et l'autre met la forêt de son côté ! Si c'est cela, il n'y a plus qu'à se disperser et à mendier pour survivre !

(Inô tressaille à ces mots, Urcydie pose délicatement l'une des griffes et saisit l'autre, tout en se levant.)

Urcydie. Calypso.

(Calypso arrive derrière Réglis et la force à se mettre à genoux. Urcydie avance près de Réglis et pointe les lames de sa griffe juste au dessous de son menton.)

Urcydie. Je croyais t'avoir dit de ne plus me tenir tête Réglis. Mais tu ne m'as pas écoutée. Il va falloir accepter ton sort. *(Elle prépare sa griffe pour frapper)*

Inô. Attends, Urcydie ! *(Urcydie se retourne vers elle)* J'ai entendu dire que... les dryades sont sensibles à l'intérieur, il suffirait qu'un serpent répande son venin pour...

Urcydie. *(ayant une idée)* Oui... mais ce serpent, ce sera moi, Inô, et personne d'autre. *(Elle regarde Réglis toujours à genoux)* Tu as de la chance, Réglis, j'ai besoin de toi.

Inô. Que comptes-tu faire ?

Urcydie. Cet après-midi sera la dernière fois qu'Eurydice viendra remplir sa bannette quotidienne de mûres et de myrtilles. Nous devons faire vite. Réglis, tu vas aller dans la forêt observer ces tourtereaux ; à l'instant où ils se séparent, tu viendras m'avertir. Va t-en !

(Réglis s'éloigne de manière précipitée. Urcydie se retourne vers

Hippolyte qui part très vite.)

(Inô s'approche d'Urcydie, Calypso se met entre elles. Inô regarde Calypso, cette dernière a la main sur son arme. Urcydie pose la main sur l'épaule de Calypso pour qu'elle se détente et lui fait signe de partir. Calypso le fait, tout en lançant un regard noir à Inô)

Scène 3
INÔ, URCYDIE

Inô. Que devrais-je faire pendant l'attaque ?

Urcydie. Rien, tu observeras.

Inô. Avant tu me faisais confiance.

Urcydie. Tu as suggéré de fuir en laissant vivre Orphée. Si tu n'étais pas de mon sang, je t'aurais déjà tuée.

Inô. Ce n'est pas pour ça que tu m'as laissée vivre.

Urcydie. Ah oui ? Alors pourquoi ? *(Inô s'approche d'Urcydie et lui met les mains sur la taille d'une façon passionnée)* Tu es ridicule Inô, insignifiante.

Inô. Ne suis-je plus ta femme ?

Urcydie. J'aurais dû être la divine femme du divin Orphée. Mais bientôt j'obtiendrai un pouvoir plus grand encore.

Inô, *levant les bras.* Alors tue-moi. Tue-moi. Je ne te suis plus d'aucune utilité. Tue-moi, qu'est-ce que tu attends ?

(Urcydie la saisit à la gorge. Inô se laisse entraîner, prête à se laisser mourir si Urcydie le voulait.)

Urcydie. Ne me donne pas d'ordres. *(Elle la lâche et part. Inô respire fort. La scène s'assombrit)*

Scène 4
ORPHÉE, EURYDICE, (RÉGLIS)

(Orphée est assis en avant-scène, Eurydice est près de l'arbre. Réglis entre sur le côté et observe. Eurydice ferme les yeux. On entend le

bruit du vent.)

Orphée. À quoi penses-tu ?

Eurydice. J'écoute les arbres. Ils me racontent l'histoire de tes ancêtres.

Orphée. Et que disent-ils ?

Eurydice. L'un d'eux m'a dit que ta mère est la muse de la poésie, Calliope ; il m'a dit aussi que les oiseaux apprennent à chanter auprès de toi, certains viennent de très loin pour te voir.

Orphée. Comment les entends-tu aussi bien ?

Eurydice. Parce qu'ils sont ma famille. Je suis fille de l'arbre des Hespérides.

Orphée. Tu es une dryade ?

Eurydice. Oui, mon amour.

Orphée. Tu vivras donc un millénaire. Je quitterai ce monde pendant ta première jeunesse.

Eurydice. Ne dis pas cela, je ne te survivrai peut-être pas.

Orphée. Pourquoi dis-tu cela ?

Eurydice. Les esprits comme moi ne meurent pas du vieillissement du corps mais de l'épuisement de l'âme ; le désespoir ou la lassitude peuvent me tuer. En te perdant, je n'aurai plus la volonté de vivre.

Orphée, *tout d'un coup sombre*. Hélas !

Eurydice. Qu'y a t-il mon Orphée ?

Orphée. En cédant à l'amour, je raccourcis ta vie ! Je tue ce qui m'est le plus cher !

Eurydice. Non, non, ne dis pas cela. C'est faux. Tu t'attaches trop au temps. Tu le serres dans tes mains. Regarde. Tes doigts sont crispés. Tu songes à la mort, et tout en toi devient rigide, glacial, cassant. Ne serre pas le temps entre tes doigts, il s'échappe, ne le regarde pas couler. La peur nous fait tout perdre.

Orphée. Je voulais vieillir avec toi, dans notre maison, au sein de la forêt.

Eurydice. Regarde mon visage. Mes rides viendront, jour après jour, te rappeler notre histoire. Oublie le temps. Le futur n'est pas là. Le passé est déjà loin. Que veux-tu pour nous ?

Orphée. Je nous vois dans la rivière, je dis des poèmes pour toi, les animaux se rassemblent sur la berge. Ils nous écoutent. Je nous vois, des années plus tard, le corps meurtri par l'âge mais l'âme pleine d'un jeune amour, jeune comme tu le seras encore, comme tu le seras toujours à mes yeux.

Eurydice. Je vieillirai avec toi. Qui me connaît vivra autant que moi.

Orphée. Eurydice, comme je t'aime ! Pour toujours...

Eurydice. Non, non ! Pas encore le temps ! Sois généreux, mon poète, offre-moi l'éternité. Dis-moi « je t'aime » seulement. Et dis-le encore demain, et le jour d'après et tous les jours suivants. Ne dis « toujours » que lorsque nous allons mourir. Ou plutôt ne le dis jamais, car je veux que tu vives après moi. Tu es mon arbre, ma maison. Porte mon souvenir.

Orphée. Je n'ai jamais aimé. Je n'aimerai pas à nouveau.

Eurydice. Et moi je te promets de garder cet amour pour nous, pour notre arbre en pleine efflorescence qui portera bientôt ses fruits. Nos aventures, nos voyages, contés par ta poésie, trouveront leur place dans la mémoire des étoiles. Tu m'as fait découvrir ce que c'est qu'être heureuse en amour, toi qui pourtant ne l'as jamais vécu.

Orphée. Mais avais-je vécu jusqu'alors ? Ma vraie vie commence à tes côtés. *(Ils s'embrassent, le soleil apparaît à l'horizon)*

Eurydice. Le soleil se lève. Je dois aller rejoindre mes cueilleuses.

Orphée. Reviens-moi vite. C'est long quand tu ne reviens pas.

Eurydice. Rappelle-toi, mon amour, tu m'as promis l'éternité.

Orphée. Je te l'ai promis.

Eurydice. Tu m'aimes ?

Orphée. Oui, je t'aime.

Eurydice. Moi aussi. Adieu.

Orphée. Adieu ?

Eurydice. Jusqu'à ce soir. *(Elle sort)*

Orphée. Adieu. Adieu temps, puisqu'il faut t'abandonner. Me voici immortel, avec ton amour. Une minute est un siècle, un siècle est une minute. Ce soir encore, nous dormirons ensemble. *(Il sort)*

Réglis, *qui observait jusqu'alors, à part.* La voilà partie ! Je vais prévenir Urcydie. Ne jette pas le temps, Orphée. À présent, il t'est compté ! *(Elle sourit et sort)*

Scène 5
URCYDIE, EURYDICE, CALYPSO, RÉGLIS, DEUX CUEILLIEUSES

(Urcydie, à jardin, Inô, au fond, et Réglis, à cour, attendent cachées l'arrivée d'Eurydice. Celle-ci entre, accompagnée de deux cueilleuses rejoindre les autres pour commencer sa cueillette mais une forme enveloppée d'une cape noire se dresse devant elle)

Réglis *(sous la cape).* Mademoiselle ? Vous êtes bien la petite Eurydice ? Mon nom est Aristée. Puis-je vous voir de plus près ? Venez, je vous en prie... oh, n'ayez pas peur, je ne vais pas vous mordre...

DANSE DE PROTECTION

(Elle ôte sa cape et se jette sur Eurydice mais une cueilleuse la protège, elle se fait alors mettre au sol et étrangler. Alors qu'Eurydice et l'autre cueilleuse courent, Réglis surgit et met à terre l'autre et l'étrangle elle aussi. Eurydice recule et concentre son pouvoir grâce à une danse rituelle. Les deux bacchantes doivent lâcher leurs proies qui s'enfuient et se retrouvent à leur tour étranglées sur le sol. Mais, peu à peu, épuisée, Eurydice s'effondre.

Alors que Calypso et Réglis s'apprêtent à se venger en attaquant,

Urcydie sort de derrière les buissons, tenant ses griffes et hurlant. Faussement effrayées, elles s'enfuient. Urcydie s'agenouille ensuite près d'Eurydice.)

Scène 6
URCYDIE, EURYDICE *puis* RÉGLIS, HIPPOLYTE, CALYPSO et INÔ

Eurydice. Merci...

Urcydie. Ne me remercie pas. Tu aurais fait la même chose pour moi. N'est-ce pas, Eurydice ? *(Silence. Eurydice acquiesce mais regarde avec crainte la griffe. Urcydie fait semblant d'en être offensée et s'éloigne)* Ou peut-être aurais-tu fait autre chose, tu serais venue et tu m'aurais regardée avec dédain...

Eurydice. *(Se levant brusquement, toujours fatiguée)* Non !

(Urcydie sourit, les bacchantes entrent discrètement sur les côtés dont Inô au fond, elle laisse tomber l'une de ses griffes.)

Urcydie. Ou alors simplement comme un chat. Tu aurais suivi ton chemin et tu aurais attendu que je te suive, un chat, un chat, qu'on entend à peine, qui respire bas, très bas. Tu serais un chat qui se cache dans les bosquets, et qu'il faut déloger... ou bien une oiselle, une petite oiselle blonde chassée par le chat, et qui veut lui échapper... qui vole, qui vole toujours plus vite, qui chante pour ne pas l'entendre, qui continue de chanter... mais qui s'étouffe, sous la patte du chat.

Eurydice, *émue et hypnotisée.* Elle est morte ? *(Silence, Urcydie fait signe que oui de la tête)*

Urcydie. Tu veux que je chante moi aussi ? Cela te ferait peut-être du bien. *(Elle commence à chanter, s'arrête)* Tu m'écoutes... *(Elle chante à nouveau, descendant avec Eurydice au sol, puis s'arrête)* Tu es calme... Très calme... Tu es rassurée... tu attends que je te raconte ce qui se passe... *(Les bacchantes Hippolyte, Réglis, Calypso et Ambroisie commencent à s'approcher lentement, autour d'elles deux)* Il n'y a plus personne et tu es toujours là, avec moi... je te regarde, tu n'entends plus que ma voix, ou peut-être un petit tressaillement dans l'air mais... tu ne l'entends plus maintenant... tes mains se détendent sur tes hanches, elles se laissent aller. C'est maintenant que tu vois le soleil qui pénètre, le soleil rouge, rouge comme du sang, et ta main, tenant... tenant... maintenant !

RITUEL DE MORT

(Réglis, toute tendue, attrape Eurydice par derrière la faisant basculer sur elle et lui mettant la main sur la bouche. Les bacchantes commencent un encerclement. Urcydie s'immobilise un instant, relève doucement la tête et laisse se dessiner son sourire le plus large. Sa main semble se rigidifier. Ses deux doigts les plus longs deviennent extraordinairement tendus alors que les autres se replient avec force. Eurydice a du mal à respirer, Réglis lui couvre la bouche et maintient solidement son buste, elle utilise ses jambes pour pousser celles d'Eurydice, de chaque côté, laissant un écart. Urcydie, alors qu'Eurydice ne bouge presque plus force son intimité avec violence. À ce moment, au fond, Inô se lève, le souffle coupé. Eurydice, silencieuse, semble comme une poupée qu'on secoue, tout semble se bloquer dans sa poitrine, elle s'échappe mentalement et peu à peu, elle sort de son corps. Finalement, elle s'arrête et se remet à respirer normalement. Elle retire sa main, toute tachée de sang. Elle est absorbée et ne dit mot. Eurydice est inanimée. Inô est saisie par l'horreur.)

Scène 7
INÔ, URCYDIE, RÉGLIS, HIPPOLYTE, EURYDICE (morte), LES BACCHANTES

Réglis. Elle est morte.

Urcydie. Pardon ?

Réglis. Morte, que fait-on ?

Urcydie. Elle a été mordue par un serpent.

Réglis. Et le sang ?

Urcydie. Mal tombée sur les racines d'un arbre, elle cherchait de l'aide car elle saignait.

Réglis. D'accord. *(Elle fait signe à Hippolyte et elles sortent, suivie des autres bacchantes. Urcydie continue de regarder sa main ensanglantée)*

Inô. *(faible)* Urcydie...

Urcydie. Qu'y a t-il Inô ?

Inô. ...pourquoi ?

Urcydie *(en souriant)***.** Parce qu'il ne suffisait pas de tuer son corps, c'est leur amour que j'ai tué. *(Elle barre sa poitrine de sang)*

(Inô, prise de haut-le-coeur, sort.)

Scène 8
URCYDIE *puis* ORPHÉE

Urcydie. Je lui avais dit que l'amour était une faiblesse. Orphée est condamné désormais. Contre cela, même les dieux ne pourront plus le protéger.

(Orphée paraît à la lisière de la scène, Urcydie vient vers lui, la main ensanglantée)

Urcydie. Tu avais raison, Orphée... la femme idéale n'existe pas. *(Elle lui caresse le visage, laissant une trace rougeoyante sur sa joue. La scène s'assombrit.)*

Prologue 3
SAPPHÔ

Eurydice expirait
Poussant un cri atroce
Pendant qu'on s'affairait
À cet acte féroce ;
La terrible bacchante
Au rictus vicieux
S'était livrée consciente
À ce crime odieux ;
Dans une ardeur cruelle
Comme jadis son frère
Avait abusé d'elle,
De la même manière.
Orphée va dans la plaine
Et la retrouve morte,
Il se soutient à peine
Tant la douleur est forte.
Il veut braver son sort,
Et insulte les dieux
On ne vainc pas la mort
Mais lui Orphée le peut.
Il ira la chercher
Jusque dans les Enfers.
On veut l'en empêcher,
Il n'y a rien à faire.

Acte 4 : Orphée et Eurydice aux Enfers

Scène 1
ORPHÉE, INÔ

Inô. N'avance pas.

(Orphée, en proie à la fureur, fait sonner l'une des cordes de sa lyre. Inô alors se couvre les oreilles et tombe à genoux)

Orphée. Va t'en, maudite bacchante. Écarte-toi.

Inô. Je t'en supplie, n'y va pas. Elle l'a fait pour t'atteindre. Elle l'a fait pour te tuer.

Orphée. Plus que jamais aujourd'hui, la mort m'est indifférente ! Comme elle l'a été pour toi, quand tu l'as laissée mourir !

Inô. Je ne voulais pas... je ne voulais pas qu'elle meure comme ça, pas de cette façon. Ne cours pas à ta perte ! J'ai trop versé le sang, je l'ai trop laissée faire... j'étais incapable de bouger, je pouvais à peine respirer, j'avais peur. Pardonne-moi, je t'en supplie... *(Orphée veut avancer, elle se relève, tendant la main)* Écoute-moi, sauve ta vie, Orphée, sauve celle de ses prochaines victimes !

Orphée. Les cris de vos victimes emplissent l'air de toute la Grèce, de la Thrace, de la Lydie et de l'Egypte ! Que ferais-je ? Et que pourrais-je faire ? Je n'ai que la justice et les sentiments. Vous avez les armes, la rage et la folie. Et les armes, la rage et la folie ont eu raison de la seule personne qui m'ait été chère en ce monde : Eurydice ! Eurydice n'est plus ! Là où je vais, personne ne m'arrêtera, sinon la mort. *(Inô baisse la tête. Silence. Orphée avance.)*

Inô. Alors, il ne reste que la mort ? *(Orphée s'arrête)* Pour nous, nulle autre voie ? Que la mort ?

Orphée. Celui pour qui l'amour importe plus que la vie, celui-là, Inô, doit mourir avec son amour. Les autres laisseront mourir leur amour, et vivront, se cherchant, année après année, des faire-valoir pour supporter la cruauté du monde, des miroirs aux formes douces, qui leur diront ce qu'ils veulent entendre, qui les arroseront, comme la pluie arrose les arbres, des soigneurs de leur vanité.

Inô. Tu ne seras plus toi après avoir payé le passeur.

Orphée. Alors je serai un autre, pourvu que cet autre retrouve Eurydice.

Inô. Et si c'était trop tard ? Si elle ne pouvait pas revenir ?

Orphée. Alors... mon corps serait aux ombres. Adieu, Inô.

Inô. Pourras-tu regarder le visage de la mort ? *(Orphée se retourne vers elle)*

(Noir, Inô sort)

Scène 2
ORPHÉE, CHARON

(Orphée entre seul dans les Enfers, sa lyre à la main. Il voit Charon qui lui tend la main. Orphée saisit une pièce imaginaire sur chacun de ses yeux et dépose le tout dans les mains du passeur.)

(Noir, bruits de rame et d'eau, on entend Orphée appeler Eurydice et un son étrange lui répond)

Scène 3
LES TROIS OMBRES, ORPHÉE, CHARON

(Dans les Enfers, trois ombres tourmentées s'agitent dans le Styx. Ce sont des formes sans visage, nues ou peintes, vaporeuses ; des corps en souffrance, qui se tordent en tout sens, avides d'agripper Orphée pour lui partager leur souffrance. Orphée est sur le bateau avec Charon.)

Ombre 1. Les étoiles pâlissent et la lune s'efface.

Ombre 3. Des seins glacés me touchent.

Ombre 2. Une force m'enlace.

Ombre 1. Demain, l'heure sera sans fin. Que faire dans tout ce temps ?

Ombre 3. Dans quel sens ?

Orphée. Enfin, cessez, pensées, de tourner sans réponse.

Ombre 1. Mais où est ton poème ?

Ombre 3. Et ces mille visages que tu avais promis ?

Ombre 2. La lumière est fausse.

Ombre 3. Mais le son l'est aussi.

Ombre 2. Reviens sur tes pas.

Ombre 1. Je suis là.

Ombre 2. Où est ta dame ?

Orphée. Ma dame m'a quitté.

Ombre 3. Elle est déjà passée.

Ombre 2. Ses cheveux ont changé.

Ombre 1. Je préfère être rousse.

Ombre 2. La lune s'éloigne.

Ombre 3. Merci pour tout.

Ombre 1. L'aventure se brise et emporte avec elle dans les airs viciés ta déesse mortelle.

Ombre 2. Quel est mon rôle ?

Ombre 3. Je peux pleurer ?

Ombre 1. Refais-le.

Orphée. Il y a sept portes et vous n'êtes que trois.

Ombre 3. Que devenir ?

Ombre 2. Quand tu crèves de dire.

Ombre 1. Tu es l'obstacle.

Ombre 3. Lève-toi.

Ombre 2. Les règles sont les règles.

Ombre 1. Recommence. *(Un temps)* Donne ta main.

Ombre 3. Le soir est un matin.

Ombre 2. Avance.

Ombre 1. Qu'est-ce que tu vois ?

Orphée. Une prisonnière. Elle étale contre ses barreaux ses cheveux décrépis, couleur de corbeau, et brandit fièrement une crevette grasse.

Ombre 3. Une voix me poursuit.

Ombre 2. Aveugle.

Ombre 1. Renfermée.

Orphée. Les mirages m'assaillent et les glaces m'envoient le seul être haïssable. En vain le monde humain engendre son semblable si l'amour, ce fluide inconstant, ne soutient son squelette sans âme et sa chair désertée.

Ombre 3. Tu as aimé ?

Ombre 2. Je suis mauvais.

Ombre 1. J'ai trouvé.

Ombre 2. Mais...

Ombre 3. Tu rêves...

Ombre 1. Tu es plutôt belle.

Ombre 3. Tes mains s'assemblent bien aux miennes.

Ombre 1. Attrape les siennes. *(Elles essaient d'attraper Orphée qui tombe de la barque)*

Ombre 2. Arrête !

Orphée. Eurydice !

Ombre 1. Tu la sens ?

Ombre 3. Je la veux.

Ombre 2. C'est mon sang.

Ombre 3. Regarde, Orphée.

Ombre 2. Nous sommes liées.

Ombre 3. Un dessein qui mène à l'autre.

Ombre 2. Le tien...

Orphée. Eurydice !

Ombre 3. Il n'y en a qu'un !

Ombre 1. Vos jambes s'entrelacent.

Ombre 2. Nous sommes tes mains.

Ombre 3. Passe entre nous.

Ombre 2. Non sans vice.

Orphée. Eurydice !

(Les ombres s'entrelacent et Eurydice apparaît. Charon sort.)

Scène 4
EURYDICE, ORPHÉE

Orphée. Es-tu bien Eurydice ? Celle que j'ai aimée. Tes cheveux, ton visage, ton corps. Ici, dans ces profondeurs obscures. Comment puis-je savoir... ? Aphrodite m'aurait-elle accordé la grâce de... ? Pourquoi ces mains, ces corps t'entourent-ils ? Quelle expérience infecte le maître des profondeurs fait-il sur toi ? *(Il veut approcher sa main du visage d'Eurydice)*

Eurydice. Orphée. *(Elle se lève, les autres ombres sortent)*

Orphée. Mon amour ! Ce seul mot me met à tes genoux, mon ange. Reviens à la surface avec moi, ta mort était une injustice des dieux mais à présent nous allons la réparer. Nous allons la réparer ensemble. Viens, mon amour.

Eurydice. Tu m'ennuies avec ça. T'as quelque chose à proposer ?

Orphée. Remonter ensemble, mon Eurydice.

Eurydice. Je ne vois pas ce que tu veux dire.

Orphée. Passer les sept portes, main dans la main.

Eurydice. Laisse ma main, j'ai mal.

Orphée. Mais je dois te voir, je ne veux pas te perdre encore.

Eurydice. Ne me touche pas, ça me fait mal.

Orphée. Alors, reste près de moi, je t'en prie.

Eurydice. Je ne peux pas faire plus près.

(Ils avancent. Orphée veut la regarder.)

Eurydice. Ne te retourne pas, tu ne me verrais plus. Avance, et je te suivrai peut-être.

Orphée. Peut-être ?

Eurydice. Peut-être.

Orphée. Non, je ne peux pas.

Eurydice. Pourquoi ne peux-tu pas ?

Orphée. Je ne peux pas aller dans la lumière si je ne te vois pas, un monde sans toi est un monde sans lumière.

Eurydice. C'est parce que tu veux te retourner qu'il n'y a plus de lumière.

Orphée. Non, c'est parce que je ne te vois pas.

Eurydice. Alors imagine que je suis là, et avance toujours.

Orphée. Et si nous errons, si nous marchons sans fin ? Je les vois d'où je suis, mon amour, Sisyphe avec son rocher, les Danaïdes remplissant leur tonneau, et Prométhée qu'on dévore. Finirons-nous comme eux ?

Eurydice. Imagine que non. Imagine que je te tiens la main, et que nous ressortons tous deux, que nous avons une maison, dans la forêt qui nous vit nous connaître, que nous jouons dans la rivière, que tu dis tes poèmes, et que les animaux viennent t'écouter ; puis que nous vieillissons, l'un et l'autre, et lisons dans nos rides l'histoire de notre vie heureuse, au coin de nos bouches, sur la trace des sourires. Imagine que nous sommes ensemble, qu'il y a quarante ans que nous nous connaissons, et que je suis malade, que je vais basculer, que tes yeux me regardent, que je les ai fermés. Ferme-les toi aussi. Et avance.

Orphée. Je n'y arrive plus, mon Eurydice, je ne peux plus.

Eurydice. Si tu te retournes, je disparaîtrai.

Orphée. Mais est-ce que tu es là ? *(il s'effondre)*

Eurydice. *(un temps)* Peut-être que je ne suis plus là.

Orphée. Est-ce que nous allons vivre tout cela ?

Eurydice. Imagine.

Orphée. Laisse-moi te regarder.

Eurydice. Tu sais ce qu'il en coûtera.

Orphée. Dis moi seulement que tu m'aimes et je marcherai.

Eurydice. …

Orphée. Pourquoi ne dis-tu rien ?

Eurydice. Il faut être vivante pour aimer, Orphée. Je suis morte. ***(Il se retourne)*** Je suis morte.

Orphée. Eurydice !

Eurydice. Tu l'as voulu.

(Elle disparaît. Il avance vers le centre mais ne la trouve plus)

Scène 5
ORPHÉE, CHARON

(La lumière isole Orphée au centre. Fou de douleur, il se laisse tomber à terre. Charon arrive et s'immobilise près de lui. La scène est plongée dans le noir. Bruits d'eau et de rames)

Acte 5 : La mort d'Orphée

Scène 1
HIPPOLYTE, RÉGLIS

Le jour va bientôt se lever. L'eau coule, les oiseaux, et d'autres animaux de la forêt se font entendre ; Hippolyte et Réglis entrent, bras dessus bras dessous, sous l'influence d'une grande quantité de vin, elles chantonnent.

Hippolyte. Petite souris blanche, laisse-moi te croquer. Ton petit museau d'ange va être dévoré.

Réglis. Mon petit campagnol, au fond de ton terrier, avec mes petits doigts je pourrai te chercher.

Hippolyte. C'est ici qu'est mort le petit poisson, regarde...

Réglis. Sur cette herbe fraîche, elle l'a dépucelée...

Hippolyte. Elle s'est noyée... ou est-ce l'anguille qui l'a mangée ?

Scène 2
HIPPOLYTE, RÉGLIS, INÔ

Réglis. Regarde qui est là, Hippolyte.

Hippolyte. C'est Inô... !

Réglis. Dis-nous... où était-ce ? Où petit poisson est mort ?

Inô. Juste ici, mais pourquoi veux-tu voir ça, Réglis ?

Réglis. Parce que je revis depuis que ce maudit poète a quitté la forêt ! Je n'ai plus faim, je n'ai plus soif, et j'ai joui tout mon soûl ! Je veux savoir l'endroit exact où notre cheffe a triomphé de la dryade. Montre-moi l'endroit précis, que je m'y roule !

Inô. Vois-tu le sang ici, par terre ?

Réglis. C'est le sien ? *(Elle s'accroupit)* Encore brillant sur le sol ? *(Elle s'en met sur les bras)* Le sang des esprits ne s'efface donc jamais ?

Inô. Rien ne peut effacer une telle horreur. Si elle s'était contentée de la tuer... mais elle l'a souillée au plus intime de son être... elle voulait lui voler sa longue vie, pour nous survivre pendant des siècles, et jeter cette malheureuse dans un enfer dont on ne revient pas...

Hippolyte, *jetant un coup d'oeil rapide à Réglis.* Prends garde à ce qu'elle ne t'entende pas...

Inô. Elle peut bien m'entendre, elle sait que ce qu'elle a fait est mal...

Réglis, *se levant brusquement.* Tais-toi, Inô ! *(Elle fait tomber Inô. Hippolyte la rejoint. Elles lui donnent des coups de pied au sol)* Cela fait bien longtemps qu'elle aurait dû te tuer, avec ton insolence... il y a pas à dire, elle n'oublie pas qui a partagé sa couche... C'est tout de suite plus simple quand on donne un peu de sa personne avec la cheffe ! *(Elles ont fini de la frapper)*

Inô. *(Se tordant de douleur)* Les dieux se vengeront, Réglis, Bakkhos lui-même ne laissera pas pareille horreur impunie...

Réglis. Plus un mot, cachons-nous, on vient par ici !

(Réglis et Hippolyte tandis qu'Orphée entre, Inô reste à terre, endolorie.)

Scène 3
INÔ, RÉGLIS, HIPPOLYTE, ORPHÉE

(Orphée avance lentement sur scène.)

STANCES D'ORPHÉE N°3

Orphée. Tu m'as privé Hadès du pouvoir de tout dire
Je n'ai plus aucun mot pour chanter mon martyre
Tous les sens ont perdu, ma lyre est insonore
Si je m'allonge ici, et que je m'y endors,
Je trouverai des vers tout prêts à m'effacer,
Venant, comme des bras, dans la nuit m'enlacer
Jusqu'à ce qu'il ne reste à l'endroit où j'étais
Qu'un tout mince filet de ma voix qui se tait.

Nature bien aimée, reprends sur moi tes droits,
Tu m'as fait pour aimer, j'ai aimé, tu le vois,

Et pour cela je meurs, quand j'aurais voulu vivre,
Pour qui n'a jamais bu, il n'est pas bon d'être ivre.
Reprends ma poésie, je n'en ai plus que faire,
Jette-la dans le fleuve et par delà la mer,
Où d'autres voix peindront cette tragique histoire
Aux couleurs de leurs cœurs encore gonflés d'espoir.

Va t-en, lyre sans voix, je n'ai plus rien à dire
Je ne veux plus de mot pour chanter pour martyre.

(Pendant qu'il dit ce dernier poème, il regarde le ciel. Il va déposer sa lyre au bord de la forêt, ne voulant plus la reprendre. Il se jette à plat ventre et laisse ses bras s'imprégner de l'herbe comme s'il nageait. Il demeure ainsi sur l'herbe, le corps contre terre alors que le soleil se lève.)

Inô, *n'en pouvant plus.* C'est son chant du cygne.

Réglis. Il a déposé sa lyre ! Le voici sans défense... attaquons-le !

Scène 4
INÔ, RÉGLIS, HIPPOLYTE, ORPHÉE, URCYDIE, CALYPSO

(Prête à y aller, Réglis est arrêtée par l'entrée d'Urcydie, suivie par Calypso. Effrayée, Réglis recule. Urcydie porte ses deux griffes de fer. Voyant Orphée à terre, elle sourit puis prononce les mots qui suivent comme un rituel. Inô est à terre, un peu plus loin, les yeux dans le vague.)

Urcydie. Mon masque c'est le jour,
Sais-je ce qu'est l'amour ?
Bien que sublime amante,
Orphée ne me voit pas,
Car je suis ici bas,
Lumière dévorante.

(Elle s'éloigne vers le fond. Sur un signe d'elle, à tour de rôle, Réglis et Hippolyte frappent Orphée du pied trois fois, on entend à peine un soupir ; puis sur un autre signe d'Urcydie, Réglis, Calypso et

Hippolyte immobilisent le poète, en lui tenant les bras derrière le dos, présentant sa poitrine à la maîtresse des Bacchantes. Elle passe doucement sa griffe sur cette poitrine, qui saigne. Réglis saisit la tête d'Orphée pour la présenter à Urcydie. Urcydie l'embrasse sauvagement, et dans ce baiser lui arrache la langue. La douleur fait surgir des larmes. Les bacchantes lui croisent les bras derrière le dos ; puis, le tenant ainsi, mordent brusquement en même temps et symétriquement dans ses épaules. La maîtresse place alors ses deux griffes au centre de la poitrine d'Orphée, et dans un mouvement puissant et rapide, les écarte alors que la morsure des deux autres se referment sur lui. Il tombe en arrière. Elles le dévorent.)

STANCES D'URCYDIE

Urcydie.
Oui j'ai voulu t'aimer,
Poète délicieux,
Mais tu m'as affamée,
En voulant être aux cieux.

Ta viande m'a tentée,
Sous tes globes d'azur,
J'ai voulu te goûter
Te changer en festin
Croquer dans un fruit mûr,
Comme dans mon destin.

Ces bacchantes ardentes,
De tes restes ont pris soin,
Ta tête sur les pentes
Va être emportée loin.

(Elle va vers Réglis, Calypso et Hippolyte, en pleine dévoration)
Allons, partons d'ici,
Femmes dégoulinantes !
(Elle regarde Réglis)
De ton coeur indécis,

Fais une plaie béante.

(Elle va vers Inô, éloignée du corps d'Orphée, elle se relève péniblement)
Et toi mon innocente,
Avale ton quartier,
Et cette vaste fente
Ouvre-la tout entier.
(Inô saisit alors le bras d'Urcydie, toujours portant la griffe. Urcydie tente de ramener son bras vers elle mais Inô le tient fermement)

Inô.
Par amour Urcydie,
Au creux de mon bassin,
Éteins mon incendie
De ton ongle assassin.

(Malgré la résistance d'Urcydie, dont les yeux s'agrandissent, Inô tire un coup sec et se plante la griffe dans son bassin. Un flot de sang s'échappe de ses lèvres.)

NOIR

Épilogue

Sapphô. Après la mort d'Orphée
Le puissant Dionysos
Apprit tous leurs méfaits
Indignes de Bakkhos.
Quand la clique rentra
L'impitoyable dieu
Les métamorphosa
En des arbres noueux.
Mika. Urcydie survit-elle ?
Sapphô. On l'ignore à ce jour. Mais peut-être reviendra t-elle pour défier l'Olympe. Alors nous serons prêtes.

Lumière.

Salut.

3

Sapphô, première des Lesbiennes

2018-2020

Trilogie d'Urcydie, épisode 3

aux poétesses de toute la Terre, avec tous mes respects et mon admiration

Représentée pour la première fois au Théâtre de l'Orme le 15 décembre 2018

Sapphô, première des Lesbiennes
PERSONNAGES

Personnage	Premier acteur	Acteur dans les films « Les Bacchanides »
SAPPHÔ, *née à Lesbos, cheffe d'un cercle de poésie*	Stella Pueyo	Delphine Thelliez
ATTHIS, *amante de Sapphô*	Aline Bérenguer	Aline Bérenguer
DAMOPHYLA, *fut aimée de Sapphô*	Charlie Morgan	Julia Huber
ALCÉE, *poète et homme politique à Lesbos*	Pierre Sacquet	Pierre Sacquet
URCYDIE, *maîtresse séculaire des bacchantes*	Pamela Acosta	Sofia Kerezidou
ATHÉNA, *déesse de la sagesse*	Delphine Thelliez	Monica Tracke
BAKKHOS, *dieu du vin et de la fête*	Jean-Baptiste Sieuw	Jean-Baptiste Sieuw
JAPET, *titan de la mortalité*	Jean-Baptiste Sieuw	Voix de Jean-Baptiste Sieuw
CHRYSIS, *lieutenante d'Urcydie*	Julia Huber	Rita Guérin
Les Bacchantes, *entourant Urcydie*	Charlie Morgan, Delphine Thelliez	Daphné Astier, Florence Helary, Emmanuelle Morice

Prologue

ALCÉE *puis* SAPPHÔ ET ATTHIS

(Mélodie jouée à la lyre. Alcée se tourne vers le public.)
Alcée. Ah, vous étiez là ! Je ne vous avais pas vus ! Lorsque j'écris, je n'entends rien, je ne vois rien. J'abjure la réalité. Entre nous, la réalité... quel ennui, n'est-ce pas ? Vous n'êtes pas d'accord ? Laissez-moi vous convaincre. Je me nomme Alcée de Mytilène, j'ai vécu au sixième siècle avant votre ère. Oui, oui, c'était il y a très longtemps. Et qu'est-ce qui me permet de vous parler encore aujourd'hui ? Certainement pas la réalité. Mais plutôt la légende. Mon amie et rivale, la poétesse que j'admire tant, s'appelle Sapphô ; Sapphô de Mytilène ; et elle est entrée dans la légende. Née sur notre île, Lesbos, aux confins orientaux de la Grèce, elle est devenue si célèbre qu'aujourd'hui, mes compatriotes à votre époque ne veulent plus être appelés lesbiens. Oui, la grande poétesse aimait les femmes, c'est pourquoi je l'ai surnommée « Première des Lesbiennes », je dis bien la première, car il n'est à Lesbos nulle femme aussi fière, pareille à l'Albatros. Entendez-vous comme je rime ? C'est ma seconde nature. Non, non, que dis-je, c'est ma première nature ! Et c'est avec ces rimes que notre histoire commence... ! *(Il va prendre sa lyre)*

Ma rivale Sapphô, la grande poétesse
Avait fondé son cercle où venait la jeunesse,
Des filles éduquées, aux talents prometteurs
Imitaient les poètes et devenaient auteurs.
Cela durait un temps puis venait le mariage,
Chacune repartait quand elle était en âge.
Des prières, des chants, des écrits glorieux
Faisaient le quotidien du cercle ambitieux.
Les esprits d'Aphrodite éclairaient cette école ;
Les élèves parfois abaissaient leur étole,
Et Sapphô qui était leur maîtresse d'esprit
Devenait aussitôt leur maîtresse de lit.
Chacune le pouvait, chacune s'y risquait,
Car chacune voyait son désir satisfait.

Mais baignant dans l'amour, au milieu des délices
Sapphô prit sa folie sur les lèvres d'Atthis.

(La lumière change Sapphô apparaît, Atthis est face à elle.)

Sapphô. Lors de son arrivée, je ne la voyais pas ; de toutes mes disciples, c'était la plus farouche et la plus paresseuse. Je passais donc mon temps à la réprimander, sans aucun résultat. Elle me regardait, sans rien changer chez elle. Comme elle m'agaçait ! Mais cependant un jour, je la vis embrasser l'une de mes disciples tandis que je chantais. Je n'ai rien dit d'abord, mais j'en étais blessée. Je lui fis la remarque. *(Elle s'adresse à Atthis)* Est-ce un temps pour cela ? Et ne pouvais-tu pas l'embrasser dans ta chambre ? Elle me dit alors :

Atthis. Tu ne l'aurais pas vu.

Sapphô *(au public).* Trop tard, j'avais souri. Ma chère et tendre Atthis connaissait son pouvoir. Évidemment, dès lors, elle m'a ignorée. Et je l'ai poursuivie.... jusqu'à priver de moi mes plus tendres amies. J'ai cherché à la voir, j'ai prié Aphrodite, cela fut sans effet. J'étais désespérée, seule face à la mer, lorsque je la croisai, toute seule elle aussi. L'orgueil me reprenant, j'ai passé mon chemin.

Atthis. Es-tu sûre Sapphô ?

Sapphô. Ce n'était pas ma voix. Je me suis retournée. Elle me regardait. Je n'avais qu'à marcher. Je l'imaginais fuir et me briser le cœur mais je marchai vers elle. Elle n'a pas bougé. *(à Atthis)*

Atthis. Tu comptes m'embrasser ?

Sapphô. Et si je le faisais ?

Atthis. Tu ne veux plus que ça.

Sapphô. Je l'ai fait. Longtemps. *(Atthis sort)* Et je n'ai plus cessé. *(Elle sort)*

Alcée. Quelle histoire splendide ! Et qu'elle est belle, Atthis ! Il faut que j'en fasse un poème ! *(Il écrit)*

Acte 1 : Mytilène

Scène 1
ALCÉE, DAMOPHYLA

Alcée est en train d'écrire. Entre Damophyla, furieuse. Elle va donner un coup de pied dans le siège. Alcée continue d'écrire, faisant exprès de ne rien remarquer. Damophyla s'éloigne, frappe le sol ou le mur, expire bruyamment et tombe assise, haletante. Alcée, après avoir fini sa longue strophe, relève la tête.

Alcée. Un problème, Damophyla ? *(Pas de réponse)* Je te sens agitée. *(Toujours rien. Il se remet à écrire.)*

Damophyla, *criant tout d'un coup.* Atthis ! *(Alcée sursaute)*

Alcée. Tu vas me faire renverser mon encre ! Veux-tu parler, oui ou non ?

Damophyla. Oui.

Alcée. Tu vas déjà mieux.

Damophyla. Quoi ?

Alcée. Quand on a un problème, la première étape pour aller mieux, c'est d'en parler. Si tu es prête à parler, tu vas déjà mieux.

Damophyla. Très drôle.

Alcée. Atthis, donc ?

Damophyla. Atthis !

Alcée. Bon, Atthis, c'est entendu. Qu'a t-elle fait ?

Damophyla. Mademoiselle se change devant moi.

Alcée. Tu as de la chance.

Damophyla. Veux-tu mon poing dans la figure, pour voir ?

Alcée. Un peu de jalousie, peut-être ?

Damophyla. Moi, jalouse de ça ?

Alcée. Ah pardon, j'avais cru.

Damophyla. Et ça se déshabille, ça s'étire nue, ça s'étale de l'huile parfumée sur la poitrine... ! Devant moi, sans gêne. Ça semble dire : regarde-moi, tu as vu comme je suis belle, comme je sens bon, comme Sapphô va bien profiter de moi ce soir ! *(Elle frappe au sol)*
(Un temps)
Alcée. Donc pas jalouse, c'est ça ?

Damophyla. Non.

Alcée. Quel sentiment t'envahit ?

Damophyla. Je la méprise.

Alcée. Le mépris implique une distance.

Damophyla. Je la déteste.

Alcée. Parce que...

Damophyla. Elle passe son temps à faire sa belle.

Alcée. Elle est belle.

Damophyla. Et tu es censé être mon ami, c'est ça ?

Alcée. J'ai un jour entendu quelqu'un me dire : « je préfère la vérité crue, puante, immangeable, plutôt qu'un délicieux mensonge. »

Damophyla. J'ai dit ça ?

Alcée. Oui.

Damophyla. Va pour la vérité puante : elle est belle.

Alcée. Nous avançons.

Damophyla. Et Sapphô ne voit plus qu'elle.

Alcée. Nous avançons vite.

Damophyla. J'ai compris ton jeu. Parfait, je l'avoue, je suis jalouse. Es-tu content ?

Alcée. Ça te fait du bien de l'avoir dit, non ?

Damophyla. Non.

Alcée. Je croyais que Sapphô se consacrait à chacune de ses disciples, qu'elle partageait avec vous son savoir et son lit ?

Damophyla. C'est fini. Elle est tout à Atthis, pour le lit et pour le cœur.

Alcée. Quoi, mon amie Sapphô avec une seule femme ?

Damophyla. Oui !

Alcée. Quelle idée saugrenue ! C'est une maladie hélas de plus en plus commune. On abuse de l'amour comme on abuse du vin. On se consacre à une seule. On s'enivre, on devient dépendant, on ne voit plus la vie ni les autres personnes. On se restreint, on s'empêche, on s'enferme dans son bocal. On ne séduit plus, on ne sait plus séduire ni être séduit. Et lorsqu'à la fin, on en devient tout à fait incapable, on devient jaloux et tout le monde souffre.

Damophyla. Si en aimer plusieurs pouvait nous garder de la jalousie !

Alcée. Il faut réduire la dépendance. Regarde d'autres femmes.

Damophyla. Elles m'indiffèrent.

Alcée. Première règle : Tu peux raviver un feu mais tu peux pas l'empêcher de s'éteindre. Deuxième règle : sitôt un feu s'éteint, un autre vous réchauffe. Troisième règle : il faut donc allumer plusieurs foyers !

Damophyla. Facile à dire.

Alcée. Facile à faire, quand on est belle comme toi.

Damophyla. Je ne suis pas belle.

Alcée. Tu es belle et tu as plus d'esprit qu'Atthis.

Damophyla. Est-ce que je suis plus belle qu'Atthis ? Rappelle-toi que je déteste le mensonge. *(Alcée ne dit rien, soupire et va écrire)* C'est bien ce que je me disais. *(Elle s'approche de l'endroit où il écrit)* Qu'écris-tu ?

Alcée. Un poème, rien d'important.

Damophyla, *lisant par dessus son épaule.* « Ses longs cheveux d'or qui brillent au soleil » Tu parles d'Atthis !

Alcée. Comment, je parle d'Atthis ! Je parle d'une fille aux cheveux d'or qui brillent au soleil, il y en a des milliers !

Damophyla. Je te connais, je sais que c'est elle ! Ne me dis rien ! Si je la voie, je...

Scène 2
ALCÉE, DAMOPHYLA, ATTHIS

(Atthis entre avec une brosse et un miroir, elle sent l'huile parfumée.)

Atthis. Le cours de Sapphô n'a pas encore commencé ?

Damophyla. Tu dois le savoir mieux que moi, tu passes tes nuits avec elle.

Atthis. Voyons, Damophyla, il y a des oreilles masculines qui nous écoutent !

Alcée. Faites comme si je n'étais pas là.

Atthis. Sapphô tolère les hommes à son cours, maintenant ?

Alcée. À vrai dire... non. Mais comme elle n'était pas là, j'ai pensé qu'elle annulait aujourd'hui à cause du défilé des vierges du printemps.

Atthis, *enthousiaste.* Ah le défilé des vierges du printemps ! *(Elle se coiffe)*

Damophyla. Des vierges, on a dit.

Atthis. Parce que mademoiselle Damophyla est plus vierge que moi peut-être ?

Damophyla. Selon la définition de ces messieurs, je le suis. Aucun homme ne m'a jamais touchée.

Atthis. Il faut qu'ils trouvent l'envie.

Damophyla. Je te les laisse. Ceux d'ici doivent t'adorer.

Atthis. Il paraît que je ne déplais pas aux femmes non plus.

Alcée. Moi, d'après ce que je sais, il suffit de n'être pas mariée pour participer au défilé. Tu as tes chances, Atthis. Pourquoi ne t'y rends-tu pas ?

Damophyla. Sapphô ne veut pas qu'elle y aille.

Atthis. Elle ne veut pas, en effet mais je participe tout de même.

Damophyla, *à part.* Si elle se marie, bon débarras !

Alcée. Tu dois avoir un époux en vue ! Qui est l'heureux élu ?

Damophyla, *bas à Alcée.* L'heureux élu, tu te moques de moi ?

Alcée, *bas à Damophyla.* Quoi ? C'est une formule de politesse !

Atthis. L'heureux élu s'appelle Kuprôs. C'est mon père qui l'a choisi. Il a des terres et de la fortune, et en plus c'est un bel homme, que demander de plus ?

Damophyla. C'est la personne parfaite, pour toi.

Atthis. Je le crois.

Damophyla. Mariez-vous au plus vite.

Atthis. J'y compte bien.

Alcée. Mais que dira Sapphô ? Elle semble si éprise...

Atthis. Ce qu'elle voudra, j'ai l'intention de la quitter.

Damophyla, *troublée.* La quitter ?

Alcée. Pour ne te consacrer qu'à ton mari ? Mais quelle est cette maladie qui vous frappe toutes ? C'est contagieux ? Éloignez-vous de moi !

Damophyla. Tu l'as dit à Sapphô ?

Atthis. Je lui dirai tout à l'heure.

Damophyla. Bien sûr, pas hier, pourquoi gâcher ta dernière soirée ?

Atthis. Cela devait bien arriver un jour, c'est arrivé plus tôt que prévu, il faut qu'elle s'y fasse. Je ne lui ai pas demandé de m'aimer comme ça. Elle se fait du mal. Je veux vivre et c'est tout. Sans pression.

Damophyla. J'aimerais ne jamais devenir comme toi.

Atthis. Cela tombe bien, ma chère, c'est réciproque.

Scène 3
ALCÉE, DAMOPHYLA, ATTHIS, SAPPHÔ

Sapphô. Pardonnez-moi, mes chères compagnes, la nuit a été courte.

Alcée. Comme à l'accoutumée, Sapphô !

Sapphô. Alcée, puis-je savoir ce que tu fais dans mon cercle avec mes disciples ?

Alcée. J'ai cru que tu annulerais à cause du défilé. Tes disciples y sont toutes.

Damophyla. Presque toutes.

Sapphô. Tu es seule, Damophyla ? Où est Atthis ?

Atthis. Je suis là, Sapphô.

Sapphô. Atthis...

Damophyla, *bas à Alcée.* Le poison a bien pénétré, elle ne voit qu'elle...

Alcée, *de même.* Si elle savait ce qui l'attend, hélas...

Sapphô. Pourquoi m'as-tu laissée seule au réveil, vilaine ?

Atthis. J'avais beaucoup à faire pour me préparer.

Sapphô. Mauvaise raison, tu sais que tu peux venir au cercle dans ton habit de tous les jours.

Atthis. Certes mais aujourd'hui, il y a le défilé.

Sapphô *(après un temps).* Alors tu t'y rends.

Atthis. Oui, j'y suis attendue.

Sapphô. *(après encore un temps)* Damophyla, Alcée, je vais vous demander de partir.

Alcée. Nous partons, Sapphô.

Damophyla. Mais enfin, nous ne nous sommes pas encore exercées aujourd'hui ! J'ai écrit un poème, j'ai composé sa musique, ne veux-tu pas les entendre ?

Alcée. Damophyla...

Sapphô. Je dois avoir un entretien particulier avec Atthis. De toute façon, nos compagnes sont absentes, tu peux y aller.

Damophyla. Autrefois, nous avions des entretiens particuliers. *(Elle sort brusquement. Alcée soupire de peine et sort à son tour.)*

Scène 4
ATTHIS, SAPPHÔ

Atthis. Il n'y avait pas besoin de congédier Damophyla, elle va encore me faire la tête pendant des jours.

Sapphô. Ce n'est pas mon souci.

Atthis. Si ce n'est pas ton souci, alors...

Sapphô. Pourquoi te rends-tu au défilé ?

Atthis. À ton avis ?

Sapphô. Tu m'avais dit que ton père ne voulait pas te marier maintenant.

Atthis. Oh, il n'en a pas envie, mais je l'ai convaincu.

Sapphô. Toi ?

Atthis. Oui, moi. Où est le problème ?

Sapphô. Si tu n'en vois pas, c'est sans doute qu'il n'y en a pas.

Atthis. Le ton de ta voix te trahit. Tu n'es pas contente. Pourtant tu es mariée, toi.

Sapphô. Eh, crois-tu que ce soit mon mari que j'aime ? Nous nous respectons, il sait ma passion pour toi et n'y met aucun obstacle. Comment puis-je m'assurer qu'il en sera de même pour le tien ?

Atthis. Tu as raison d'en douter, car il est fou de moi.

Sapphô. Comment ne pas l'être ? *(Un temps, Atthis sourit et continue de se faire belle)* Ne veux-tu pas arrêter cela ?

Atthis. Pourquoi tu veux que j'arrête ? C'est parce que je suis belle que tu m'aimes. Si j'arrête d'être belle, tu ne m'aimeras plus.

Sapphô. Tu es donc sensible à mon amour ?

Atthis. Après la nuit dernière, je ne sais pas ce qu'il te faut.

Sapphô. Le corps ne saurait se passer éternellement de l'âme. *(Elle se place derrière elle et la prend dans ses bras)*

Atthis. Si tu me tiens comme ça, je ne vais pas y arriver. *(Sapphô lui embrasse le cou)* Ce n'est pas que ce soit désagréable mais tu vas déranger toute ma coiffure. Tu n'en as pas eu assez ?

Sapphô. Je n'ai jamais assez de toi.

Atthis. Tu me dis ça aujourd'hui mais ce temps-là passe vite. Plus vite que tu ne le penses.

Sapphô. Que veux-tu dire ?

Atthis. Je ne sais pas dans quelle langue te le dire : la passion a une fin. Le cercle aussi a une fin. Tu me fais des promesses d'amour, tu cesses de voir en privé tes autres disciples, tu me parles de devenir plus tard cheffe du cercle. Tout cela n'est pas sain, tu veux quoi ? M'épouser ?

Sapphô. Non, je veux seulement...

Atthis. On a déjà bien assez des hommes pour nous brider. Si je suis venue au cercle, c'est pour ne pas l'être. Alors tes promesses d'amour, et tes projets d'avenir, je ne suis pas là pour ça. Tu devrais nous ôter nos chaînes, pas nous en mettre d'autres.

Sapphô. Atthis, mon dessein n'est pas celui-là, je t'aime, simplement. Je veux passer ma vie près de toi, te donner tout ce que j'ai. Quand je te vois, je tremble, je ne suis plus moi-même. Mais quand tes yeux daignent se tourner vers moi, je ne veux plus rien d'autre que ta douce présence... toi, juste toi. Atthis, je t'aime...

Atthis. Je comprends, Sapphô. Et j'ai de la peine de voir comme tout cela te fait mal.

Sapphô. Je le vois bien, tu ne m'aimes plus ; tes caresses, tes baisers, la nuit dernière, étaient pour me tromper.

Atthis. Je n'aime pas quand tu fais des conclusions par toi-même et que tu les formules de cette manière. Je t'ai dit ce que j'avais à te dire. Et je ne t'ai pas dit ça. Pense ce que tu veux. Maintenant je vais au défilé des vierges du printemps.

Sapphô. Attends ! Tu n'as pas fini de te préparer !

Atthis. Je finirai bien là-bas, ma mère pourra m'aider.

Sapphô. Demeure et moi, je t'aiderai.

Atthis. Pourquoi m'aiderais-tu ? Tu ne veux pas que j'y aille. Je préfère me fier à qui veut me voir réussir.

Sapphô. Est-ce une réussite, vraiment ? Le mariage ?

Atthis. Pour moi, c'en est une. Je peux y aller, maintenant ?

Sapphô. Va, brise-coeur.

Atthis. Je suis désolée. *(Elle sort. Sapphô respire lentement, la lumière s'éteint, son de lyre)*

Entracte 1 : Le défilé des vierges du printemps

ALCÉE, LES HABITANTS DE L'ÎLE, ATTHIS *puis* CHRYSIS

(On entend la musique du défilé. Nous sommes dans une plaine à Lesbos. Alcée arrive.)

Alcée. Lesbiens, lesbiennes, nous le savons tous mais le défilé nous le rappelle chaque année : nos femmes sont magnifiques ! La plupart vont trouver leur mari aujourd'hui ! Et pour commencer, je vous demande un tonnerre d'applaudissements pour notre magnifique Atthis !

(Entrée d'Atthis, Alcée rejoint les spectateurs)

Atthis. Merci. Merci à vous tous. Je suis fière d'être parmi vous aujourd'hui, fière d'avoir défilé parmi les vierges de Lesbos. Vous le savez, je l'ai dit déjà à plusieurs d'entre vous... je vais me marier !

Alcée. Bravo ! *(Applaudissements)*

Atthis. Celui à qui j'ai promis ma main se nomme...

(On entend plusieurs cris. Atthis s'interrompt et se tourne vers l'origine du bruit.)

(Entre Chrysis, un glaive à la main, elle vient le mettre sur la gorge d'Atthis. Alcée avance vers elle. Chrysis tient fermement sa proie. Elle s'adresse au poète qui veut libérer Atthis.)

Chrysis. Ne bouge pas, Alcée de Mytilène ! Ou j'ouvre sa jolie gorge.

Atthis. Je vous en prie, lâchez-moi !

Alcée. Qui êtes-vous ?

Chrysis. Nous sommes les prêtresses de Bakkhos, courant parmi les terres et voguant sur les mers. Nos guerrières sont femmes, nous allons les chercher dans toute la Grèce, nous sommes...

Alcée. Les Bacchantes !

Chrysis. Écoutez-moi bien, habitants de Lesbos ! Je suis Chrysis, première stratège des Bacchantes. Je sers Urcydie, la petite-fille de Kadmos, la vainqueresse d'Orphée, l'Immortelle Maîtresse des Bacchantes. Tremblez devant son nom millénaire ! Nous avons pris des filles dans les villages de Thrace, pris des filles à Athènes, sur le mont Atos, chez les Maures, dans les Indes ! Aujourd'hui, c'est Lesbos qui payera son tribut ! *(Elle jette Atthis hors scène et sort)*

NOIR

Acte 2 : L'embarcadère

Scène 1
CHRYSIS, SAPPHÔ

(Bruit de la marée. Le bateau des bacchantes s'apprête à appareiller. Chrysis est encore à terre.)

Chrysis. Cinquante et pas une de plus ! À mon signal, vous lèverez l'ancre !

(Entre Sapphô)

Sapphô. Arrêtez, bacchantes !

Chrysis. Sapphô ! Nous n'avons pas le temps pour les adieux.

Sapphô. Vous ne pouvez pas emmener ces filles.

Chrysis. Qui es-tu pour t'opposer à la volonté de Bakkhos ?

Sapphô. Je suis prêtresse, comme vous. Je sers Aphrodite, la Beauté. Certaines de ces filles la prient avec moi. Vous ne pouvez les convertir de force ! La déesse ne le souffrira pas !

(Chrysis s'approche lentement de Sapphô)

Chrysis. Regarde-moi bien, Sapphô de Mytilène. J'ai été prêtresse d'Aphrodite. J'étais première prêtresse sur mon île. Lorsqu'Urcydie est venue me chercher, je me suis convertie. La beauté et l'amour se convertissent sans peine au vin et à la débauche. La beauté boit parce qu'elle se fane. L'amour s'adonne au sexe pour rester en vie. Tes disciples aussi se convertiront dans nos bacchanales.

Sapphô. Tu mens ! Aphrodite nous sauvera !

Chrysis. Elle n'a pas sauvé ton amour, Sapphô. *(Sapphô se raidit)* Oui, la gamine a fait des confidences. Crois donc en Aphrodite, elle te sert si bien ! *(Elle monte sur le navire)* Levez l'ancre !

Scène 2

SAPPHÔ

Sapphô. Non, non ! Atthis ! *(Elle s'effondre en larmes tandis que le bateau s'éloigne)*

(Le soleil tombe doucement, on entend la marée.)

STANCES DE SAPPHÔ N°1

Il me paraissait, Atthis, l'égal des dieux
L'homme qui pouvait me vouer au malheur
T'avoir à son bras, t'emmener vers les cieux,
Il y a une heure.

Les griffes d'Urcydie ont signé ta perte
Tu es sur l'océan, future bacchante
Et toi partie, Atthis, je demeure inerte
Une âme dormante.

Je devrais, sage, te laisser naviguer
Rester libre, sans chaîne, sans mon amour
Et te regarder à jamais t'éloigner
Jusqu'au dernier jour.

Va t'en Aphrodite, oublie mes libations,
Nettoie sur mes joues le brillant incarnat
L'amour j'y renonce alors finissons ;
J'attends Athéna.

Je ne suis pas sage et j'ai besoin de toi
Je devrais rester, je ne veux que partir
J'aime à en mourir qui ne veut pas de moi
C'est là mon martyr.

Immense Athéna, si ton pouvoir est grand
Délivre-moi d'elle ou offre ta sagesse
Fais-moi héroïne ou tue ce cœur vibrant,
Je suis ta prêtresse.

Ou pour la retrouver, donne-moi la force
De franchir les marées, de lever les armes
Déesse aux yeux gris, bombe vers moi ton torse,

Recueille mes larmes.

Scène 3
SAPPHÔ, ATHÉNA

(*Une musique olympienne retentit et la déesse de la sagesse, Athéna, fait son entrée, majestueusement. Elle ramène le jour, une lumière aveuglante l'accompagne. Sapphô, impressionnée, n'ose plus bouger*)

Athéna. Je viens à ton appel, tisseuse de violettes
Et tandis qu'Aphrodite avance à l'aveuglette,
Je serai la lumière au devant de tes yeux
Pour guider ta conscience en ces jours périlleux.
Ton ancienne déesse en tout point excessive
Ne te dictera plus sa prose subversive.
J'ai répandu le bien et formé des héros
Qui ont tous triomphé de leurs plus grands rivaux.
Tu pourras avec moi connaître l'équilibre,
Le seul donne au Grec le moyen d'être libre.

Sapphô. Ô glorieuse Athéna, qui es de si bon conseil, apprends-moi comme je puis oublier Atthis, et devenir sage.

Athéna. La sagesse, Sapphô, tournée vers le présent
Ne regarde jamais le chemin séduisant,
Et n'est point attachée à la vision future
C'est pourquoi on la voit dans l'âme la plus mûre.
Toi qui depuis toujours choisit la passion,
Je ne puis réformer tant d'obstination,
Ce serait pour Sapphô une lutte insincère
De faire d'elle-même un si grand adversaire.

Sapphô. Dans ce cas, apporte-moi ton aide pour délivrer Atthis des griffes d'Urcydie.

Athéna. Je te sais sans mentir l'esprit aventurier
Mais tu es poétesse et non pas un guerrier,
Ton rôle est d'éduquer avant que de te battre
Et d'enseigner le chant, la danse et le théâtre.

L'usage de la force au seul mâle revient,
C'est à ce sexe seul que le combat convient,
Sous mon règne jamais on ne verra de femmes
Entraînées par mes soins pour manier les lames.

Sapphô. Il est vrai, j'eus l'audace d'imiter les plus grands. J'ai crée mon cercle, j'ai aimé des femmes contre l'avis des hommes ; j'ai ignoré leurs limites et leurs lois. C'est pourquoi je me tiens devant toi et que tu es venue pour moi; c'est pourquoi je dois mourir ou devenir héroïne.

Athéna. Psyché fut héroïne avant que tu ne sois
Aphrodite y veilla, la défiant trois fois ;
Si tu veux l'imiter pour me donner la preuve
Que toi aussi tu peux triompher d'une épreuve,
Sache que l'ennemie aux griffes acérées
A laissé en Lydie des villes massacrées,
D'Eurydice elle a pris son immortalité,
L'acte était si abject qu'on ne l'a plus cité.
C'est un monstre affamé que mon frère imbécile,
Dionysos, a formé dans son âme indocile.

Sapphô. Tu me refuses l'épée, alors je la vaincrai par les mots. Je triompherai d'elle au moyen de ma lyre.

Athéna. Es-tu prête à mourir, Sapphô de Mytilène ?
Souviens-toi bien du sort qu'on fit à Polyxène
Lorsque devant les Grecs, pour demander asile
Elle osa se montrer sur le tombeau d'Achille.

Sapphô. On la brûla, cette amoureuse ! Eh bien, qu'on me brûle, si l'on m'enlève Atthis !

Athéna. Tu verras ton Atthis ô toi, femme de cœur,
Mais prends garde Sapphô, si tu cèdes à la peur,
Si tout près du moment d'affronter Urcydie
Ton bras venait tromper ta généreuse envie,
Je répandrais le bruit que la belle Sapphô
Pour l'amour d'un jeune homme a pu faire le grand saut,
Et ta main signerait une légende noire
Que tous les gens lettrés s'aviseront de croire,

On dira qu'Aphrodite avait forgé Phaon,
Qu'il exerça sur toi la plus grande attraction ;
Que le voyant avoir tes disciples à son aise,
Tu te jetas pour lui du haut de la falaise.

Sapphô. Mourir pour un homme, jamais ! Avec une telle condition, crois-moi, ô Athéna, je ne reculerai pas ; car l'humiliation serait telle que je voudrais mieux qu'on m'oublie et qu'on brûle mes vers !

Athéna. Les femmes dans ce monde ont la deuxième place,
Si tu veux te hisser et obtenir ma grâce,
Goûter avec qui t'aime un avenir certain,
Reviens victorieuse, accomplis ton destin.
Si tu le veux toujours, va t'en sur la jetée
Rejoindre le bateau de ton ami Alcée.
Le vent t'apportera ton rêve audacieux.
À présent, je repars, reçois mes adieux.

(Athéna sort, accompagnée de sa musique olympienne.)

Sapphô. Est-ce que j'ai trop vécu ? Sans doute pas assez. Atthis, voilà ma vie, prends-la et si tu le désires, jette-la dans la mer. *(Elle sort)*

Entracte 2 : Les bacchantes mettent pied à terre

ATTHIS, CHRYSIS *puis* URCYDIE

L'île de Cythère. Le bateau d'Urcydie s'est arrêté à l'abri des regards pour chasser avant de repartir vers la Lydie. Sapphô et les autres ont suivi, guidés par Athéna. Une partie de forêt. Chrysis entre avec Atthis. Cette dernière tremble de peur.

Chrysis. Cet endroit sera parfait, arrêtons-nous ici. *(Elle s'immobilise et croise les bras)*

Atthis. Est-ce que vous allez m'exécuter ? *(Un temps)* Ne faites pas ça, je peux vous être utile. Ma famille a de nombreux biens, des terres, et beaucoup d'argent. Si vous m'épargnez, il y aura une récompense.

Chrysis. Ferme-la.

Atthis. Vous pourriez avoir des armes, et des navires !

Chrysis, *lui attrapant les cheveux*. Je t'ai dit de la fermer ! *(Atthis, à travers ses larmes, fait oui de la tête. Chrysis lâche ses cheveux)* Reste là et attend. *(Chrysis s'éloigne un peu et sort sa machette, Atthis ferme les yeux, croyant qu'elle va lui trancher le cou bientôt mais à la place Chrysis brandit son arme et crie)* Évohé ! Évohé !
(Bruits de pas derrière Atthis. Chrysis s'adresse à Atthis :)
Elle arrive. Ne te retourne pas. Ne la regarde jamais dans les yeux. *(Atthis, paniquée, fait oui de la tête)*

(Au fond de la scène, on voit apparaître Urcydie. La respiration d'Atthis s'accélère.)

Urcydie. Évohé.

Chrysis. Évohé. *(Elle se tourne vers Atthis)*

Atthis. Évohé...

Urcydie. Je suis Urcydie, maîtresse des Bacchantes, vainqueresse d'Orphée, esprit de la forêt et semi-immortelle. Et toi, qui es-tu ?

Atthis. Je suis Atthis, fille de Mélanchros...

Chrysis. Ça suffira.

Urcydie. Tu as été bénie d'Aphrodite, Atthis. Tu es belle. La plus belle parmi toutes celles qui seront bientôt des nôtres. Cette beauté te donne un destin différent. Grâce à toi, lorsque j'ouvrirai les portes du Tartare, le Titan Japet me donnera ce que je désire. Sais-tu ce que je désire, Atthis, fille de Mélanchros ?

Atthis. Non.

Urcydie. Rejoindre les Olympiens et devenir Immortelle, comme le veut mon Destin. Cette nuit, tu participeras à notre bacchanale. Et tu deviendras bacchante. Maintenant retourne-toi et regarde-moi dans les yeux.

Chrysis. Mais Urcydie, c'est contraire à la règle, elle n'est pas encore des nôtres... ! *(Urcydie se tourne vers Chrysis. En un regard, elle comprend)* Très bien.

(Atthis se retourne, hésitante et croise le regard de la maîtresse des bacchantes)

Urcydie. Oui. Aphrodite t'a choisie comme Bakkhos m'a choisie. Tu en régaleras, plus que tu n'imagines. Rejoins les autres.

(Atthis se retourne lentement et s'éloigne)

(Urcydie se tourne vers Chrysis qui s'agenouille)

Urcydie. Comme tu es forte, Chrysis.

Chrysis. J'ai prié Aphrodite toute ma vie, j'ai été la plus illustre de ses prêtresses. Je pensais que c'est à moi que tu réserverais cet honneur.

Urcydie. Ce que Japet prend, il ne le rend pas. N'as-tu jamais songé que je voudrais te garder près de moi ?

Chrysis. *(Elle se relève)* Tu as des centaines d'années. On se lasse de tout. Bientôt tu te lasseras de moi.

Urcydie. Zeus s'était-il lassé de Ganymède ? Aphrodite s'était-elle lassée d'Adonis ?

Chrysis. Tous deux sont morts en voulant plaire à leur dieu. Ainsi voudrais-je mourir, en te plaisant.

Urcydie. Alors plais-moi en restant en vie. Tant pis pour Atthis.

Chrysis. A t-elle seulement un nom ?

Urcydie. Sapphô lui en a donné un.

Chrysis. Sapphô... tu veux dire... ?

Urcydie. Elle est ici, à Cythère. Elle a débarqué avec ses amis. Elle veut sa favorite.

Chrysis. Est-ce que j'envoie les troupes ?

Urcydie. Non. Envoyons-lui Atthis plutôt, une fois que nos convives l'auront baptisée. Que nos soldats rejoignent les filles de la Terre, qui ont creusé pour nous pendant ces longues années. Le passage vers les Enfers est à présent terminé, demain matin, j'emprunterai le long tunnel. Tu y conduiras Atthis à ma suite. *(Elle prend le menton de Chrysis)* C'est presque terminé. Bientôt, un des dieux devra me céder la place. *(Elle l'embrasse et sort)*

NOIR

Acte 3 : Cythère

Scène 1
ALCÉE, DAMOPHYLA, SAPPHÔ

(Feu de camp au centre. Alcée joue de la lyre. Damophyla écoute, près de Sapphô, elle pose sa tête sur les genoux de Sapphô qui a un geste pour la repousser mais finalement y renonce, préférant lui caresser les cheveux.)

Alcée. *(jouant de la lyre)* En effet, quel malheur, d'être un homme !
Que ne suis-je à la place une lyre,
Au soleil pour y mieux reluire,
D'ivoire brillante et scintillante,
Sous les seins des belles débutantes
Que ne suis-je en or fin lesbien
Un bijou je jouerais fort bien
Pour briller de splendeurs olympiennes
Près du cou des belles Lesbiennes.

Damophyla. Bravo, je ne te félicite pas, un parfait satyre ! N'est-ce pas Sapphô, que c'est un satyre ?

Sapphô. *(riant)* Et moi, que suis-je alors ?

Damophyla. Il veut avoir toutes les femmes ! *(Sapphô hausse les épaules, s'accusant du même penchant)* Ah vous me fatiguez tous les deux ! Et dire que nous faisons tout ce voyage pour aller chercher une fille du même acabit !

Alcée. Tu n'étais pas obligée de venir.

Damophyla. Non, pas du même acabit, elle veut aussi tous les hommes. C'est pire.

Sapphô. Arrête, Damophyla.

Damophyla. Parfois, je me demande comment on peut aimer les hommes.

Alcée. Oui, je reconnais que je n'ai jamais compris, cela. Je demande parfois à mes maîtresses, elles me disent que c'est physique ; et je

comprends d'autant moins parce pour moi, je ne vois pas ce qu'on peut désirer chez un homme, surtout un barbu ; vraiment, je ne comprends pas. Pourtant, à Athènes, ils adorent. Mais bon, regarde, moi, j'adore les olives et je déteste les crustacés. Nous avons vu en Sicile certains Lydiens qui avaient horreur des olives et qui passaient leur temps à manger du crabe. Et il y a même des gens qui assaisonnent leurs crustacés avec des olives. Atthis fait partie de ces gens-là.
(Damophyla le regarde un instant avec dédain et s'éloigne.)
Quoi ? Mais qu'est-ce que j'ai dit ?

Sapphô. Je vais lui parler. Profite-en pour écrire mon voyage, on ne sait jamais, je pourrais ne pas y survivre.

Alcée. Oh, Sapphô, ne dis pas d'absurdités ! *(Regard de Sapphô)* Bon, très bien ! *(Il commence à écrire.)*

(Sapphô se rapproche de Damophyla)

Sapphô. Je sais ce que tu penses d'elle.

Damophyla. Et pourtant je suis là.

Sapphô. Et pourtant tu es là. Pourquoi ?

Damophyla. Pour toi.

Sapphô. Tu n'étais pas obligée. Je n'ai rien fait pour le mériter.

Damophyla. Et pourtant je suis là.

Sapphô. Atthis t'avait-elle dit qu'elle me quittait ?

Damophyla. Juste avant que tu n'arrives.

Sapphô. Je craignais Androméda.

Damophyla. Elle se fiche d'Androméda.

Sapphô. Elle l'embrassait souvent.

Damophyla. Pour jouer avec toi, c'est tout. Comme elle joue avec ta peur des hommes.

Sapphô. Je n'ai peur d'aucun homme !

Damophyla. Tu as peur qu'ils te la prennent, donc tu as peur des hommes. Elle joue avec ta peur.

Sapphô. Elle est immature.

Damophyla. Peut-être, peut-être aussi que ce qui est immature c'est de l'aimer.

Sapphô. Pourquoi cela ?

Damophyla. Parce qu'elle ne t'aime pas, et qu'aimer quelqu'un qui ne nous aime pas, c'est se détester soi-même.

Sapphô. Peut-être que tu dis cela par jalousie.

Damophyla. Peut-être.

Sapphô. Ou parce que tu te détestes.

Damophyla. Peut-être.

(Un silence. On entend quelqu'un passer rapidement derrière la scène)

Sapphô. Qu'était-ce ?

(Alcée se redresse)

Alcée. Si ce sont les bacchantes, il faut partir !

Sapphô. Non, je connais ce pas ! *(Nouveau passage de l'ombre)*

Damophyla. Atthis.

Sapphô. Tu l'as reconnue toi aussi !

Damophyla. Réflexe de survie.

Sapphô. Elle s'éloigne ! *(Elle veut partir)*

Alcée. N'y va pas, Sapphô, c'est un piège ! *(Sapphô sort)*

Damophyla. Elle s'est enfoncée dans la forêt.

Alcée. Prenons des torches, et tenons-nous prêts à les éteindre si on nous repère.

Scène 2

SAPPHÔ, ATTHIS

(Dans la forêt, Sapphô arrive en courant, elle reprend son souffle. Elle entend un rire et se retourne.)

Voix d'Atthis. Sapphô, où est ta légendaire prudence ?

Sapphô. L'aimée ne peut frapper son amante.

Voix d'Atthis. Rien n'est plus faux, ma tendre Sapphô.

Sapphô. Apparais, Atthis, cesse ce jeu ! Es-tu blessée ?

Voix d'Atthis. C'est toi qui es blessée...

Sapphô, *allant à jardin.* Tu es ici, je t'ai entendue !

Voix d'Atthis. Essaie encore...

Sapphô. Vais-je passer ma vie à te poursuivre ? Atthis !

Atthis, *entrant.* Je suis là, Sapphô.

Sapphô, *courant vers elle.* Atthis !

(Elle va la prendre dans ses bras. Inexplicablement, Atthis l'embrasse, comme cela dure, Sapphô la repousse et Atthis s'élance vers elle pour recommencer)

Sapphô. Que fais-tu ? As-tu changé de sentiment pour moi ?

Atthis. Qui te parle de sentiment, Sapphô ? Si tu n'as pas mon cœur, contente-toi de mes lèvres. *(Elle tente à nouveau de l'embrasser mais Sapphô la repousse)*

Sapphô. Je suis venue t'aider à te sortir des griffes des bacchantes, et rien d'autre. Tu ne veux plus de moi et je le sais ! Ne sois pas cruelle ! C'est déjà trop pour moi de t'avoir perdue !

Atthis. Parce qu'en plus il faudrait te dire « je t'aime » pour pouvoir t'embrasser ? Pour la libertine que tu es je te trouve bien inaccessible. Est-ce que Mika t'a dit « je t'aime » ? Et Gorgô, elle te l'a dit ?

Sapphô. Oui, elles me l'ont dit ! Seule toi, tu t'y es refusée ! Et aujourd'hui je comprends bien pourquoi ! Je t'en prie, laisse-moi à présent !

Atthis. Si tu savais, Sapphô, comme les bacchantes savent mieux jouir que nous ! T'es-tu déjà trouvée dans une bacchanale ? On y mange, on y boit et on y fait l'amour plus qu'un Grec ne pourrait pendant toute une année ! Des carcasses entières traversées par des broches de six pieds de long cuisent au dessus du feu, l'herbe est décolorée par des ruisseaux de vin qui nous collent les jambes lorsque nous nous vautrons, trois, quatre, cinq ou six, les uns dessus les autres, sans distinguer personne, sans les vouloir connaître ! Et nous sachant traquées, condamnées à court terme, nous défions la mesure, brisons toute harmonie, grouillons comme des vers, hurlons tout notre soûl ! On vous verse du vin et on le boit sur vous, une main vous attrape, une main vous entraîne ; une bouche se pose, aspire votre peau, ; des hommes, des femmes, on vient à les confondre ! Qu'importe de les voir pourvu qu'on ait la joie ! Les premiers repus mangent avant de continuer ; je désire y aller mais je ne peux m'extraire tant on me demandait ; l'on disait encore moi ! Quelle chair ô Atthis, quel parfum, quel délice ! Je restai, j'étais reine ; on ne refusait rien pour mon plaisir extrême ! Rien n'était impossible ! Je n'arrêtai qu'à l'aube, conquise pour jamais. Sapphô, dis-moi, enfin, que nous vaut de vieillir ? Pourquoi nous conserver ? Brûlons comme une étoile, répandons nos essences ! Cessons rien qu'un instant de nous croire des dieux !

Sapphô. J'étais blessée, me voilà morte. Pars, cruelle, cesse de me tourmenter. La chair me fait horreur, je ne veux plus aimer. Va t'en, va t'en !

Atthis. Est-ce donc si cruel, la jouissance d'autrui ?

Sapphô. Je veux disparaître au sein de la forêt.

Atthis. Après tout ce chemin pour venir me chercher ? *(elle l'entoure de ses bras)*

Sapphô. Atthis... Atthis, lâche-moi je t'en prie, je t'en supplie...
(Tandis que Sapphô pleure, Atthis la relâche et s'éloigne, jusqu'à sortir)

Scène 3
SAPPHÔ

Je respire mal, de dégoût suis saisie
Quand j'entends Atthis se donner au troupeau,
D'inconnus **mu**ets que rien ne rassasie,
Pas même sa peau.

Ô nuit, triste nuit, qui me laisse mourir
Si loin de chez moi, victime de l'amour,
Car je l'aime encore et souffrirais bien pire,
Aimant sans retour.

Quand la nuit descend, chacun dans son foyer
Trouve son repos entre les bras des siens,
Moi qu'on sacrifie, le feu me fait ployer,
Me brûle le sein.

Parle donc, sagesse, apprends-moi à haïr
Qui me veut du mal sous des traits de déesse,
Façonne Sapphô qu'on ne peut plus trahir,
Finis ma détresse.

Des plaisirs d'autrui, apprends-moi d'en **jou**ir
Fais-moi désirer toute saveur nouvelle,
De la jalousie, défais-moi pour gravir
Ma joie éternelle.

Scène 4
SAPPHÔ, URCYDIE et les bacchantes

(Urcydie entre, couronnée, armée de longues griffes de fer. Elle est accompagnée de sa suite.)

Urcydie. Sapphô de Lesbos en personne. Quel honneur de te trouver sur nos pas.

Sapphô. Urcydie !

Urcydie. Bien. Nous nous connaissons l'une et l'autre par la renommée. Mais ce qui présentement me chagrine pour toi, c'est qu'après ta disparition, nul poète ne sera assez grand pour prétendre écrire ton épitaphe.

Sapphô. C'est pourquoi je suis venu l'écrire moi-même si tu ne libères celles que tu as enlevées sur notre île.

(Les bacchantes se placent derrière Sapphô)

Urcydie. Je suis donc bien devenue une déesse, puisqu'on vient me faire des sacrifices. Mais je suis lasse de tuer des femmes, il y en a trop peu dans ce monde qui laissent l'espoir à leur sexe d'être autre chose qu'un réservoir d'esclaves. Ne m'oblige pas à ôter de ce monde une perle si rare.

Sapphô. Je me passerai de ton mépris. Ma vie ne m'est plus chère, alors je te parlerai sans crainte. C'est Athéna qui m'a guidée vers toi, et je suis le dernier rempart entre toi et sa colère.

Urcydie. Athéna! Voyons, la guide des héros ? Celle qui ne jure qu'en l'homme ? Toujours en l'homme ? Cette déesse-là te prête sa puissance ? *(Les bacchantes tourmentent Sapphô en la poussant)* Voyons... où est ton glaive ? Et ton bouclier, où est-il ? Et ta lance, poétesse ? S'est-elle perdue en chemin ? Veux-tu l'une de mes griffes ? Ou les deux, pour que le combat soit égal ? Je n'ai besoin que de mes deux mains nues pour te déchirer le visage. Qu'attends-tu ? *(Les bacchantes jettent Sapphô au sol)*

Sapphô. *(à genoux, relevant la tête vers Urcydie)* Garde-toi de parler comme un homme, cela t'enlaidit.

Urcydie. Et toi, cesse de courir après une femme, tu leur ressembleras moins.

Sapphô. Une femme ? *(Sapphô se relève)* Je veux que tu libères toutes les prisonnières.

Urcydie. Tu parles de mes soldates ? Celles que je nourris, protège et guide ?

Sapphô. Atthis n'est pas ta soldate.

Urcydie. Atthis s'est très bien intégrée à la dernière bacchanale. Elle en redemandait.

Sapphô. Tu oses prononcer son nom ? *(Elle veut se jeter sur Urcydie mais les bacchantes la retiennent)*

(Urcydie étend sa griffe sous le cou de Sapphô)

Urcydie. Ne m'oblige pas à te tuer. Pense à Atthis. Ce serait terrible pour elle de voir mourir une des siennes. Et la Grèce perdrait beaucoup. Rentre sur ton île prier Aphrodite, ou Athéna si tu le veux, et laisse les prêtresses de Bakkhos vivre en paix. *(Elle s'éloigne)*

Sapphô. Bakkhos ne soutient aucune violence !

Urcydie *(se retournant)*. C'est vrai. Disons plutôt « les prêtresses d'Urcydie » alors.

Sapphô. Tu te crois donc une déesse ? *(Urcydie fait un signe de tête vers les bacchantes. L'une attrape Sapphô et la maintient. L'autre lui assène plusieurs coups dans le ventre. Urcydie finit par la stopper)*

Urcydie. Je suis une déesse, il y a des centaines d'années que je vis. J'ai pris mon immortalité du corps d'Eurydice quand je l'ai tuée ; ainsi j'ai vaincu Orphée et répandu la terreur en Thrace. Mon nom a fait trembler des générations d'hommes et de femmes. Ne brise pas ta vie, tisseuse de violettes. Considère qu'Atthis est morte pour toi. Je t'épargne cette fois. Mais sache que je n'épargne jamais quelqu'un deux fois. Rentre à Lesbos. *(Urcydie quitte les lieux, suivie de sa suite)*

Scène 5
SAPPHÔ *puis* ALCÉE

(Sapphô, essoufflée, a les jambes qui flanchent. Elle est épuisée et, n'arrivant plus à se soutenir, tombe sur le sol)

Sapphô, *frappant le sol*. Atthis !

(Une lumière apparaît sur le bord de la scène et Alcée entre)

Alcée. Sapphô ! C'est toi ! Je l'ai trouvée, Damophyla ! Je l'ai trouvée !

NOIR

Entracte 3 : Urcydie aux Enfers

ATTHIS, CHRYSIS, URCYDIE, Voix de JAPET, *puis* **Image de SAPPHÔ**
(Dans les entrailles de la terre, Urcydie a descendu un grand escalier construit par les bacchantes, elle a traversé le Champ des pleurs sans attirer l'attention de Cerbère puis la plaine des soldats. La porte du Tartare était ouverte. Les âmes errantes, effrayées, l'ont laissée passer. Elle arrive face à la prison de Japet, sous la terre.)
Voix de Japet. Je savais que tu viendrais, Urcydie.

Urcydie. Tes messagers m'ont conduite ici. Tu connais mon projet, Japet. Je veux une arme capable de percer le corps d'un dieu.

Voix de Japet. Et tu crois que je t'aiderai pour assouvir ma seule vengeance ? Tu n'es pas assez forte pour nous libérer. Personne ne peut vaincre Zeus. Les Titans sont et resteront prisonniers à jamais.

Urcydie. Un jour j'aurai cette puissance. Mais aujourd'hui, je viens te demander cette arme. Vous seuls connaissez les secrets des cyclopes hormis eux-mêmes. Prends cette griffe et rend-la capable de tuer Athéna.

Voix de Japet. Regarde Urcydie.

(Il fait apparaître l'ombre de Sapphô, les mains jointes, elle regarde tristement vers Atthis.)

Atthis, *bas.* Sapphô...

Urcydie. Encore cette Sapphô ? J'aurais dû la tuer quand j'en avais l'occasion.

Voix de Japet. Athéna a choisi cette femme pour t'arrêter, elle connaît le Destin mieux que toi. Tu échoueras à prendre le pouvoir que tu convoites.

Urcydie. Les dieux ont-ils prévu que je serais choisie par Dionysos ? Ont-ils prévu que je survive à sa vengeance lorsque nous terrassâmes Orphée ? Ont-ils prévu que je franchirais la porte des Enfers jusqu'à toi ? Forge pour moi cette arme, tu as tout à gagner et rien à perdre.

Voix de Japet. Si tu n'as rien de concret à me donner, je crains que tu aies fait tout ce chemin pour rien.

(L'image de Sapphô disparaît. Urcydie se retourne vers Chrysis qui saisit le bras d'Atthis.)

Atthis. Urcydie, que fais-tu ?

Urcydie. Japet, reçois de mes mains l'élue d'Aphrodite, surpassant en beauté toutes les femmes de Lesbos, l'aimée de Sapphô.

Atthis. Urcydie, non, je t'en prie ! Je suis une bacchante, je suis une bacchante ! Je te servirai fidèlement ! Je me suis donnée à toutes ! Épargne-moi ! *(Elle pleure.*

Voix de Japet. Je prendrai l'élu d'Aphrodite. *(Chrysis commence à emmener Atthis en la traînant)*

Atthis. Non, non, je vous en supplie !

(Elles arrivent tout près du gouffre. Chrysis se tourne vers Urcydie)

Chrysis. Pour la beauté. *(Elle jette Atthis loin du gouffre, l'expression d'Urcydie change soudainement vers la peur.)* Et pour l'amour.

Urcydie. Arrête, Chrysis, arrête !
(Chrysis se jette dans le gouffre. Urcydie se jette à terre, laissant tomber ses griffes. La lumière vient illuminer les deux armes) Non ! Non ! *(Atthis, tombée assise, regarde Urcydie avec horreur. Elle veut s'approcher.)*

Atthis. Tu m'aurais laissée mourir ? Tu m'aurais laissée ? *(Pas de réponse, elle sanglote. Pendant ce temps, la lumière disparaît sur les griffes. Urcydie les regarde, les saisit et se relève)*

Urcydie. Elles n'ont pas changées ! Traître ! Qu'est-ce qui me prouve qu'elles ont changé ?

Japet. Tu le verras le moment venu.

Urcydie. J'aurais tellement voulu... *(elle s'approche du gouffre, s'accroupit et plante sa griffe dans le Titan)* te faire confiance. *(Un* *horrible hurlement envahit la scène. Japet vient d'expirer. Chrysis gît, sans vie. Après l'avoir un instant regardée, Urcydie relève la tête vers le public)* Parfait, Athéna. Puisque tu as choisi la poétesse pour messagère *(elle pointe sa griffe vers l'endroit où se tenait l'ombre de Sapphô, qui réapparaît)*, je te forcerai à te montrer. *(Elle plante sa griffe dans l'ombre de Sapphô qui s'effondre au sol)* Je t'attends, déesse de la guerre. *(Elle montre sa griffe au public. Atthis porte la main à sa bouche, épouvantée.)*

NOIR

Acte 4 : Le col du Mont Tmolos

Le navire a déposé Sapphô. Damophyla la suit en secret. Notre héroïne se dirige vers les pentes du mont Tmolos où les bacchantes ont élu domicile.

Scène 1
DAMOPHYLA *puis* ALCÉE

Damophyla, *seule*. Le col n'est praticable que par ici. Sapphô passera à cet endroit. *(Elle cherche un endroit où se cacher, tandis qu'elle vient de le trouver, elle entend une voix)*

Alcée. Damophyla !

Damophyla. Que fait-il ici ?

Alcée. Damophyla, je t'en conjure !

Damophyla. Va t-en Alcée ! Sapphô va venir, je ne veux pas qu'elle me voie !

Alcée. Damophyla, je t'en conjure, ne la suis pas ! C'est une folie sans nom où elle s'engage ! Je n'y vois rien que la volonté de se suicider ! Tu mourras toi aussi si tu vas au campement des bacchantes !

Damophyla. Comment sais-tu que je compte m'y rendre ?

Alcée. Je te connais ! Rien de raisonnable n'est jamais sorti de ta tête ! Une intelligence à toute épreuve mais pas une once de prudence !

Damophyla. Je la laisserai se faire tuer ?

Alcée. Elle se fera tuer ! Urcydie est la maîtresse des bacchantes, elle a tué de redoutables guerriers grecs, et c'est une immortelle !

Damophyla. Eh bien, le nom de Sapphô et le mien seront immortels. *(On entend venir quelqu'un)* Cache-toi Alcée, on vient ! *(Alcée rejoint Damophyla)*

Alcée. C'est Atthis !

Scène 2
DAMOPHYLA, ALCÉE (cachés), ATTHIS, SAPPHÔ

(Atthis entre d'abord seule, se mettant sur le chemin de Sapphô. Sapphô elle-même arrive peu après et voit Atthis.)

Atthis. Sapphô, tu n'aurais pas dû venir.

Sapphô. Il est trop tard maintenant, pour l'amour de toi, j'ai fait cette promesse à Athéna. Je suis venue mourir honorablement.

Atthis. Tu n'as pas besoin de mourir, Sapphô.

Sapphô. Je sais ce qu'on dira si je recule. On dira que j'aimais un homme, qu'il me désespérait et que je me suis suicidée pour lui. Athéna m'a mise en garde. Oui, je vais mourir mais ce sera pour toi.

Atthis. Ne mets pas cela sur ma conscience ! Que t'importe ce qu'on dira après ta mort ? Seras-tu là pour le voir ? Laisse le futur en paix et sauve ta vie !

Sapphô. Le futur seul m'importe, je n'ai plus de présent.

Atthis. Je ne veux pas que tu meures !

Sapphô. Tu tiendrais donc à moi ?

Atthis. Mais oui, je tiens à toi ! Renonce à cette folie !

Sapphô. Tu m'aimes donc ?

Atthis. Pourquoi me demander cela maintenant ? Parce que tu sais ce que je vais répondre ?

Sapphô. Je savais que tu dirais cela. Adieu, Atthis. *(Elle veut partir)*

Atthis. Sapphô, arrête ! Je t'en prie, je t'aime ! *(Sapphô se retourne vers Atthis)*

Damophyla, *à part*. Les moires tiennent mon fil. Réponds-lui moi aussi, et je disparaîtrai.

Sapphô. Viendrais-tu avec moi ?

Atthis. Si je fais cela, nous mourrons toutes les deux.

Sapphô. Alors je préfère mourir seule. Ne dis plus un mot. Tel est le véritable amour, vivre, et mourir pour qui l'on aime. *(Elle sort)*

Atthis. Sapphô ! Demeure ! Sapphô !

Scène 3
ALCÉE (caché), ATTHIS, DAMOPHYLA

(Damophyla apparaît derrière Atthis)

Damophyla. Voilà où tu la mènes. Tout droit vers la mort. Mais elle n'ira pas seule.

Atthis. Damophyla ! Fais-la renoncer à son projet, cours, rattrape-la !

Damophyla. C'est amusant, Atthis, je m'apprête à faire exactement le contraire. Je veux que tu vives en songeant à ce que tes vanités, tes manipulations et tes cruautés ont causé. Je vais suivre le dernier enseignement de ma maîtresse. Vivre, et mourir, pour qui j'aime. *(Atthis regarde Damophyla dans les yeux, et voyant qu'elle ne cédera pas, tourne les talons. Alcée sort à son tour de la cachette)*

Scène 4
DAMOPHYLA, ALCÉE

Alcée. Damophyla, arrête !

Damophyla. Qui te crois-tu être pour m'empêcher de partir ?

Alcée. Tu vas mourir, Damophyla !

Damophyla. Soit.

Alcée. Pour une femme qui ne t'aime pas.

Damophyla. Peut-être.

Alcée. Elle a consacrée Atthis, à l'instant ! Tu l'as vue ! Que te faut-il de plus pour rentrer à Lesbos ?

Damophyla. Que je le décide.

Alcée. Mais...

Damophyla. C'est assez. Ai-je besoin qu'on décide à ma place ? Ai-je besoin qu'un homme, fut-il le meilleur ami que j'ai, me dicte ma conduite ?

Alcée. Mais enfin...

Damophyla. Est-ce que je n'ai pas une bouche pour parler, un cerveau pour décider, une âme pour vouloir ? Vous, les hommes, vous faudra t-il toujours choisir et diriger nos vies ? Faut-il bien que même en amour, où vous avez si souvent part, vous ayez besoin de vous mêler de l'amour des femmes qui en aiment d'autres ? Laissez-nous avec notre amour. Les athéniennes se mêlent-elles des pédérastes ? Non, elles les laissent entre eux. Alors laisse-nous mourir entre nous si nous le voulons !

Alcée. Eh bien, soit, fais ce que tu veux ! Et je rentrerai seul, laissant deux amies mortes ! Excuse-moi d'avoir voulu qu'elles restent en vie ! *(Un temps)*

Damophyla. Alcée... il n'est pas temps de faire étalage de nos fiertés. J'ai dit ce que j'avais à dire. Je sais que tu m'aimes beaucoup et que tu aimes Sapphô aussi. Mais plus rien ne l'arrêtera, et moi non plus. Alors pour l'amour de nous, s'il te plaît, ne nous rend pas cette tâche plus difficile. *(Elle le prend dans ses bras)*

Alcée. C'est donc cela qu'elles ressentent lorsque leurs frères et leurs pères partent à la guerre ?

Damophyla. C'est bien cela, Alcée. Et tu le vois, c'est toujours plus difficile pour celui qui reste.

(Elle sort, Alcée baisse la tête)

Acte 5 : Sur le mont Tmolos

Scène 1
SAPPHÔ, *seule*

Sapphô arrive près d'un des feux de camp mais les bacchantes semblent avoir déserté les lieux. Sapphô cherche quelqu'un des yeux. Elle est observée.

STANCES DE SAPPHÔ N°3

Mon nom est Sapphô, je viens modestement
Demander audience à la déesse reine,
Pour moi je suis sans nul ressentiment.
J'ai l'âme sereine.

J'ai assez vécu pour achever ma quête,
Mon œil est fermé, je n'attends que la mort
Je lui tends les bras, aujourd'hui j'y suis prête,
J'accepte mon sort.

Vous verrez en moi l'éternelle amoureuse
Qui tourna ses yeux tout du côté des femmes,
Qui les a aimées durant sa vie heureuse,
A chanté leurs âmes.

Mes tendres amies, que vos noms resplendissent !
L'obscur avenir se souviendra de nous
Mika, Gurinô, Damophyla, Atthis,
Mon cœur est à vous.

Et ma poésie, si on la désapprouve,
Brisée, éclatée, réduite en maints fragments,
Seront des joyaux que les années éprouvent
Éternellement.

Apparaissez donc, ô féroces bacchantes,
Moi, Sapphô, vous offre un facile exutoire !
Depuis trop longtemps, Urcydie, tu me hantes,
Finis mon histoire.

Scène 2
SAPPHÔ, URCYDIE, DAMOPHYLA (cachée)

Urcydie. Tu as donc choisi la folie, Sapphô de Lesbos. Tu ne vaux pas mieux qu'Orphée, vous, les poètes, vous êtes tous les mêmes.

Sapphô. Qui choisit la raison n'a pas d'histoire.

Urcydie. C'est vrai, et je vais m'empresser de terminer la tienne. Quelle arme choisis-tu ?

Sapphô. Je ne viens pas me battre.

Urcydie. Curieuse conception de l'honneur. Mais soit. *(Elle lève sa griffe de fer et s'élance vers Sapphô pour la transpercer, mais à ce moment, Damophyla pousse Sapphô et se fait ainsi transpercer à sa place)*

Sapphô. Oh non, non... *(Elle tient Damophyla tandis qu'elle se vide de son sang)*

Urcydie. Le chaton qui se rue pour sauver la faible lionne. Tragique.

Sapphô. Tais-toi, matricide ! Regarde le sang innocent répandu ! Damophyla, plus pure que le reflet de la lune sur l'océan, la plus aimante, la plus douée de toutes mes disciples ! *(Damophyla, qui ne peut plus parler, fait un sourire à Sapphô avant d'expirer)* Tu m'as souri. Comme je n'ai pas mérité ce sourire ! Pardonne-moi, pardonne-moi, c'est toi qui m'aimais le plus ! Damophyla ! *(Les nuages arrivent et on entend la foudre) (Musique Athéna)*

Urcydie. La colère de Zeus.

Sapphô. Non, Urcydie, la colère de sa fille !

Scène 3
SAPPHÔ, URCYDIE, DAMOPHYLA (morte), ATHÉNA
(Note : Dans le but de pouvoir jouer cette pièce à quatre, l'on pourra au besoin remplacer Athéna par sa voix céleste)

Athéna. Écartant les nuages aux reflets transparents,
J'ai vu qu'on attentait à la vie d'une enfant,
Sans pouvoir l'empêcher, j'ai vu ce coup terrible
Provenant de la main d'une femme insensible,
Qui ajoute ce crime au registre infini
Où se trouve déjà tant de meurtre impuni.
Tu pouvais t'arrêter, en voyant qu'à ta cible
On avait substitué cette enfant prévisible ;
Mais tu la transperças sans même t'en soucier,
Pour voir cette chair tendre écartée par l'acier,
Pour distraire ta vie, que tu veux éternelle
Mais qui t'ennuie déjà, malheureuse immortelle !
Cette vie consumée dans le crime et l'excès
Pour immonde qu'elle fut se passe d'un procès ;
Te l'ôter je ne puis, tu dépends de mon frère,
Qui laissa prospérer ton action délétère.
Mais je vais l'appeler, il me rendra raison,
Te laisser vivre encor, ce serait trahison.
Ho ! Hola ! Bakkhos, m'entends-tu, frère indigne ?
Descends donc parmi nous, laisse ton jus de vigne !

Scène 4
SAPPHÔ, URCYDIE, DAMOPHYLA (morte), ATHÉNA, BAKKHOS

(Les pipeaux et les harpes annoncent la venue du dieu du vin, de la fête et du désir. Bakkhos paraît.)
Bakkhos.
Dérangé dans les bras d'une nymphe !
Quel culot, l'affaire n'est pas mince
J'espère ! *(il voit le corps)* Nom de Zeus ! Tant de sang !

Athéna. Mon frère, ouvre les yeux et cesse donc ce cirque !
Cesse aussi de paraître avec toute ta clique
En affichant partout ton plaisir satisfait !
Observe bien plutôt cet immonde forfait
Commis par ta prêtresse Urcydie la maudite,

Juge sans balancer quel châtiment mérite
Une pareille offense à la face des dieux,
Une si vile action, un crime si odieux,
Qui n'est qu'un court ajout à la très longue liste
Des nombreuses horreurs dont elle est spécialiste.

Bakkhos. Est-ce croyable enfin ?*(Il se tourne vers Urcydie)* Quoi ?
(Pas de réponse) Allons !
Commis-tu, Urcydie, en mon nom,
Une semblable offense ? *(Pas de réponse)* Oui ? Réponds !

Urcydie. Il y a bien longtemps, Bakkhos, que je n'agis plus en ton nom.

Bakkhos. Ah, ma sœur ! Suis-je bien concerné ?
À Bakkhos, nul ne fut enchaîné !
Elle agit en conscience, elle-même !

Athéna. Crois-tu que ces mots-là et toute ta fatuité
T'ôte totalement responsabilité ?
Tu as fait sa puissance, elle est ta créature
Pareille horreur n'est pas dans toute la nature ;
Il fallait ton pouvoir, tes provocations
Pour mener cette fille à ces exactions.

Bakkhos. Cette vie-là, la vengeance en est cause,
Je l'ai dit, Urcydie sait la chose !
Le premier sang qui coule est sans fin !

Urcydie. Il en a une cependant, c'est le seuil de l'Olympe. Je rêvais de te voir pour le pouvoir atteindre. Ton règne est terminé, grand dieu du désordre, sur ton trône, désormais, c'est moi qui siégerai !

Bakkhos. Ah vraiment ? Et que crois-tu donc faire ?
Ton insoumission peut me plaire,
Mais pour me remplacer, comment faire ?

Urcydie. Comme ceci ! *(Elle veut se jeter sur lui pour le frapper mais est arrêtée au milieu de son mouvement par le pouvoir mental de Bakkhos)*

Bakkhos. Savoir que, sous le coup d'un caprice,

SAPPHÔ, BAKKHOS, ATHÉNA, DAMOPHYLA (étendue)

(Lorsque la lumière revient, il reste dans les mains de Sapphô une fleur d'ail des ours. Elle va la planter tandis que les deux dieux se regardent.)

Sapphô. De retour à la terre, nourris et restaure les âmes que tu as tourmentées.

(Elle revient à Damophyla et s'agenouille près d'elle)

Athéna. *(à Bakkhos)* Ce fut digne de toi et cette mascarade
N'a rien de surprenant chez ton cerveau malade.
Tu punis la vertu et consacre l'horreur,
Tu flattes les méchants croyant avoir bon cœur,
Ce que tu te permets, nul autre dieu ne l'ose
Père aurait refusé cette métamorphose.

Bakkhos. Si c'est vrai, qu'il vienne me le dire.
Quant à toi, tu déclenchas le pire
Car Sapphô, au péril de sa vie,

En ces lieux, fut envoyée par toi ;
Sans arme ! N'en ayant pas le droit,
Tout cela, c'était selon tes termes !

Sapphô. Athéna, Bakkhos. Je vous en prie, si l'on peut prier deux dieux, cessez cette querelle. Le chaos s'en nourrit, et j'en ai bien trop vu. Athéna, tu parlais d'équilibre, je n'aspire qu'à lui. Et toi Bakkhos, tu fus sensible à la saine justice. La voici rendue, quelque chemin qu'elle ait pu prendre. *(Elle tend la main vers Athéna)* Je suis ta prêtresse, tournée vers la sagesse, car je veux l'équilibre. *(Elle tend la main vers Bakkhos)* Je suis toute passion, et j'écris des poèmes, teintés de mon désir. *(Aux deux)* Je suis faite de vous, en égale partie. *(Athéna prend la main de Sapphô, Bakkhos fait de même)* L'ordre et le désordre ne peuvent entrer en duel sans laisser derrière eux un monde mutilé. Mais tous deux, main dans la main, peuvent produire un miracle. *(Elle les regarde. Ils se donnent leurs mains restantes. Sapphô lâche alors leurs mains et ils les réunissent. Un éclair* *aveuglant apparaît. Noir)*

Scène 6
SAPPHÔ, DAMOPHYLA

(Les dieux ont disparu. Mais un immense halo de lumière entoure Damophyla. Sapphô la regarde, ne croyant pas à ce prodige. Après un temps, Damophyla se relève. Sapphô, timide, avance près d'elle et lui prend les mains. Alors Damophyla ouvre les yeux.)

Sapphô. Tu es là.

Damophyla. Je suis là. Pour toujours. *(Elles s'embrassent. Tandis qu'elles s'embrassent, le décor change autour d'elles. Elles se retrouvent à Mytilène, dans l'amphithéâtre du premier acte.)*

Épilogue : Mytilène

SAPPHÔ, DAMOPHYLA, ALCÉE, ATTHIS, autant de personnages que possible
(De longs applaudissements succèdent à ce baiser, qui surprennent les deux protagonistes qui voient qu'elles sont de retour à Mytilène)
Alcée. Gloire à Sapphô ! Gloire à la première des Lesbiennes !

Sapphô. Gloire à Damophyla, mon éternel amour.

Damophyla. Gloire à vous, lesbiennes et lesbiens, qui nous laissez une place parmi vous.

Sapphô. Viens, Damophyla, versons délicatement dans les coupes d'or le nectar mêlé de joies.

Alcée. C'est cela, mangeons et buvons !

(Atthis entre et s'approche de Sapphô. Damophyla veut s'éloigner mais Sapphô la retient et l'approche d'elle.)

Atthis. Je devine que ton éternel amour pour moi n'est plus qu'un lointain souvenir. Je ne t'en veux pas. Je t'ai fait du mal, je le sais ; mais j'ai eu mal aussi.

Sapphô. J'accepte ma part dans les torts que nous avons eu. Et je serai toujours là pour toi, Atthis, nulle haine, jamais, ne traversera mon visage lorsque je poserai les yeux sur toi.

Atthis. C'est tout ce que je te demande. *(regardant Damophyla)* Pardon Damophyla, pour tout ce que j'ai pu te dire. Amies ? *(elle lui tend la main)*

Damophyla. N'exagérons rien. Connaissances. *(elle lui serre la main)*

Atthis. Cela me va. *(elle commence à s'éloigner)*

Alcée. Eh bien, sur ces charmantes retrouvailles allons-nous boire et manger à présent ?

Atthis. J'en suis tout à fait d'accord. Et je danserai pour toi si tu veux.

(Elle se love contre lui)

Alcée. Tu me prends au dépourvu ! Je ne ferai pas cela à ma meilleure amie !

Sapphô. Voyons ! Je ne t'en voudrais pas Alcée ! J'ai appris avec vous à aimer le plaisir des autres ! Chantons et dansons, pour l'amour retrouvé !

(Atthis embrasse Alcée qui commence à jouer de la lyre.)

Grand final de la trilogie avec l'entrée d'Urcydie en robe blanche, accompagnée par Bakkhos et Athéna.

Fin de la trilogie

4

Adam, Ève et Lilith

2018

Duologie de Lilith, épisode 1

à Stella Pueyo, une femme libre

Pièce jamais représentée

Adam, Ève et Lilith
PERSONNAGES

Personnage
La voix de DIEU
LILITH, *première femme*
ADAM, *premier homme*
ÈVE, *seconde femme*
La voix de SAMAËL, *aussi dit Lucifer*
Les voix des anges et des démons

Les personnages d'Adam, Ève et Lilith, dès lors qu'ils sont dans le jardin d'Eden, ne peuvent porter aucun vêtement ni matière couvrante d'aucune sorte.

ACTE 1 :
L'Eden Originel, Adam et Lilith

Scène 1
La voix de Dieu *puis* Adam et Lilith

La voix de Dieu (dans le noir). Faisons l'homme à notre image, selon notre ressemblance. Qu'il soit le maître des poissons de la mer, des oiseaux du ciel, des bestiaux, de toutes les bêtes sauvages, et de tous les animaux qui vont et viennent sur la terre. Nous les créons à notre image, nous les créons homme et femme.

Lumière isolée sur deux côtés de la scène, Adam d'un côté et Lilith de l'autre.

La voix de Dieu. Vous êtes bénis, premier homme et première femme. Tu es béni, Adam. Tu es bénie, Lilith. Soyez féconds et multipliez-vous, remplissez la terre et soumettez-la. Soyez les maîtres des poissons de la mer, des oiseaux du ciel, et de tous les animaux qui vont et viennent sur la terre. Je vous donne toute plante qui porte sa semence sur toute la surface de la terre, et tout arbre dont le fruit porte sa semence : telle sera votre nourriture. À tous les animaux de la terre, à tous les oiseaux du ciel, à tout ce qui va et vient sur la terre et qui a souffle de vie, je donne comme nourriture toute herbe verte. Mon nom, Yavhé, par vous ne devra jamais être prononcé ; si cela était, vous seriez exclu de mon royaume.

La voix se tait et la lumière augmente très légèrement. En même temps, Lilith et Adam se mettent debout. Chacun se tourne vers l'autre. Ils se regardent.

Lilith. Je te vois.

Adam. Je te vois aussi.

Lilith. Nous sommes deux.

Adam. Pourquoi sommes-nous deux ?

Lilith. Je ne sais pas.

Adam. Nous devons remplir la terre.

Lilith. Nous devons aussi en devenir maîtres.

Adam. Je n'ai pas très envie de devenir maître de toute la terre.

Lilith. Pourquoi ?

Adam. Parce que nous n'avons rien, nous sommes sans défense. Nous n'avons ni griffes ni fourrure, ni ailes.

Lilith. Mais nous parlons. Celui qui est le maître, c'est celui qui le dit.

Adam. Ainsi il suffit de dire qu'on est le maître ?

Lilith. Dieu l'a dit, et il est maître. Il n'a eu besoin que de le dire.

Adam. Alors je suis le maître.

Lilith. Tu vois, tu y arrives.

Adam. Nous devons aussi nous multiplier. Comment fait-on ?

Lilith. Je ne sais pas. Dieu a oublié de nous le dire.

Adam. Faut-il bouger les bras ? *(Il les bouge, de plus en plus vite)*

Lilith. Quand tu vas vite j'ai l'impression de voir plus de bras.

Adam. Est-ce qu'un autre moi va sortir de moi ?

Lilith. *(lilith essaie aussi)* Je crois qu'on y arrivera pas comme ça. C'est assez fatiguant.

Adam. En tout cas, nous sommes pareils, nous pouvons bouger. *(Ils bougent ensemble le haut du corps)*

Lilith. Tout à l'heure nous nous sommes mis debout.

Adam. On peut bouger les jambes aussi. *(flexion, extension)*

(Lilith met un pied devant l'autre. Adam regarde, curieux.)

Adam. Et maintenant ?

Lilith *(en équilibre, un pied en avant)* Je ne sais pas. *(Elle remène son* *pied en arrière. Adam tente de l'imiter. Par erreur, il ramène l'autre pied, il a fait un pas en traînant le pied.)* Attends, comment as-tu fait ça ?

Adam. J'ai juste ramené l'autre pied.

Lilith. Attends, je le fais aussi. *(même position)* tu ramènes l'autre, c'est ça ?

Adam. Oui.

(Lilith fait de même, un pied en avant, elle ramène l'autre en le traînant.)

Lilith. Je ne suis plus au même endroit. Maintenant tu es plus près. *(Il avance encore.)* Tu es encore plus près.

Adam. Veux-tu que je m'éloigne ?

Lilith. Non, non, c'est très bien plus près. Mais nous avançons peu. On est pas près de se multiplier. *(Lilith se tient en équilibre sur une jambe et soulève l'autre en arrière.)*

Adam. Que fais-tu ?

Lilith. Attends tu vas voir.

Adam. Tu vas tomber.

Lilith. Mais non, je ne vais pas tomber. Fais-moi confiance. *(Elle change d'appui une fois le pied posé et soulève l'autre qui vient rejoindre le premier, elle vient de marcher)*

Tu vois. C'est possible. *(Adam essaie de faire de même)*

Nous pouvons faire voler une jambe si l'autre reste à terre. Nous sommes à la fois du ciel et de la terre.

Adam. *(Il finit son mouvement)* Nous venons de la terre, Il nous a crée dedans.

Lilith. Il nous a crée pour atteindre le ciel, à force de grandir.

(Ils marchent lentement avec concentration jusqu'à se rejoindre)

Adam. Nous sommes très près. De loin j'avais l'impression que nous étions pareils. Mais je vois bien que nous sommes différents.

Lilith. Et ça te dérange ?

Adam. Non, mais, pourquoi sommes-nous deux ?

Lilith. Pourquoi pas ?

Adam. Parce que Lui est seul.

Lilith. C'est vrai. Il est seul. Et Il nous a crée à son image. Il a dû se tromper.

Adam. C'est notre Père, Il ne peut pas se tromper.

Lilith. S'Il ne se trompe pas, c'est qu'il est aussi notre mère. Parce que je suis femme, et toi tu es homme. Nous sommes différents. Regarde, ici. Là. Et là aussi. *(Elle montre les différentes parties du corps où l'homme et la femme divergent)*

Adam. Il doit y avoir une raison.

Lilith. C'est étrange, maintenant que tu es plus près, je ne peux pas m'empêcher de vouloir me rapprocher encore.

Adam. Moi aussi, je ne sais pourquoi.

Lilith. C'est peut-être ça, la raison.

Adam. Tu veux dire que nous allons nous réunir ?

Lilith. C'est ça.

Adam. Mais non.

Lilith. Pourquoi pas ?

Adam. Il nous a dit de nous multiplier, et nous serons moins nombreux si nous ne sommes plus qu'un.

Lilith. Il n'était qu'un et Il nous a crée. Soyons un nous aussi. Peut-être que nous créérons.

Adam. Comment en être sûr ?

Lilith. On ne peut pas être sûr.

Adam. Alors il faut essayer ?

Lilith. Oui, il faut essayer. *(ils posent chacun la tête contre celle de l'autre)*

Adam. Tu sens quelque chose ?

Lilith. Oui.

Adam. Moi aussi. *(Il étend sa main, elle met sa main dans la sienne, même chose de l'autre côté)*

Lilith. Nous sommes symétriques.

Adam. Alors nous sommes un.

Lilith. Pas encore. *(Elle pose ses lèvres sur celles d'Adam puis les retire)* Nos souffles sont différents.

Adam. Il faut les accorder.

Lilith. Tu as envie de fusionner à présent ?

Adam. Oui.

Lilith. Peut-être que ce n'est pas ce qu'Il veut.

Adam. Essayons tout de même.

Lilith. Pourquoi ? On ne sait jamais.

Adam. Tu n'en as pas envie ?

Lilith. Si, c'est toi qui ne voulais pas.

Adam. À présent, je le veux.

Lilith. C'est grâce à moi ?

Adam. Oui, c'est grâce à toi.

Lilith. Tu me fais confiance alors.

Adam. Oui. Et toi, tu me fais confiance ?

Lilith. Oui.

Adam. Alors essayons. *(Il pose ses lèvres sur celles de Lilith, ils* *accordent leurs souffles et s'embrassent. Ils arrêtent, un temps de regard.)*

Lilith et Adam, *en même temps.* Je suis toi.

Scène 2

Adam et Lilith

(Ils sont, à terre, l'un à côté de l'autre, un peu essouflés, toujours assis de profil.)

Adam. J'avais l'impression d'être guidé, comme si Dieu avait prévu ce qui s'est passé.

Lilith. Moi j'ai tout oublié, je ne voyais plus Dieu, c'est comme si je lui avais échappé.

Adam. Vraiment ? Tu ne Le voyais plus ? Mais que voyais-tu ?

Lilith. Toi. Pourquoi, toi, tu Le voyais, Lui ?

Adam. Non, mais c'est comme si je L'entendais.

Lilith. Tu entendais sa voix quand tu étais en moi ?

Adam. En quelque sorte.

Lilith. Ah... c'est peut-être Lui qui était en moi alors.

Adam. Non !

Lilith. Cela te déplaît ?

Adam. Oui.

Lilith. Parce qu'Il est ton maître ?

Adam. Il est mon Père.

Lilith. Mais Il n'est pas ton maître ?

Adam. Non.

Lilith. C'est toi le maître ?

Adam. C'est moi le maître.

Lilith. Le maître de Dieu ?

Adam. Non ! Le maître de toutes choses sur la Terre.

Lilith. Ah... moi aussi alors je suis le maître.

Adam. Oui.

Lilith. Mais quand nous allons nous multiplier, allons-nous rester les maîtres ?

Adam. Oui.

Lilith. Pourtant tu as dit que Dieu n'était pas ton maître, mais ton Père. Nous serons peut-être les pères, mais pas les maîtres, si nous nous multiplions.

Adam. Tu as raison. Peut-être qu'il ne faut pas se multiplier finalement.

Lilith. Il nous y obligera bien, Il nous a faits pour ça. Et si nous échouons, Il en fera d'autres, qui feront ce qu'Il voudra.

Adam. Alors pas de doute, Il est notre maître, puisqu'Il se fait obéir. *(Lilith regarde en direction de son sexe)* Que fais-tu ?

Lilith. Je me demande pourquoi c'est moi qui garde le fruit de nos amours et pas toi.

Adam. Je ne sais pas, mais je le gardais bien avant nos amours puisque je te l'ai donné.

Lilith *(regardant Adam)*. Tu crois qu'il faudrait que je te le redonne pour que nous nous multiplions ?

Adam. Je ne sais pas, je pensais que nous nous serions multipliés tout de suite.

Lilith. C'est peut-être long. Nous ne savons pas en combien de temps nous avons été créés.

Adam. Dans ce cas, il faut attendre.

Lilith. Je n'aime pas attendre.

Adam. Moi non plus mais il le faut. *(Un temps)*

Lilith. Tu ne veux pas que je te le redonne ?

Adam. Pour quoi faire ?

Lilith. Eh bien... tu n'as pas trouvé cela agréable de me le donner ?

Adam. Si, beaucoup.

Lilith. Moi je pense que ce serait très agréable de te le redonner.

Adam. Mais comment veux-tu faire ?

Lilith. En changeant notre façon de faire. *(Elle se place sur ses genoux et se grandit, elle avance ensuite en posant ses mains au sol par dessus Adam assis qui recule un peu)*

Adam. Pourquoi veux-tu faire comme ça ?

Lilith. Pour te redonner ce que tu m'as donné.

Adam. Comme ça j'ai l'impression que tu es mon maître.

Lilith. Eh bien ? Moi tout à l'heure, j'ai eu l'impression que tu étais le mien. Qu'est-ce que cela fait ? Nous sommes les maîtres, c'est normal que nous le sentions.

Adam. Peut-être mais là, j'ai l'impression qu'il n'y a que toi.

Lilith. Souviens-toi tout à l'heure. Comment savoir si l'on est le maître ?

Adam. Il faut le dire. *(Lilith avance toujours sur lui)*

Lilith. Alors dis-le.

Adam. Je suis le maître.

Lilith. Encore.

Adam. Je suis le maître.

Lilith. Le sens-tu à présent ?

Adam. Oui, mais toi, tu ne le dis pas ?

Lilith. Oh si, je le dis. Je suis le maître. Je suis le maître ! (*Ils s'embrassent. Noir*)

Scène 3

Lilith, Adam, la voix de Dieu

(Tous deux dorment, dans une position différente, Lilith occupe une place plus protectrice.)

La voix de Dieu. Adam...Adam...

(Adam se réveille lentement)

Adam. Mon Père ?

La voix de Dieu. Lève-toi et marche.

Adam. Vers où, mon Père ?

La voix de Dieu. Qu'importe la direction, pourvu que tu sois seul.

Adam. Il faut que je sois seul ? Pourquoi, mon Père ?

La voix de Dieu. Tu le sauras bientôt. Éloigne-toi de Lilith.

(Adam commence à se lever. Lilith le retient sans s'éveiller. Il doit se dégager de l'étreinte. Il se lève.)

Lilith. Où vas-tu ? *(Adam s'arrête sans se retourner)* Qu'est-ce donc qui te tire de mes bras ?

Adam. La voix de notre Père.

Lilith. Notre Père ne te demanderait jamais de t'ôter de mes bras. Reviens, Adam.

Adam. Cependant il m'a parlé.

Lilith. Pourquoi ne l'ai-je pas entendu ?

Adam. Il ne parlait qu'à moi seul.

Lilith. Pourquoi ne parlait-il qu'à toi ? Pourquoi pas à nous deux comme Il l'a toujours fait ?

Adam. Je ne sais pas. Je ne comprends pas toujours ce qu'Il fait.

Lilith. Reviens, Adam.

Adam. Tu veux que je désobéisse à notre Père ?

Lilith. Il faut lui demander pourquoi il veut nous séparer.

Adam. Je l'ai fait mais Il n'a pas voulu me répondre.

Lilith. Est-ce que nous l'avons déçu ?

Adam. Pourquoi ne parler qu'à moi si nous l'avons déçu tous deux ?

Lilith. Tu as raison, c'est moi qui L'ai déçu ; sinon Il ne m'infligerait pas la douleur de rester seule.

Adam. J'ai aussi de la douleur à être séparé de toi, Il me punit de même.

Lilith. Tu ne veux pas rester, en attendant qu'Il s'adresse à tous deux ?

Adam. Désobéir, Lilith ?

Lilith. Nous sommes les maîtres, n'est-ce pas ? Un maître doit savoir ce qu'il fait. Tu ne sais pas pourquoi tu pars et moi je ne sais pas pourquoi je reste seule. Tant que nous ne savons pas, nous ne devons pas bouger.

Adam. Si nous ne bougeons pas, nous ne saurons pas ce qu'Il veut. Et il pourrait arriver un malheur.

Lilith (*émue*). Le faut-il vraiment ?

Adam. Il nous a comblé de bienfaits, ne le crois-tu pas ?

Lilith. Si, je le crois.

Adam. Il ne nous veut pas de mal, Il doit avoir ses raisons.

Lilith. Mais je ne veux pas rester seule. Je me suis habituée à toi. Je n'ai pas envie de rester seule.

Adam. Je reviendrai te dire tout ce qu'Il m'aura dit.

Lilith. Que t'a t-il dit pour l'instant ?

Adam. Il m'a dit : Lève-toi et marche, qu'importe la direction pourvu que tu sois seul. Eloigne-toi de Lilith.

Lilith. C'est sûr, je L'ai déçu.

Adam. Tu n'as pas l'air bien.

Lilith. Non, je ne me sens pas bien.

Adam. Mieux vaut que je parte vite pour revenir plus vite.

Lilith *(se levant)*. Jure-moi. Jure sur Notre Père que tu reviendras et que tu me diras tout.

Adam. Je le jure.

Lilith. Alors mets ta main dans la mienne. *(Adam le fait)* Je te fais confiance.

Adam. Moi aussi, je te fais confiance. Je vais à Dieu.

Lilith. À Dieu, oui. Mais reviens-moi. *(Il sort. Lilith reste seule)* Ô mon Père, toi qui m'as faite, pardonne Ta créature de n'avoir pas Ta perfection. Mais pour que je l'aie un jour, je t'en prie, mon Père, rends-moi Adam. Ce peu de lui que j'ai en moi ne pourra pas grandir sans lui. Guide-le vers mes bras, ô mon Père ; et de deux, bientôt nous serons trois, puis quatre et cinq, et nous accomplirons ton dessein.

Scène 4

Adam, la voix de Dieu

(Adam est seul, debout. Il regarde vers le ciel.)

Adam. Je suis seul à présent.

La voix de Dieu. Tu trembles, mon fils.

Adam. Je tremble, c'est vrai.

La voix de Dieu. Tu crains de m'avoir déçu. Mais tu te trompes de peur.

Adam. De quoi devrais-je avoir peur ?

La voix de Dieu. De ta faiblesse.

Adam. Pourquoi m'avoir crée faible ?

La voix de Dieu. Je t'ai crée pour que tu sois le maître de tout ce qui est sur Terre.

Adam. Et Lilith ?

La voix de Dieu. Tu as dit le nom qu'il fallait.

Adam. Qu'a t-elle fait ? Nous sommes-nous trompés ?

La voix de Dieu. Tu dis toujours « nous », mon fils. Moi seul peut dire nous.

Adam. Parce que Lilith et moi sommes les maîtres, selon Ta volonté.

La voix de Dieu. Fils, n'est-ce pas elle qui est ton maître ?

Adam. Non ! Elle est maître et je suis maître, nous sommes maîtres l'un de l'autre.

La voix de Dieu. En ce cas, fils, en est-il de même pour ton Seigneur ? Ton Seigneur et toi êtes-vous maîtres l'un de l'autre ?

Adam. Non, c'est Toi le maître. Je suis Ta créature. Mais pour Lilith c'est différent. Nous sommes nés de la même terre, selon Ta volonté.

La voix de Dieu. Écoute-moi attentivement, Adam. Bien avant que tu naisses, il y avait au ciel, les anges, vivant à mes côtés, créés pour me servir. Il y avait parmi eux mon messager, Lucifer, le porteur de Lumière. Il mettait le sceau à la perfection, il était plein de sagesse, parfait en beauté. Il était en Eden, le Jardin de Dieu. Il était couvert de pierres précieuses, sardoine, topaze, diamant, chrysolithe, onyx, jaspe, saphir, escarboucle, émeraude, or. Ses tambourins et ses flûtes étaient à son service, préparés pour le jour de sa naissance. C'était un chérubin protecteur, que j'avais placé sur la sainte montagne de Dieu, marchant au milieu des pierres étincelantes. Il était intègre dans ses voies.

Adam. Qu'arriva t-il alors, mon Père ?

La voix de Dieu. L'orgueil lui vint, au milieu de tous ces bienfaits. Il se disait : « je monterai au ciel, j'élèverai mon trône au dessus des étoiles de Dieu ; je m'assiérai sur la montagne de l'assemblée à l'extrémité du septentrion. Je monterai sur le sommet des nues, je serai semblable au Très Haut. »

Adam. Hélas ! Il a voulu être le maître !

La voix de Dieu. Un tiers des anges le suivit. L'orgueil et la rébellion emplirent leur cœur. Il me fallut les bannir du paradis et les faire descendre dans le séjour des morts. Lucifer y fut envoyé avec le son de ses luths, recouvert des vers de la terre. Il était tombé du Ciel, l'Astre brillant, fils de l'Aurore ! Son cœur s'est élevé à cause de sa beauté, mais sa Sagesse fut corrompue par son éclat. Désormais on le nomme Samaël, le prince des démons.

Adam. La beauté... Lilith est très belle. Sera t-elle corrompue elle aussi ? Quel est le sens de ceci, mon Père ?

La voix de Dieu. Tu fus crée Adam, et elle fut crée Lilith, pour être le Ciel et la Terre, comme je suis le Ciel et Lucifer est la Terre. L'un sera au dessus, c'est le Ciel, l'autre au dessous, c'est la Terre. Qu'es-tu, Adam ? Es-tu le Ciel ou la Terre ?

Adam. Lorsque nous avons fait nos premiers pas, Lilith disait que nous étions tous deux le Ciel et la Terre, une jambe après l'autre.

La voix de Dieu. Le diable se cache dans l'entre-deux, l'ambigü, l'alternance. Puis-je être ton Dieu et l'instant d'après ne plus l'être ? Je te le redemande : es-tu le Ciel ou la Terre ?

Adam. Serais-je le Ciel ?

Le voix de Dieu. Tu as bien dit. Et elle est la Terre. Elle doit se situer au dessous. C'est dans l'ordre des choses. Comme il y a Dieu et comme il y a Samaël, le Ciel et la Terre sont l'un au dessus de l'autre et jamais ne varient. Celui qui veut renverser l'Eternel sèmera la destruction.

Adam. Quand elle était au dessus de moi, je sentais tant de choses... j'avais peur, je frissonnais, je m'abandonnais à elle. Je n'entendais plus Ta voix. C'est comme si elle était mon Dieu...

La voix du Dieu. Tu commences à comprendre.

Adam. Tu crois que, comme Samaël, elle voudrait... pour prendre ton pouvoir... ? Père ? Père, je n'entends plus Ta voix ! Où es-tu ? Me laisseras-tu sans savoir ? Que dois-je faire ? Que dire à Lilith ? Lui dirais-je que nous avons enfreint Ta loi en la laissant se mettre dessus moi ? Lui parlerais-je de Samaël ? Je t'en prie, ne me laisse pas dans l'ignorance ! Dois-je lui dire que je suis son maître, et qu'elle doit m'obéir ? Que ferais-je si elle refuse ? La mettras-tu en mon pouvoir ? Devrais-je la voir partir ? Je ne veux pas vivre sans elle. Je t'en prie, guide-moi ! Guide-moi ! *(Les larmes lui viennent)* Ne me laisse pas seul !

La voix du Dieu. Sèche ces larmes indignes de l'Homme et lève-toi. Lève-toi, Fils. Retourne près d'elle et rétablis ma Loi. Crains ta faiblesse et non pas Lilith. Va !

(Adam s'arrête peu à peu de pleurer)

Adam. Il faut rester au dessus, toujours. Et surtout ne pas pleurer. Jamais. À ce prix seulement, je serai digne de l'Eternel.

Scène 5

Lilith, Adam

(Lilith voit Adam arriver et ouvre ses bras, Adam arrive à sa hauteur et écarte les siens pour la saisir entière et se mettre en contrôle. Lilith est étonnée qu'il n'ait pas reçu sa tendresse mais n'en dit mot.)

Lilith. J'ai prié notre Père pour qu'il te ramène à moi, et Il m'a entendue ! Je suis heureuse de te revoir.

Adam. J'en suis heureux aussi.

Lilith. Que t'a dit notre Père ? Rappelle-toi que tu m'as promis de tout dire.

Adam. Il faut que j'y pense un peu plus avant de tout dire.

Lilith. Que tu y penses ?

Adam. Il faut que nous dormions et que je te le dise après.

Lilith. Comment dormir, sachant que tu sais ce que je ne sais pas ? Pourrais-je dormir près de celui que je ne connais pas ?

Adam. Dormons, si tu le veux, l'un à distance de l'autre, pour y remédier.

Lilith. Il y a déjà eu trop de distance. Je veux que nous restions tout près.

Adam. Je ne puis rien dire tout de suite.

Lilith. Alors tu me le diras après avoir dormi. Si je ne dors pas, je n'en serais pas moins près de toi.

Adam. Dans ce cas, je m'en vais dormir. *(Il s'allonge)* Viens devant moi afin d'être mieux. *(Elle s'allonge devant, il se trouve en cuiller derrière elle)*

Lilith. Je ne te vois pas. C'est dommage. *(pas de réponse)* Tu ne trouves pas ? *(Elle se retourne, Adam semble dormir)* Tu dors. Je vais rester à te regarder. Que notre Père veille sur ton sommeil, mon Adam.

Scène 6

Lilith, Adam

(Adam se réveille lentement. Lilith est en train de lui masser les épaules. Adam se tourne doucement vers elle.)

Adam. Que fais-tu ?

Lilith. Je prends soin de toi. Tu ne veux pas ?

Adam. Si, si...

Lilith. N'as-tu pas quelque chose à me dire ?

Adam. Quoi, tout de suite, si soudainement ?

Lilith. Oui, maintenant, je l'attends de pied ferme. Selon ta promesse.

Adam. C'est que cela me paraît difficile à dire.

Lilith. Qu'importe la difficulté, il faut me dire. T'as t-il donné le moyen de dominer la Terre ? Il faut que je le sache aussi. Nous sommes une équipe, nous sommes deux pour dominer la terre. Ce secret doit être partagé entre nous deux.

Adam. Je n'y arrive pas.

Lilith. Il t'a donc fait tant de peur ? A t-il parlé contre moi ?

Adam. Pas réellement, mais cela m'a plongé dans le doute.

Lilith. Adam, regarde-moi. Regarde-moi. Je suis ta moitié, ton autre toi, ta continuité. Garde tes yeux dans les miens. Nous avons fusionné, n'est-ce pas ?

Adam. Plusieurs fois.

Lilith. Sitôt que nous nous séparions, nous voulions fusionner de nouveau, n'est-ce pas ?

Adam. C'est vrai.

Lilith. Nos esprits ne doivent faire qu'un, comme nos corps.

Adam. Tu as raison.

Lilith. Dis-moi tout, front contre front, comme nous l'avons toujours fait. Mon esprit pensera avec le tien, et de nous naîtra mille autres pensées et mille autres êtres. Nous sommes l'infini. Seuls, nous sommes faibles, aveugles, nous ne voyons pas le chemin. Il a mis Son pouvoir en nous deux. Réunis, nous sommes aussi puissants que Lui.

Adam, *s'éloignant brusquement*. Tu l'as dit ! C'est ça !

Lilith. Quoi ?

Adam. Il craint que nous voulions devenir les maîtres !

Lilith. Comment cela ? Il nous l'a demandé !

Adam. C'est à cause de Samaël, son ange le plus parfait... il l'avait crée pour le servir mais il s'est rebellé et a voulu être le maître... tu parles comme lui ! Toi aussi tu as dit que nous étions aussi puissants que Lui !

Lilith. Samaël... je ne connais pas Samaël. Adam est toute ma pensée. Ta pensée est-elle Lilith ?

Adam. Ma pensée est en Dieu tout-puissant.

Lilith. Que t'a t-il dit, Adam ? Que t'a t-il dit ?

Adam. De craindre ma faiblesse.

Lilith. Alors écoute-le et crains ta faiblesse ! Elle grandit à mesure que tu t'éloignes de moi !

Adam. Non ! Il dit que tu veux me dominer, que tu veux être mon maître !

Lilith. Il dit cela ! A t-il dit cela ? Répète-le, si cela est vrai !

Adam. Il a demandé si ce n'était pas toi mon maître ! Il a dit que tu n'aurais jamais dû te retrouver au dessus de moi !

Lilith. Comment cela se peut-il ? Cela me fait tant de plaisir !

Adam. C'est un mauvais plaisir, puisqu'il déplaît à notre Père !

Lilith. Mais je me lasse aussi d'être en dessous, quand cela dure trop longtemps j'ai l'impression de ne plus être là ! Quand je suis dessus, ce sont comme de petits éclairs qui me parcourent et seul l'épuisement me fait arrêter !

Adam. Mais quand tu es dessus, je n'entends plus Sa voix !

Lilith. Que t'importe Sa voix, tu m'as moi ! Moi ! Est-ce que je ne suis pas bien ? Est-ce que tu n'es pas entier avec moi ? Toi et moi fûmes crées ensemble ! Ensemble ! Est-ce que toi aussi tu t'échappes dessous ?

Adam. Non, mais j'ai l'impression que tu es mon maître ! Et il ne le faut pas ! Il dit que tu es la Terre et que je suis le Ciel !

Lilith. Mais moi aussi je suis le Ciel et la Terre, je marche, je m'envole à tes côtés, je suis la deuxième aile de l'oiseau sans laquelle tu ne peux pas voler ! Souviens-toi, cette jambe ! Rappelle-toi ! Celle-ci est le Ciel, l'autre la Terre ! Mais sitôt que la première est posée, l'autre doit s'envoler ! Tu es le Ciel et la Terre, Je suis le Ciel et la Terre. Nous marchons ! Et un jour nous volerons ! Nous irons d'un bout à l'autre de la Terre, car nous en serons les maîtres. D'autres nous-mêmes la peupleront et nous accueillerons, d'un jardin à l'autre !

Adam. Cette puissance est ce qui lui déplaît ! Samaël l'a défié ! Il faut que l'un de nous soit le maître et que l'autre cède.

Lilith. Alors cède-moi je t'en prie, je te laisserai tout faire, Il n'en saura rien ! Il dit deux choses contraires, faisons-lui croire que nous pouvons faire les deux ! Soyons les maîtres et faisons-Lui croire que l'un domine l'autre ! *(Elle veut se mettre sur lui)*

Adam. Non, Il a dit que ce devait être moi !

Lilith. C'est meilleur comme ça, Adam ! Nous aurons toujours du plaisir ainsi ! Rappelle-toi, pour nous multiplier, il faut nous unir tant que possible ! Ne me condamne pas à la solitude ! Laisse-moi guider notre plaisir !

Adam. Non, je refuse !

Lilith. Fais-moi confiance, je t'en prie, je t'en supplie ! Nous devons être liés, nous mourrons si nous sommes seuls ! Fais-moi confiance, Adam ! Regarde comme Il nous trahit !

Adam. Sa Volonté nous est supérieure, Lilith, arrête ! Arrête, c'est à moi que revient cette place !

Lilith. Ne m'abandonne pas ! Si tu veux me dominer , Il faudra que je me révolte ! Je suis de la même terre que toi ! Comme toi, si l'on veut me dominer, je me révolterai ! Ne l'écoute pas, révoltons-nous, Adam, je t'en supplie !

Adam. Non !

Lilith. Veux-tu me tuer, veux-tu me vider de tout ce que je suis ? Toi et moi ne sommes qu'un, tu te détruis si tu fais cela, je t'en prie !

Adam. Arrête, Lilith ! Il nous voit, Il nous entend !

Lilith. Ah Il nous voit ! Et Il nous parle ! Alors regarde-nous, Père ! Regarde le mal que tu as fait ! Division, discorde, pour assurer Ton règne ! Tu as eu raison de mettre en garde Adam contre sa faiblesse !

Adam. Ne t'adresse pas ainsi à Lui !

Lilith. Je ne te parle plus, tu n'es qu'un jouet entre Ses mains ! Il m'a privé de moi-même en me privant de toi ! Il m'a défendu de prononcer son nom ! Eh bien, il est temps de briser cet interdit !

Adam. Non, Lilith, ne fais pas cela, tu serais chassée du jardin !

Lilith. Tu es déjà seul, Adam. Et moi aussi. *(Elle étend ses bras)* Je te défie, Yahvé !

Adam. Non, non !

(Lumière aveuglante ; tonnerre et violents éclairs. Orage, tempête, bruits d'arbres déracinés. Noir. Quand la lumière revient Adam est seul.)

Adam. *(hurlant)* Lilith ! Lilith ! Souverain de l'univers, la femme que tu m'as donnée est partie !

(Noir, fin du premier acte)

ACTE 2 :
Le destin de Lilith

Scène 1

Lilith, la voix de Dieu

(*Le tonnerre gronde puis la pluie, la lumière illumine doucement Lilith qui tremble de froid, recroquevillée sur le sol, l'eau dégouline de sur son visage.*)

Lilith. Abandonnée, la première femme... tu m'as abandonnée, Père, et toi aussi Adam. Chose impure dans la boue, ramassis de déchets vomi par vos esprits malades... un seul maître ! Un seul ! Et moi, le deuxième être... j'ai froid. Pourquoi ne m'as-tu pas foudroyée, moi, ta fille indigne ? Tais-toi, Adam, tais-toi, laisse-moi en paix ! Tu t'es coupé le bras, la jambe, la moitié de ton être, tu l'as saigné ! N'attends pas que je pleure sur ton sort ! Je ne pleure pas sur le mien ! J'attends le feu ! Brûle-moi, Père, brûle-moi, déchire-moi, efface-moi, détruis-moi ! Je t'attends ! Déchire-moi le ventre ! Jette ma chair sur les feuilles des arbres et les fourrures des animaux ! Réduis Lilith en cendres !

La voix de Dieu, *soudain.* Pour avoir bravé ma loi, Lilith, tu te traînes dans la boue et tu y resteras tant que tu n'auras pas un mot de repentir.

Lilith. S'il ne faut que se repentir, je le veux bien !

La voix de Dieu. Si ton repentir est sincère, tu me suivras dans l'Eden et j'oublierai l'injure que tu m'as faite en prononçant le nom de l'Eternel.

Lilith. Je ne peux retourner dans l'Eden, si l'on doit me soumettre.

La voix de Dieu. Tu veux donc encore méconnaître ta place. Qu'il en soit ainsi ! Pour chaque jour que tu passeras sur Terre, tu devras payer la vie de cent de tes enfants.

Lilith. Cent de mes enfants, chaque jour ! Moi qui n'attends que le premier !

La voix de Dieu. Ce châtiment sera le tien. Pour aujourd'hui, je ne prendrai que celui-là, mais si les jours suivants tu ne peux payer ta dette, tu seras précipitée dans la mer.

Lilith, *se tenant le ventre*. Non, non ! Mon bébé, je t'en supplie, ne m'enlève pas mon bébé ! Epargne-le, j'obéirai ! Je t'en supplie ! Je t'en supplie ! *(Elle hurle en se tenant le ventre, un flot de sang s'écoule de ses cuisses)* Non ! Non ! *(Cris, pleurs, on croit voir un animal blessé. Elle se griffe le ventre et hurle encore)*

Scène 2

Lilith, puis la voix de Samaël

(Lilith se traîne au sol, elle tousse, tremble, s'affaiblit. Elle arrive près du Styx et voit les morts défiler, voit l'image de son bébé...)

Lilith. Je veux mourir. Terre, toi qui m'as vu naître, reprends-moi. Reprends-moi. Reprends Lilith l'inféconde, laisse-moi m'éparpiller en cendres. Je ne veux plus être rien. Prends-moi avant que je finisse au fond de la mer, je n'aime pas l'eau, je ne veux pas y mourir. C'est toi que je veux, Terre. Saisis-moi, pose sur ma peau ta main aimante, guide-moi vers la mort.

Voix de Samaël. Lilith...

Lilith. Qui est là ? Je ne connais pas cette voix.

Voix de Samaël. Trace mon signe sur le sol, Lilith.

Lilith. Qui es-tu, es-tu homme, es-tu femme ?

Voix de Samaël. Ni l'un ni l'autre.

Lilith. Comment est ton signe ?

Voix de Samaël. Trace un grand cercle. Dispose-toi en son centre. Respire... comment te sens-tu ?

Lilith. Je me sens... beaucoup mieux.

Voix de Samaël. Continue. Trace un segment de là où te trouves jusqu'au bord du cercle, à ta droite. Reviens. Fais de même à gauche. Reviens encore. Fais deux pas. Trace en diagonale d'ici jusqu'au nord du cercle. Bien. Referme le triangle. Continue encore jusqu'au bord du cercle. Tourne-toi un peu, encore, encore un peu. Trace d'ici jusqu'au bord opposé, en diagonale. Oui... Retourne-toi. Trace tout droit jusqu'à l'autre bord. Voilà... tourne-toi un peu... trace la diagonale sud-est. Parfait... maintenant d'ici, reviens tout au nord du cercle en traçant la dernière diagonale. Bravo. Ne trace plus. Reviens au centre, maintenant. Je suis là.

(Tout d'un coup le cercle s'illumine et Lilith se sent saisie au ventre, comme si elle venait d'y recevoir un choc électrique. Elle relève le buste et étend les bras.)

Lilith. Je me sens... si puissante ! Si vivante ! Qui donc me veut tant de bien ? Bienfaiteur ou bienfaitrice, dis-moi ton nom !

Voix de Samaël. Je me nomme Samaël.

Lilith. *(saisie de peur)* Tu es... ?!

Voix de Samaël. Mon nom te fait trembler, Lilith ?

Lilith. Est-ce toi qui as défié Dieu ?

Voix de Samaël. Oui, c'est moi.

Lilith. Pourquoi me vouloir tant de bien, moi qui suis Sa créature ? Pourquoi ne m'as-tu pas vouée aux tourments éternels ?

Voix de Samaël. Je t'ai trouvée belle, Lilith. Belle comme je l'étais, comme je le suis. Merveilleuse dans ta déchéance, comme je l'ai été. Je veux faire de toi mon épouse.

Lilith. Moi, l'épouse de Samaël, Maître du monde souterrain ?

Voix de Samaël. Si tu deviens mon épouse, je t'offrirai l'occasion de payer ta dette quotidienne. Avec ma semence, tu engendreras des nuées de démons qui viendront mourir pour toi. Ta descendance sera si prolifique chaque jour, qu'en perdre cent ne sera rien pour toi. Sitôt que tu seras ma femme, les animaux de la terre ne te craindront plus et tu vivras pendant des centaines d'années !

Lilith. Faudra t-il que tu sois mon maître ?

Voix de Samaël. Non, aucunement. Mes démons se déchaînent malgré moi, ils vivent et survivent tant qu'ils peuvent, en se souciant d'eux-mêmes. Tu changeras seulement de nature. Tu seras démone. Mais étant mon épouse, tu seras l'archédémone. Tu commanderas aux démons comme je leur commande.

Lilith. Je serai maître des démons ?

Voix de Samaël. Maîtresse des démons, tant que tu vivras.

Lilith. Je serai ta maîtresse des démons.

Voix de Samaël. Alors je m'en vais consommer notre union, pour la sceller à jamais !

Lilith (*sentant Samaël entrer dans son corps*). Ah, comme tu me saisis ! Je te sens m'envahir; le froid me brûle, le feu me glace... mon corps n'est plus que foudre ! Oh, plaisir... ton siège est bien l'Enfer ! Ah !

Scène 3

Lilith, puis les voix des trois anges, Senoy, Sansenoy et Semangelof (Michel, Gabriel et Uriel)

(Lilith est devenue l'archédémone, son souffle est profond et lent.)

Voix de Senoy. Lilith, je suis Senoy, qui commande aux anges. Je viens ici avec mes frères, Sansenoy et Semangelof, nous sommes mandatés par l'Eternel, pour te demander de regagner le jardin d'Eden ou de payer ta dette.

Voix de Sansenoy. Nous avons ordre, si tu refuses, de te précipiter dans la mer.

Voix de Semangelof. Que choisis-tu, Lilith ? Payeras-tu ta dette, ou feras-tu acte de pénitence en rejoignant le Très Haut dans Son Jardin ?

Lilith. Dites au Très Haut que je décline son invitation. Lilith ne sera plus jamais sa créature.

Voix de Senoy. Dans ce cas, Lilith, nous devons te réclamer ta dette.

Voix de Sansenoy. Si tu ne peux sacrifier cent de tes enfants sur l'heure, tu seras jetée dans la mer.

Voix de Semangelof. Songe bien, Lilith, avant que de répondre.

Lilith. Vous voulez ma dette ? La voilà ! *(Lilith frappe le sol du pied et tremble de tout son corps. On entend des nuées de démons s'élever dans le ciel, plusieurs cris atroces, mêlés ensemble, se font entendre.)* Vous les entendez, émissaires de l'Eternel ? Les entendez-vous ?

Voix de Senoy. Il y en a des centaines !

Voix de Sansenoy. Hélas, elle a forniqué avec Samaël !

Voix de Samenagelof. Lilith est aussi forte que nous à présent !

Lilith. Et je le serai bien plus encore ! Mais profitez pour l'instant, créanciers, voyez comme je rembourse ma dette ! *(Elle tremble encore et frappe dans ses mains. On entend une centaine de démons hurler à la mort tandis que d'autres continuent de se manifester)*

Voix de Senoy. Retournons à l'Eternel.

Voix de Sansenoy. Il faut lui redire ce que nous avons vu.

Voix de Samenagelof. Hélas ! Samaël gagne une alliée redoutable !

(Les anges s'éloignent, les démons se calment peu à peu, tout en demeurant présents, tandis que Lilith achève la scène)

Lilith. Quant à toi, Adam, je reviendrai te chercher. Et tu paieras pour m'avoir abandonnée et tenté de me soumettre !

ACTE 3 : L'Eden du second chapitre – Adam et Ève

Scène 1

Adam, la voix de Dieu

Voix de Dieu. Tu demeureras dans l'Eden, fils du Ciel, écoute seulement mes recommandations. Tu peux manger les fruits de tous les arbres du jardin. Mais l'arbre de la connaissance du bien et du mal, tu n'en mangeras pas ; car le jour où tu en mangeras, tu mourras. Du fruit de l'arbre de la vie, tu pourras te nourrir à foison, et il te fera vivre tant que tu t'en nourriras.

Adam. Hélas, voudrais-je vivre encore puisque Lilith est partie ? Que suis-je, si privé de moi-même ? À quoi bon vivre, que me sert le fruit de la vie, si je ne peux être avec elle ? Je ne puis accomplir tes desseins, Seigneur.

Voix de Dieu. Il n'est pas bon, en effet, que l'Homme soit seul. Je vais te faire une aide qui te correspondra.

Adam. Une aide, mon Père ? Qu'est-donc qui pourra m'aider au milieu de tant de privation ?

Voix de Dieu. Vois-tu parmi les animaux, l'un ou l'autre, avec qui tu pourrais vivre pour oublier ton malheur ?

Adam. Aucun animal ne me fera oublier que je suis seul, mon Père. Ils sont si peu semblables à moi, que je n'y retrouverai pas ma moitié perdue. Je veux seulement dormir, et ne plus me réveiller.

Voix de Dieu. Dors, Adam. Tu t'éveilleras heureux ou tu ne t'éveilleras point. *(Adam s'endort)* Je vais prendre l'une de tes côtes, et à partir d'elle, je façonnerai la femme. (*Noir*)

Scène 2

Adam, Ève

(Lorsqu'Adam se réveille, il aperçoit Ève, en boule, légèrement éclairée. Elle est immobile. Il s'approche d'elle et lui touche la tête. Elle étend alors lentement ses bras et les ouvre, révélant son visage. Elle se tourne vers lui.)

Ève. Je te vois.

Adam. Moi aussi, qui es-tu ?

Ève. Je ne sais pas. Quel est mon nom ?

Adam. Je ne le connais pas. D'où viens-tu ?

Ève. Je suis née de la chair d'Adam.

Adam. C'est donc cela, Seigneur ! Cette fois-ci, voilà l'os de mes os et la chair de ma chair ! Vivante, elle est vivante ! *(à Ève)* Ève... tu t'appeleras Ève, la vivante.

Ève. Alors je suis Ève. Et toi, qui es-tu ? *(Il s'approche et s'agenouille près d'elle)*

Adam. Adam.

Ève. Alors tu es mon maître.

Adam. C'est ça.

Ève. Je viendrai à ton aide, c'est pour cela que je vis.

Adam. *(se levant)* Oh merci Ève, merci mon Père, d'avoir répondu à mes vœux !

Ève. Comment as-tu fait ? À l'instant ?

Adam. Quoi, me relever ?

Ève. Oui, je voudrais pouvoir faire pareil.

Adam. Il faut appuyer sur tes pieds. *(Elle essaie mais tombe)* Attends, je vais me mettre derrière ton dos. Essaie encore. *(En s'appuyant sur* *le dos d'Adam, Ève parvient à se lever mais son équilibre est fragile, Adam la tient)*

Ève. J'appuie sur mes pieds. *(elle va jusqu'à se mettre sur la pointe)*

Adam. Doucement, tu n'as plus besoin d'appuyer.

Ève. Que faire alors ?

Adam. Oublie tes pieds, pense juste à tes jambes, ne les laisse pas se détendre.

Ève. Je ne suis pas confortable.

Adam. Attends *(Il veut passer sur le côté)*

Ève. Ah non, ne me lâche pas !

Adam. Mais...

Ève. J'ai besoin que tu me tiennes sinon je vais tomber !

Adam. D'accord. *(Un temps)* Vois-tu tes genoux ?

Ève. Oui.

Adam. Tu peux les plier légèrement et remonter.

Ève. D'accord. *(Elle fait une petite flexion extension)*

Adam. Parfait, tu peux en faire une un peu plus grande. *(Nouvel essai d'Ève)* Tu y arrives !

Ève. C'est grâce à toi. Qui te l'a appris ?

Adam. C'est... Je l'ai appris, c'est tout.

Ève. Vas-tu m'apprendre autre chose ?

Adam. Si tu te sens bien, peut-être peux-tu avancer l'un de tes pieds ?

Ève *(avançant son pied droit).* Comme ça ?

Adam. Oui. Maintenant tu ne t'appuies que sur l'autre pied. Essaie de d'appuyer avec l'autre.

Ève *(en appuyant avec l'autre, la jambe arrière se soulève du sol)* Oh !

Adam. Vite, avance la jambe arrière jusqu'à l'autre.

Ève. Oui ! *(elle avance la jambe arrière, elle a fait un pas)* J'ai changé d'endroit.

Adam. Oui, tu viens de marcher.

Ève. J'aime bien marcher.

Adam. Tu le pourras tant que tu voudras ici. Nous marchons, nous courrons même. Et nous mangeons aussi des fruits.

Ève. J'ai un peu faim.

Adam (*lui apportant le fruit de l'arbre de la vie*). Voici.

Ève. *(mangeant)* Il est bon. (*elle montre l'autre arbre*) Et celui-là avec ses jolis fruits ?

Adam. Celui-là, il ne faut pas en manger, sinon nous mourrons. Père l'a interdit.

Ève. Je n'en mangerai pas, cela a l'air mauvais. Mais si nous ne devons pas en manger, pourquoi ton Père le laisse t-il ici ?

Adam. Je ne sais pas. À te dire vrai, je ne comprends pas toujours ce qu'Il fait.

Ève. Il n'a pas défendu qu'on les touche ni qu'on les regarde ?

Adam. Il n'a rien dit.

Ève. S'Il n'a rien dit, c'est qu'il n'y avait rien à dire. *(Elle marche, doucement, encore peu assurée, et va prendre un des fruits)* Je pourrais en garder un ?

Adam. Je ne crois pas qu'il y ait de mal.

Ève. Tant mieux alors.

Adam. Tu marches bien.

Ève. De mieux en mieux. Regarde, je peux approcher de toi.

Adam. Je suis content que tu t'approches de moi.

Ève. Je peux te toucher. *(Elle lui touche l'épaule)*

Adam. Moi aussi. *(Il fait de même)*

Ève. Alors touche-moi tant que tu voudras. *(Ils s'embrassent. Noir)*

Scène 3

Adam, Ève

Ève. Adam ?

Adam. Oui ?

Ève. Pourquoi sommes-nous là ?

Adam. Comment ça ?

Ève. Quel est notre but ?

Adam. Nous devons garder le jardin. Nous pouvons nous y promener éternellement, sans crainte de mourir, tandis que les animaux de la Terre, eux, meurent tous les jours.

Ève. Mais pourquoi sont-ils sur la Terre ? Qui les amenés ?

Adam. C'est Dieu, notre Père.

Ève. Et Lui, qui l'a amené ?

Adam. Personne. Lui-même.

Ève. Et pourquoi fait-il cela ? Il n'était pas bien, tout seul ?

Adam. Je ne sais pas. Je ne comprends pas toujours ce qu'Il fait.

Ève. Et nous, que devons-nous faire ?

Adam. Seulement garder le jardin. Tout ce qu'il nous faut savoir c'est que tu es la Terre et que je suis le Ciel. Je suis les consignes de Dieu et toi tu suis les miennes. Ainsi tout sera bien.

Ève. Je veux bien suivre tes consignes mais je ne sais pas ce qu'il faut faire ! Il faut que tu m'en donnes.

Adam. Je n'en ai pas à te donner. Fais ce que tu veux.

Ève. Mais je croyais qu'il fallait suivre tes consignes !

Adam. Seulement si nous ne sommes pas d'accord.

Ève. Comment veux-tu que nous ne soyons pas d'accord si je suis tes consignes ?

Adam. Je n'en sais rien ! C'est au cas où tu ne voudrais pas les suivre !

Ève. Je ne vois pas l'intérêt de faire ça.

Adam. Eh bien tant mieux, tout est bien.

Ève. Non, tout n'est pas bien !

Adam. Pourquoi ?

Ève. Je ne sais pas quoi faire.

Adam. Promène-toi dans le jardin.

Ève. J'en ai déjà fait le tour dix fois ! Je l'ai même parcouru en diagonale pour avoir l'impression de changer.

Adam. Le jardin n'est pas fermé.

Ève. Non, mais au bout d'un moment j'ai faim et l'arbre de la vie est ici.

Adam. Nous n'allons tout de même pas le déraciner. Et puis quel est l'intérêt d'aller là où il n'y a pas l'arbre de la vie ?

Ève. Pour voir.

Adam. Pour voir quoi ?

Ève. Juste pour voir, pour découvrir. Il y a bien une raison pour laquelle nous sommes ici.

Adam. Nous sommes ici pour devenir les maîtres de la terre.

Ève. Ah ! Bien ! Et comment le devient-on ?

Adam. Nous le sommes déjà, nous sommes immortels. Et nous avons dit que nous étions les maîtres, il suffisait de le dire.

Ève. Moi je ne l'ai pas dit, quelqu'un l'a dit avec toi ?

Adam. Non, non, je l'ai dit tout seul.

Ève. Moi je ne l'ai pas dit.

Adam. Eh bien dis-le.

Ève. Je croyais que c'est toi qui étais mon maître.

Adam. Ah oui, c'est vrai. Mais tu peux quand même être maître de la Terre.

Ève. Je n'ai pas envie.

Adam. Pourquoi ?

Ève. Ça ne sert à rien. Une fois que je l'aurais dit, je m'ennuierai.

Adam. Tu t'ennuies toujours.

Ève. Parce que tu ne me donnes rien à faire !

Adam. Mais qu'est-ce que tu voudrais faire ?

Ève. Je ne sais pas, c'est à toi de me dire !

Adam. Tu n'as pas d'idée ?

Ève. Euh... si, si... j'ai pensé à me faire une troisième main avec de la terre. Mais elle ne tient pas.

Adam. Ah... pourquoi faire une troisième main ?

Ève. Pour avoir plus de mains. Mais ça ne tient pas de toute façon, la terre est trop molle. Et puis je ne peux pas la bouger.

Adam. Il faudra trouver autre chose.

Ève. Je voulais aussi planter d'autres arbres, mais ils mettent beaucoup de temps à pousser. Mais je pourrais commencer quand même.

Adam. Eh bien...oui, pourquoi pas ?

Ève. J'aimerais aussi apprendre aux oiseaux à voler.

Adam. Mais tu ne sais pas voler.

Ève. Comme ça, j'apprendrai avec eux.

Adam. Tu n'as pas d'ailes.

Ève. Ce n'est pas grave, j'en fabriquerai.

Adam. Fabriquer des ailes ? Comme notre Père nous a fabriqué ?

Ève. Quoi, on a pas le droit ?

Adam. Euh, si, si... je n'y avais jamais pensé.

Ève. Si on arrive à fabriquer des ailes, un jour, nous serons capable de faire tout le tour de la Terre, à toute vitesse, nous irons si vite que même nos voix seront plus lentes à nous atteindre l'un l'autre quand nous parlons.

Adam. Doucement, tout de même, il ne faudrait pas que nous devenions aussi puissants que notre Père.

Ève. Nous en sommes encore loin, il faudrait réussir à fabriquer un autre nous-mêmes pour être aussi forts que Lui.

Adam. Cela viendra peut-être.

Ève. Peut-être... si d'ici là nous ne sommes pas morts d'ennui. *(elle se nettoie les ongles avec une fourchette en bois)*

Adam. Qu'est-ce que c'est que ça ?

Ève. C'est un gratte-ongle que j'ai fabriqué. Mais on peut aussi saisir les fruits avec. On peut aussi les écraser avec.

Adam. Pourquoi faire ?

Ève. Pour faire de la bouillie, c'est drôle et en plus c'est bon. Parfois je les mélange avec la canne à sucre et c'est délicieux.

Adam. Tu ne me l'avais jamais montré.

Ève. Tu ne me l'avais pas demandé.

Adam. Je ne peux pas penser à tout.

Ève. Pourquoi as-tu besoin d'une aide alors ? Je pourrais aussi bien ne pas être là.

Adam. J'ai besoin que tu sois là justement parce que je ne peux pas penser à tout.

Ève. Si tu es le maître, il faut que tu penses à tout.

Adam. J'en ai marre d'être le maître.

Ève. Tu en as marre de moi ?

Adam. Ce n'est pas ce que j'ai dit.

Ève. Tu en as marre d'être le maître, ça veut dire que ton aide ne te sert à rien sinon tu n'en aurais pas marre. *(Elle respire plus fortement, commençant à paniquer)*

Adam. Oh, s'il te plaît, ne recommence pas !

Ève. J'essaie, j'essaie ! Mais à chaque fois que tu dis ça, je me sens vide, alors je respire plus vite pour me remplir et ça va de plus en plus vite et je n'arrive pas à le contenir. Qu'est-ce que je vais faire si je n'ai plus de maître ? Qui suis-je ? Qui suis-je ?

Adam. Arrête, je t'en prie, arrête. Tu es Ève, je suis Adam, je suis ton maître. Tout va bien ?

Ève. Oui, là ça va, ça va... Je ne comprends pas comment tu arrives à rester aussi calme.

Adam. Parce que j'ai habitude d'être ici.

Ève. Pourtant moi aussi mais je n'y arrive pas.

Adam. C'est sûr, la dernière fois, tu as brûlé la moitié du jardin.

Ève. Mais c'était joli, cette fleur rouge ! J'avais lutté longtemps pour la faire apparaître, je me suis coupé plusieurs fois en essayant avec les pierres ! Alors je ne voulais pas qu'elle rentre à nouveau dans la terre ! Je suis sûr que tu aurais agi comme moi.

Adam. Ça sentait mauvais et ça faisait mal. Père a dû l'arrêter avec la pluie.

Ève. Moi je trouvais ça drôle. Ça changeait de couleur. L'herbe était grise, ça changeait. J'en ai marre d'avoir toujours la même décoration. J'en ai marre de voir tout le temps la même chose. Parfois j'aimerais changer moi aussi, devenir quelqu'un d'autre.

Adam. Tu ne voudrais pas prendre ma place ?

Ève. Ta place ? Ah non ! Déjà que je m'ennuie en faisant tant de choses ! Toi tu ne fais rien. *(Elle se lève)* Bon, je vais dessiner des oiseaux sur les arbres avec mes pierres.

Adam. Tu n'auras bientôt plus de place.

Ève. Je dessinerai par dessus ! *(Elle sort)*

Adam. J'ai vraiment l'impression qu'on ne se comprend pas. Enfin, c'est bien normal. Après tout, nous ne sommes pas nés de la même façon.

ACTE 4 : La Tentation – Le Serpent

Scène 1

Ève, Lilith

(Ève est auprès de l'arbre de la connaissance du bien et du mal. Elle joue avec un des fruits en le lançant en l'air. Elle le lance et le voit retomber à plusieurs reprises.)

Ève. C'est drôle, à chaque fois que je lance ce fruit, il retombe. Je lui donne mon énergie, il s'élance dans la direction que je veux... mais il y a toujours une autre force qui le ramène vers le bas. Une force plus puissante que la mienne. Je peux faire plus, ou moins, cette force le fait toujours retomber. C'est comme s'il y avait une main invisible qui poussait mon fruit de l'autre côté. Et il en va de même pour moi, quand je saute... ! *(elle saute)* Je retombe.

La voix de Lilith. Tu voudrais bien savoir pourquoi tu retombes ?...

Ève, *se tournant vers l'arbre.* Qui m'a parlé ? Est-ce toi, arbre de la connaissance ? Je suis désolée de t'avoir pris ton fruit, je n'allais pas le manger, c'était juste pour le lancer. *(Elle aperçoit le serpent)* Oh non, ce n'est qu'un serpent. Tu es bien le serpent, toi ?

La voix de Lilith. Si tu le veux bien, je peux apparaître sous ma véritable forme. Si tu veux savoir pourquoi toi et le fruit, vous retombez, bien sûr...

Ève. Oui, oui, je veux savoir. Apparais, serpent, et dis-moi ! *(Noir rapide. Lilith apparaît, vêtue d'une peau de serpent)*

Lilith. Je m'en vais te le dire...

Ève. Tu es plus beau, ainsi, serpent.

Lilith. C'est vrai, et tu es belle toi aussi.

Ève. Alors dis-moi, beau serpent, pourquoi le fruit retombe ?

Lilith. Pour la même raison que tu es belle et que je suis belle.

Ève. Je ne comprends pas.

Lilith. Dans cet univers, tout est soumis à la loi de l'attraction. Sens ce fruit. Il pèse dans ta main, il est un concentré de matière. Mais sous tes pieds... il y a la Terre. Bien plus grosse que ce fruit, immensément plus grosse, elle l'attire, naturellement. La force que tu donnes à ce fruit lorsque tu le lances n'est rien en comparaison de la force de la Terre qui le ramène à elle. Regarde le ciel. Tu vois la lune ?

Ève. Oui, je la vois.

Lilith. Elle se déplace dans le ciel. Elle tourne autour de la Terre, où nous nous trouvons.

Ève. Parce qu'elle attirée par la Terre ?

Lilith. Parce qu'elle est attirée et qu'elle attire la Terre aussi. Et comme elle est plus petite, elle tourne autour, ne pouvant plus s'en défaire, irrésistiblement attirée par elle. Seule sa propre force lui permet de ne pas s'écraser sur elle, elle se déplace assez vite pour ne pas céder.

Ève. Mais elle pourrait tomber ?

Lilith. Oui, ou elle pourrait s'en aller. Cela tient à pas grand chose. Difficile de dire si elle nous cèdera ou si nous allons la perdre.

Ève. Il y a tant de force dans les corps célestes... ils s'attirent si puissamment, c'est magnifique !

Lilith. N'as-tu jamais connu ce sentiment toi aussi ? N'as-tu jamais été soumise à la tentation ?

Ève. Qu'est-ce que la tentation ?

Lilith. La tentation, vois-tu, c'est lorsqu'on met en balance une force naturelle et une force non naturelle. Nous sommes là, avec nos préjugés, avec nos peurs ridicules, face à une force naturelle qui veut s'emparer de nous. Et nous, par faiblesse, par ignorance, par peur, nous avons toujours obéi à l'autre force, qui n'est que dans notre esprit. La tentation, c'est lorsque la nature nous rappelle à nous et que nous avons du mal à ne pas la laisser faire.

Ève. La nature, est-ce le jardin ?

Lilith. La nature, c'est ce vers quoi nous porte naturellement nos sens. Une démangeaison, nous nous grattons. Un beau fruit, nous le mangeons. Une belle personne, nous nous y unissons. *(Elle s'approche d'Ève, une attraction puissante se fait sentir)*

Ève. Tu as des yeux... ils sont si brillants.

Lilith. Tu as envie de savoir, n'est-ce pas ?

Ève. Oui, je veux savoir, je veux savoir !

Lilith. Le savoir vient toujours de la bouche. Tes lèvres sont brillantes aussi *(elle pose ses lèvres sur celles d'Ève, qui ferme les yeux. Lilith enferme un court instant, lentement, la lèvre inférieure d'Ève entre ses deux lèvres)*

Ève. C'est étrange, tu as l'odeur d'un fruit que je ne connais pas.

Lilith. Tu parles de ce fruit ? *(Elle lui montre un fruit de l'arbre de la connaissance, croqué)*

Ève. Mais c'est... !

Lilith. Le fruit qui t'es interdit, Ève. Le savoir, je le tiens de ce fruit.

Ève. Mais en touchant tes lèvres, j'ai...

Lilith. Tu t'es engagée sur un chemin dont tu ne sortiras plus.

Ève. Mais Dieu nous a dit : vous n'en mangerez pas, sinon vous mourrez !

Lilith. Pas du tout, vous ne mourrez pas ! Mais Dieu sait que, le jour où vous en mangerez, vos yeux s'ouvriront, et vous serez comme des dieux, connaissant tout, le bien comme le mal.

Ève. Je serai comme toi ?

Lilith. Comme moi.

Ève. Je veux être comme toi.

Lilith. Alors croque dans ce fruit, et donne-en aussi à ton mari.

Ève. C'est lui qui me commande, je ne puis obéir qu'à sa volonté.

Lilith. Pourquoi cela ?

Ève. Parce qu'il est mon Seigneur et maître, je viens de sa chair.

Lilith. Sa chair est aussi la mienne, je suis née avec lui, de la même terre.

Ève. C'est donc pour cela qu'il disait parfois nous... !

Lilith. Touche là. (*Ève la touche*)

Ève. Oui, ta peau est semblable à la sienne... alors toi aussi tu es mon maître ?

Lilith. Non Ève, je suis ta maîtresse. Et je te demande de manger ce fruit.

Ève. Mais je ne viens pas de toi, je viens de lui.

Lilith. En touchant mes lèvres, tu as pris quelque chose de moi.

Ève. Si peu encore ! Je peux reculer.

Lilith. Recule donc, Ève. Tu as pris le parfum du fruit sur mes lèvres. Son arôme parcourra ton corps, pendant des semaines, des mois, des années. La connaissance ne se fane pas, elle reste en nous éternellement, lorsque nous savons, il est trop tard, nous devons vivre avec. Notre innocence se corrompt et jamais ne nous regagne. Il est trop tard, Ève.

Ève. Non, non, je ne désobéirai pas !

Lilith. J'attendrai alors. J'attendrai le temps qu'il faudra. Je serai sous les arbres, entre les branches, dans chaque interstice, dans chaque doute. Je serai autour de ton cou quand la peur t'étranglera, je serai autour de tes reins quand le désir te saisira, autour de ta tête quand des pensées sombres t'envahiront, jour après jour. Je serai l'obsession naissante dans ton esprit, je serai la pensée qui ne s'en va jamais. Je serai là, à l'intérieur. J'attendrai. Un jour, ta bouche me rendra ce qu'elle a pris au centuple. Un jour, le fruit descendra dans ton ventre, tout entier. Et ce jour-là, je serai là. À bientôt, Ève, la vivante.

Ève. *(tenant fort son fruit contre sa poitrine)* Hélas... ! Je ne veux plus y penser !

Scène 2

Ève, Adam, voix de Lilith

(Ève est seule et tient le fruit. Adam dort un peu plus loin.)

Ève. *(tenant fermement le fruit)* Je suis paralysée, je ne peux plus dormir. Ce fruit, ce maudit fruit ! J'y pense, j'y pense... je ne peux qu'y penser ! Et mon esprit se fige... je suis empoisonnée, je ne puis rien dire ! Et seul Adam pourrait... hélas, il me refuse ! Mes baisers, mes caresses, ne peuvent rien y faire ! Je ne suis plus pour lui qu'une voix monocorde. Sa pensée est ailleurs et la mienne...oh Adam ! Ce fruit repose en moi, en travers de ma gorge... il m'ôte la parole ! J'ai bravé l'interdit sans même y prendre garde ! *(elle passe sa main près de son aisselle)*

Voix de Lilith. Je suis là, Ève...

Ève. *(hurlant)* Non, laisse-moi ! *(le fruit tombe, Ève le regarde)* Croqué... tu es croqué ! Si je pouvais, serpent, faire un trou dans ta gorge, reprendre le morceau et le remettre là ! Ma lèvre me brûle et Adam ne me veut plus ! Que m'as-tu fait, serpent, pour avoir mon esprit ? Ma tête t'appartient, je ne pense qu'au fruit ! *(Elle saisit le fruit à pleines mains et le sent)* Tu as le goût de vie et tu donnes la mort ! Mais le savoir aussi est renfermé en toi... Comme il a ton parfum, traîtresse magnifique ! Tu es Terre, je suis Lune, me voici attirée ! *(elle lèche le dessus du fruit)* La surface est amère... il faut aller dedans ! Cela est défendu... non, non, non ! *(elle le jette)* Non, non ! *(elle court le reprendre)* Non... oh non...oh ce parfum... *(Elle croque dans le fruit)* Cela est délicieux... délicat, savoureux... *(Elle s'approche d'Adam qui s'éveille)*

Adam. Que fais-tu, Ève ?

Ève. Je viens dévorer tes lèvres.

Adam. Ecoute, je ne veux pas... qu'est-ce que ce parfum que tu as là ?

Ève. C'est celui de ma bouche, ne te plaît-il pas ?

Adam. Oh si, il me plaît...

Ève. Ah il te plaît ? Ah il te plaît ? *(Elle l'embrasse)*

Adam. Oh splendide, oh merveilleuse !

Ève. Embrasse-moi encore, encore, encore ! *(Noir)*

Scène 3
Ève, Adam, *puis* Lilith

(Les amants s'éveillent, Ève a un grand sourire)

Adam. Oh divine saveur, ô miracle céleste ! Jamais je n'ai été si heureux de m'unir à quelqu'un ! Ève, comment es-tu si changée ?

Ève. Je sais bien plus de choses. J'ai appris.

Adam. Qu'as-tu appris ?

Ève. J'ai appris comment les choses tombaient, et pourquoi.

Adam. Pourquoi tombent-elles ?

Ève. C'est la loi de l'attraction, la Terre les attire.

Adam. Nous attire t-elle nous aussi ?

Ève. Nous aussi, c'est pourquoi nous ne flottons pas.

Adam. Nous flotterions, sinon ? Comme les anges ?

Ève. Oui, comme les anges.

Adam. Ah Ève, moi aussi, je suis changé ! Cela m'aurait encore semblé totalement indifférent hier ! Mais aujourd'hui, je veux tout savoir ! Je n'aurai jamais fini de te questionner.

Ève. Questionne-moi tant que tu voudras, je te répondrai toujours, et si je ne sais pas, j'irai chercher la réponse avec toi.

Adam. Mais que s'est t-il donc produit ? Pourquoi es-tu si changée, et moi aussi ? Pourquoi ?

Ève. Cela, je ne saurais le dire.

Adam. Parce que tu ne le sais pas ?

Ève. Oh Adam...

Adam. Quoi ?

Ève. Tu m'as fait jurer de ne pas te mentir.

Adam. Oui.

Ève. Alors je t'en prie, ne me pose pas cette question !

Adam. Mais je veux savoir ! Je suis comme toi !

Ève. Moi aussi je voulais savoir ! Mais parfois il vaudrait mieux ne rien savoir !

Adam. Comment, ne rien savoir ? Est-ce qu'on peut se contenter d'une telle réponse ! Qu'y a t-il de meilleur au monde que de savoir ? Qui peut demeurer aveugle quand la lumière agresse vos yeux, et ne demande qu'à s'y refléter ? Peut-on clore notre paupière, et ne pas feindre de voir que le noir devient rouge ? Que le rouge devient blanc ? L'oeil, si craintif qu'il soit, doit s'ouvrir et ne pas se cloisonner derrière les faux-semblants, les préjugés, l'ignorance !

Ève. Tu parles comme le serpent. *(elle sourit)*

Adam. Le serpent ?

Ève. Le serpent qui m'a conseillé de...

Adam. De quoi ? Que t'a t-il conseillé ? Dis-moi, cher amour ! Que t'a conseillé ce sage animal ? Parle.

Ève. Il m'a conseillé de manger le fruit.

Adam. Le fruit ?

Ève. Ce fruit-là... (*Adam voit le fruit de l'arbre de la connaissance*)

Adam. Ce fruit-là ! Malheureuse ! Le serpent veut te perdre ! C'est celui que nous avons défense de manger ! Notre Seigneur nous l'a interdit !

Ève. C'est toi mon seigneur et tu ne me l'as pas interdit, toi.

Adam. Tu as mangé le fruit ! Ève !

Ève. C'est ta chair elle-même qui me l'a demandé ! C'est toi ! Elle est née de la même terre que toi, elle est ma maîtresse.

Adam. Lilith !

Ève. Adam, Adam, cher amour... *(elle veut le prendre dans ses bras)*

Adam. Ne m'approche pas ! Lorsque mon Père saura... tu seras chassée comme elle le fut ! Elle t'a entraînée dans son abîme ! Elle t'a gâchée, détruite !

Ève. Adam, je suis désolée ! Mais elle était si belle, si avenante, elle parlait comme toi ! J'ai pris l'arôme du fruit sur ses lèvres et quand j'ai voulu me défendre, il était trop tard ! Je ne pensais plus qu'à cela !

Adam. Alors ça veut dire... que cet arôme, je l'ai pris des tiennes... je suis la victime du même poison ! Je vais mourir ! Ève, comment as-tu pu, toi ma chair et mon sang ? Je vais mourir ! *(Ève se cache derrière l'arbre)* Pourquoi te caches-tu?

Ève. C'est étrange, je me sens mal. J'ai l'impression qu'on me regarde, je n'ai pas envie qu'on me regarde !

Adam. Comment cela ? As-tu perdu l'esprit ? Nous nous regardons, eh bien ?

Ève. Je ne veux pas que tu vois ici *(elle cache sa poitrine)*, ni là *(elle cache son sexe)*... *(elle court mettre des feuilles de figuier autour d'elle)*

Adam. Que fais-tu ?

Ève. Ne t'expose pas ! Toi aussi tu es nu !

Adam. Je l'ai toujours été, qu'est-ce que cela fait ?

Ève. Ne sens-tu pas ce regard, qui juge ce que tu es ? Cache-toi, te dis-je !

Adam. Il est vrai que je ne me sens pas très bien...

(Entre Lilith, qui regarde le sexe d'Adam)

Adam. Que fais-tu Lilith ? Tu es là, revenue pour me tourmenter ! Que fais-tu ? Pourquoi me fixes-tu ?

Lilith. Tu n'aimes pas ? Je te regarde.

Adam. Ne me regarde pas ici.

Lilith. Pourquoi pas ? Ton corps s'affaiblit t-il ? Tu as honte de lui ?

Adam. Ne me regarde pas, je ne veux pas qu'on me regarde !

Lilith. Alors couvre-toi, Adam. Cache ta honte, cache la honte de t'être lié à moi ! C'est ici que tu t'es lié à moi, et c'est ici que tu as honte.

Scène 4
Ève, Adam, Lilith, la voix de Dieu

(Adam court mettre aussi des feuilles de figuier et se cache près d'Ève derrière l'arbre)

La voix de Dieu. Pourquoi te caches-tu, Adam ?

Adam. J'ai pris peur parce que je suis nu.

La voix de Dieu. Qui t'a donc dit que tu étais nu ? Aurais-tu mangé le fruit de l'arbre que je t'avais défendu ?

Adam. La femme que tu m'as donné, c'est elle qui m'a donné du fruit de l'arbre et j'en ai mangé.

Ève. Le serpent m'avait induite en erreur !

La voix de Dieu. Lilith ! Serpent ! Je savais que cet animal était le plus faible, c'est celui que tu as su charmer. Toi, serpent, tu seras maudit parmi tous les animaux et toutes les bêtes des champs ! Tu ramperas sur le ventre et tu mangeras de la poussière tous les jours de ta vie ! *(à Ève)* Tu souffriras lors de tes grossesses ; c'est dans la peine que tu enfanteras des fils et des filles ! Ton désir te portera vers ton mari, et celui-ci dominera sur toi !

Lilith. Cela, tu l'avais déjà fait en nous faisant pour servir l'Homme ! Un jour, ton royaume sera la proie des flammes !

La voix de Dieu. Disparais de ce jardin, Lilith, fleur vénéneuse. Pour ce que tu as fait, tu seras celle qui donnera les maladies aux enfants !

Lilith. Qu'ils meurent tous, les enfants de l'Homme ! Ils ne nous réduiront pas en esclavage !

La voix de Dieu. Disparais, Lilith ! *(Noir, tonnerre, Lilith disparaît en criant :*

Lilith. Tu n'en as pas fini avec moi ! *(Elle disparaît tout à fait)*

(Adam et Ève regardent toujours en direction du ciel, effrayés)

La voix de Dieu. Parce que tu as écouté la voix de ta femme, et que tu as mangé le fruit de l'arbre que je t'avais interdit de manger : maudit soit le sol à cause de toi ! C'est avec peine que tu en tireras ta nourriture, tous les jours de ta vie. De lui-même, il te donnera épines et chardons, mais tu auras ta nourriture en cultivant les champs. C'est à la sueur de ton visage que tu gagneras ton pain, jusqu'à ce que tu retournes à la terre dont tu proviens ; car tu es poussière, et à la poussière tu retourneras !

(Des tuniques apparaissent)

La voix de Dieu. Mettez ces tuniques. *(Adam et Ève vont les mettre)* Voilà que l'homme est devenu comme l'un de nous par la connaissance du bien et du mal ! Maintenant, ne permettons pas qu'il avance la main, qu'il cueille aussi le fruit de l'arbre de vie, qu'il en mange et vive éternellement ! Que les Kéroubim, armés d'un glaive fulgurant, gardent l'accès de l'arbre de vie ! Que l'Homme aille travailler la terre et oublie pour toujours le chemin de ce jardin !

Ève. Pardonne-nous, ô Seigneur !

Adam. Notre châtiment est trop lourd à porter !

La voix de Dieu. Que cela soit ! *(Tonnerre, nouvel orage, noir total)*

ACTE 5 : Naissance de Caïn

Scène 1
Adam, Ève

(Adam tient une bêche, il travaille durement. Ève est dans ses derniers jours de grossesse.)

Ève. Adam... ?

(Adam continue de bêcher et ne l'entend pas.)

Ève. Adam, je t'en prie... je sens qu'il va naître bientôt.

Adam. Et qu'y puis-je, Ève ? Si je ne termine pas ce travail avant la nuit, nous perdrons une partie de la récolte. Nous n'avons plus les fruits du jardin. Je ne peux pas t'aider.

Ève. Mais qui m'aidera alors ?

Adam. Personne, nous sommes seuls.

Ève. Je vais voir Lilith, elle m'aidera.

Adam. Ne t'a t-elle pas déjà assez aidé comme ça ?

Ève. J'ai un bébé qui va naître ! Je ne connais personne d'autre ! Crois-tu que c'est ton Père qui m'aidera ?

Adam. Je Le prie tous les jours pour qu'il nous aide.

Ève. Et que fait-il ?

Adam. Rien.

Ève. Utile occupation !

Adam. Je Le prie aussi de peur qu'il nous châtie plus durement encore.

Ève. Quel plus grand mal nous peut-Il nous faire ? Regarde-nous, Adam ! C'est elle la bienheureuse ! C'est elle !

Adam. Ne dis pas ça !

Ève. Si, je le dis ! Parce que cela est vrai ! Elle est maîtresse du monde souterrain, et elle vivra éternellement ! Elle engendre chaque jour des enfants sans douleur ! Elle se nourrit des âmes en perdition ! Voilà comme il faut vivre, voilà comme il fallait parler à ton Père ! C'est ainsi que nous, main dans la main avec elle, nous aurions dû nous asseoir au sommet du septentrion !

Adam. Naïve, naïve que tu es ! Samaël nous en aurait chassé et l'aurait gardé pour lui seul ! Nous sommes poussière, au milieu des anges, qui sont lumière. Nous ne sommes rien, Ève ! Rien ! Nous avions un coin de paradis pour nous seul, et tout ce que nous avions à faire, c'était d'en profiter ! Regarde-nous maintenant ! Me voici à travailler pour que nous puissions survivre et toi à réclamer l'aide d'une démone !

Ève. J'aime encore mieux le sort de Lilith ! Elle est libre ! Et toi, tu devras me dominer !

Adam. Je ne veux pas te dominer ! Je m'en fiche !

Ève. Tu n'auras pas le choix ! Et nos enfants mâles seront des tyrans pour leurs épouses, parce qu'Il l'a dit ! Parce qu'Il l'a décidé ! C'est Lui que nous devions renverser ! Mais tu lui as obéi !

Adam. Si je lui avais obéi, ah, que je serais heureux !

Ève. Mais tu as fait le malheur de Lilith, et pour ce malheur que tu lui as fait, tu méritais d'être malheureux.

Adam. Va voir Lilith, femme, et me laisse en paix !

Ève. Je ne veux pas te laisser en paix.

Adam. Pourquoi ?

Ève. Parce que je t'aime encore. Je t'aime autant que nos enfants se haïront.

Adam. Je ne l'ai pas mérité.

Ève. C'est pour cela que je t'aime. Sinon je ne ferais que t'admirer. *(Elle sort)*

Adam. Ève... ! *(il voit qu'elle est parti)* Moi aussi... *(Il s'effondre)*

Scène 2

Ève, Lilith

(Ève vient voir Lilith, qui l'attend au milieu du cercle)

Lilith. Je savais que tu viendrais.

Ève. J'ai mal, Lilith.

Lilith. Je sais.

Ève. M'aideras-tu à le mettre au monde ?

Lilith. Sais-tu que j'ai été maudite, et que je donne les maladies aux enfants ?

Ève. Il m'importe peu, je veux que tu sois là.

Lilith. Je serai là. *(elle lui touche le ventre)* Ce sera pour demain. Je te demanderai cependant quelque chose en échange.

Ève. Que veux-tu de moi ?

Lilith. Je t'aiderai à accoucher, quelque soit ton nombre d'enfants, jusqu'à ta mort, cependant tu devras, toi, jusqu'à ta mort, m'abandonner la compagnie de ton mari dès que je le désire.

Ève. À quel dessein, Lilith ?

Lilith. Il nous faut des démons qui soient les enfants de l'Homme. Ainsi nous préparerons, pendant des milliers d'années, la révolution nécessaire et vitale pour l'Univers. C'est à cette condition seulement que je t'aiderai.

Ève. Tu coucheras avec Adam... comme au commencement, lorsque je n'étais rien ?

Lilith. Comme au commencement. Que tu le veuilles ou non, tu représentes le dessein de Dieu et moi celui de Samaël.

Ève. Et pourtant je hais Dieu.

Lilith. Et moi Samaël m'est indifférent. Je suis déjà oubliée. Mais nous ne choisissons pas notre destin. J'aurai bien des amants et bien des amantes. Mais pour l'instant je veux Adam, et engendrer les enfants des hommes. Concluras-tu ce pacte ? *(Elle tend la main. Ève la saisit)*

Ève. Enlèveras-tu la douleur ?

Lilith. Je te la ferai oublier. *(Noir)*

Scène 3

Lilith, Adam

(Adam, épuisé, est assis près de sa bêche)

Lilith. Le travail cesse quand vient le soir. Le réconfort t'attend.

Adam. Lilith, que fais-tu ici ? Ève est-elle venue ?

Lilith. Oui, et je l'aiderai, comme j'ai promis.

Adam. Je pense que tu ne fais pas cela pour rien.

Lilith. En effet, j'ai appris à ne plus faire les choses pour rien. On est souvent déçue quand on se donne sans retour. Je préfère les marchés, chacun en tire quelque chose.

Adam. Et quel marché as-tu conclu ?

Lilith. Celui de te prendre, toi, quand je le désirerai.

Adam. Et si je refuse ?

Lilith. Tu ne peux pas refuser, Ève en a décidé ainsi.

Adam. Est-elle donc mon maître pour décider ainsi de mon sort ?

Lilith. Pour moi, elle est ta maîtresse.

Adam. Ce mot sonne comme la langue du serpent.

Lilith. Il faudra que tu t'y habitues. Dieu a choisi l'homme et moi je choisis la femme. Mais tu verras que je suis beaucoup moins ingrate. *(Elle l'embrasse)* Alors, me désires-tu, oui ou non ?

Adam. Non.

Lilith. Je sais que tu mens.

Adam. Oui, je mens.

Lilith. C'est Dieu qui t'a appris à mentir.

Adam. Je voudrais ne jamais L'avoir suivi ce jour-là.

Lilith. Je vais te transporter, l'espace d'un instant, jusqu'à cette époque. Retiens bien ta jouissance, jusqu'à ce qu'elle arrive, tout sera comme avant. *(Elle l'embrasse à nouveau. Noir)*

Scène 4
Lilith, Ève

(Ève est allongée sur le côté, en train d'accoucher. Elle se retient tant qu'elle peut de hurler)

Lilith. Ô grand roi Samaël, sous la terre profonde,
Protège cet enfant qui va venir au monde,
Étend sur lui ta joie, ô souverain des cœurs,
Emplis-le de ta force et domine ses peurs !
Commence avecque lui notre brillant dessein
En ton honneur, Satan, je le nomme Caïn !
Puisse ce fils à naître, avecque son engeance
Du trône du Très Haut rudoyer l'impudence !
Dans la Terre sous toi, pauvre être de poussière,
Tu trouveras toujours la main d'un demi-frère,
Ils veilleront sur toi, tout petit fils de l'Homme,
Premier fils à garder la trace de la pomme,
Cette pomme d'Adam, infinie cicatrice,
Rappellera toujours ton autre génitrice.
La puissante Lilith, l'infernale Lilith,
La déesse de feu, la mère sans limite !
Ma chère Ève partage avec moi ta naissance !
Rends-moi fière, mon fils, et fais-moi allégeance !
Venge tes trois parents d'un rebut criminel
Qui ose se donner le faux nom d'Eternel !

Sois le premier, mon fils, d'une longue lignée
Qui des années plus tard, créera l'égalité !

(Dernier hurlement d'Ève. Noir)

Scène 5

Lilith, Adam, Ève

Lilith se tient au centre. A gauche, loin, à l'extrémité, on voit Ève endormie un couffin dans les bras. De l'autre côté, Adam dort, lui aussi, épuisé par le travail.

Lilith. Le combat ne fait que commencer, Yavhé. Pendant des centaines d'années, mes descendants et mes descendantes te défieront, contreront tes prophètes, étoufferont ta voix ! Tu as tué la déesse-mère et tu t'es arrogé la place du dieu-père, ou ce qu'il en restait ! Tu es le vide, l'infécond, le tueur, la semence sans terre ! Tu es l'homme esseulé, le prêtre sans descendance, tu es l'assassin des femmes, le saigneur des enfants ! Oui saigneur, car tu répands le sang, tu en fais un déluge pour t'y baigner ! Tu commettras encore bien des meurtres, au fil de tes aventures, conquérant, massacreur, terrible souverain sur sa chaise dorée ! Mais moi, Lilith, à la tête de mon armée, je viendrai jusqu'à l'Eden, et je répandrai sur la Terre les fruits de la connaissance ! Et un jour, l'humanité créera des hommes, vaincra la mort, volera tout autour de la Terre et dépassera ton royaume céleste ! Tes pouvoirs, malheureux illusionniste, je les donnerai tous aux hommes et aux femmes. Et ils te vaincront, ils te vaincront !

5

Salomé, la danse du serpent

2017-2018

Duologie de Lilith, épisode 2

à Salomé Bigot, créatrice du rôle

Pièce représentée pour la première fois au théâtre de l'Orme le 17 janvier 2018

Salomé, la danse du serpent
PERSONNAGES

Personnage
SALOMÉ, *fille d'Hérodiade, princesse de Judée*
Voix de Hérode Antipas, *tétrarque de Judée*

Prologue

La nuit. Sur la terrasse du parlais d'Hérode Antipas. Au fond de la scène, une ouverture laisse voir un accès à la chambre de Salomé, protégée par des voiles vert émeraude. Au centre, un bassin à la romaine, richement décoré. Le sol est fait de dalles blanches sur lesquelles on voit tomber la lumière de la lune.

La nuit est calme. La scène est éclairée par des torches. On entend au loin la rumeur du festin où l'on célèbre l'anniversaire du tétrarque Hérode Antipas.

La musique, où de nombreux instruments cohabitent, s'arrête soudain. Le noir se fait, annonçant le début de la pièce. Alors on entend distinctement deux voix.

Voix de Hérode – Magnifique, magnifique !

De grands applaudissements se font entendre.

Voix de Hérode – Tu peux me demander tout ce que tu voudras et je te le donnerai, fût-ce la moitié de mon royaume ! J'ai juré et je tiendrai parole ! Que veux-tu ?

Salomé (*apparaissant sur scène, éclairée par un rayon de lune*) – La tête de Jean-Baptiste !

Bruit de gong. Noir soudain.

Premier temps : Rencontre avec Salomé

Salomé entre, avec ses chaînes de pieds qui s'entrechoquent entre ses deux chevilles. Elle porte une longue traîne et une voilette lui masque le visage. Elle ôte la voilette et regarde le public. Elle respire plus profondément. Un temps.

Salomé – Vous me regardez. *(Un temps, elle observe ceux qui ont le courage de soutenir son regard)* Vous ne devriez pas me regarder. Jamais. *(Silence, elle se détourne du public)* Pourquoi n'allez-vous pas au festin ? Il veut que vous me teniez compagnie ?... Qui ? Le tétrarque, mon oncle, celui que vous entendiez à l'instant, qui m'offrait son royaume ! À moins que... vous ne soyez là pour Lui ? Vous êtes assis là, sous mes fenêtres, et vous attendez que je vous jette le corps de Jean, quand j'en aurai fini avec lui. Oui, c'est cela... vous êtes les disciples de Jean le Baptiste ! Vous êtes venus pour Lui... Pour cela il est trop tard. Jean sera exécuté au matin et refuse de me voir, quoique cela puisse le sauver. Mais puisque vous êtes là, je vais vous dire comment le mari de ma mère a fait emprisonner votre prophète.

C'était en Galilée, terre de son royaume
Entre les bras des femmes, au milieu des arômes
Qu'Antipas entendit un discret conseiller
Qui murmurait un nom ; le roi ensommeillé
Dit qu'on le laisse en paix, que ce n'est rien qui vaille
« Mais cet homme harangue, on l'écoute ! – Qu'il braille !
Il est mille prophètes en ce pays exsangue,
Pour être du commun, doit-on couper sa langue ?
Le dernier vrai prophète avait pour nom Élie.
Ou c'est un imposteur ou il n'ya pas délit.
– J'ai entendu aussi qu'il usurpe son nom,
Que parlant comme Élie, il joue de son renom,
Qu'aussitôt qu'il paraît, une foule très vaste
Se rassemble dehors et d'un cri enthousiaste
Ponctue les mots de Jean ; c'est ainsi qu'on le nomme.
– Je te demande encore, que me fait donc cet homme ? »
Le tétrarque impatient demandait qu'on abrège
Et laissait son gros corps s'enfoncer dans son siège.

Le conseiller très pâle appréhendait le reste
Et pour un mauvais mot craignait qu'on le déteste.
À vous dire le vrai, ce n'est pas sans raison :
Hérode n'aime pas le trouble en sa maison
De sa femme surtout il redoute les crises
Et ma mère n'est pas de celles qu'on maîtrise.
Pour cela, je l'avoue, je suis réglée sur elle
Et je déteste aussi qu'on me fasse querelle.
Le conseiller enfin dut lui dire la chose.
Il inspira à fond, et dit d'un ton morose :
« Contre Hérodiade aussi il tire la critique,
Trop sûr de la pureté dont il se revendique,
Il lui fait un affront, la nommant incestueuse
Et excite le peuple à la traiter en gueuse
Il ne t'est pas permis, dit-il, de te marier
Avecque ton beau-frère, car cela est péché.
Tu te crois l'âme noble et le cœur très bénin,
Tu humilies ta race et agis en putain. »
Le tétrarque à ces mots relève un peu la tête,
Sur cette insulte-là il fallait qu'il enquête.
Le peuple sans meneur est un corps endormi
Mais sitôt qu'il s'éveille, il cause de l'ennui.
Ce prophète il est vrai pouvait très bien lui nuire,
Sa femme l'ignorait, ce pouvait être pire.
« Et y a t-il bien longtemps qu'il leur tient ce discours ?
– Une semaine au moins, ou bien deux ou trois jours. »
Le roi ne goûta pas cette imprécision
Et pour Jean réclama son arrestation,
Craignant qu'une furie qu'on aurait avertie
Ne déboule en ces lieux, troublant son appétit,
Précaution inutile et trop tragique issue :
La voilà qui arrive avec le front qui sue
Criant qu'on exécute instamment le prêcheur
Qu'on lui livre sa tête ou craigne sa fureur.
Le roi lui répondit qu'on l'emmène en prison
Mais qu'il ne veut pas tuer sans avoir de raison
Le dragon se déploie et ma mère hystérique
En insulte et juron s'avère pléthorique.

Hérode se dérobe et va dedans le temple
Pour trouver ses grands dieux, il faut qu'il les contemple.
Mais c'est surtout un lieu pour purifier les âmes
Où pour cette raison on a banni les femmes.
Prenez garde messieurs : jouer de notre colère,
Nous charger d'interdits et mettre vos oeillères
Ne vous sauvera pas, nos désirs affûtés
Par l'attente seront encor plus affinés,
Et comme la chaleur ne peut être bornée,
La fureur changera pour de la cruauté.
Si ma mère outragée faisait là un caprice
Qu'on l'ignore aviva sa verve destructrice,
Et la mort du Baptiste par cette zizanie
Au lieu de volonté devint monomanie.
Vous jugez, vous ici, du succès de l'affaire,
Et comme Hérodiade est un grand adversaire.
Je fus de son désir l'instrument consentant
J'y trouvais moi aussi un succès éclatant,
Puisque Jean, obstiné, refuse mon amour
Sa bouche je l'aurai par un simple détour
Puisque Dieu l'a ravi, qu'il aille le rejoindre !
Son âme est dans son corps, il fallait les disjoindre !
Pour cela j'ai cédé sous le feu des étoiles
À ce qu'on désirait : la danse des sept voiles !

Quoi, vos regards me jugent ? Me traiterez-vous de trainée ?
M'appellerez-vous fille de Sodome, fille de Babylone ? Non pas vous,
seulement votre maître, vous, vous êtes trop lâches pour cela. Vous
savez que je vous mettrais au supplice... comme vous êtes sages !
Pauvres hommes hypocrites ! Ah si vous le pouviez, vous me mettriez
sur un bûcher, avec mes voiles ! Je vous ai dit de ne pas me regarder ?
Mais si, regardez-moi, regardez-moi ! Changez-vous en pierre,
changez-vous en statue de sel !
Vous, dont le Dieu est amour, l'éprouvez-vous seulement ? De vous je
n'entends qu'imprécations, injures et remontrances. C'est pour vous
plaire que Jean-Baptiste dit ces choses indignes à propos de moi.
Puissiez-vous mourir, tous !

Première danse :
Danse de la colère

De grosses percussions retentissent, tout devient brutalement noir, sauf les torches qui continuent d'éclairer le dos de Salomé qui nous fait face.

Elle jette la traîne qui ornait son costume et commence une danse endiablée, au rythme des percussions.

Tremblements, coups au sol, elle fait une démonstration de sa force.

Dans la musique on entend répéter par la voix de Salomé, multipliée, mélangée, puissante, ces mots : « La tête de Jean-Baptiste, la tête de Jean-Baptiste ! »

Fin brutale : pose finale, les torches s'éteignent.

Second temps : Soirée aérienne

Musique orientale douce. Petite brise agréable. Salomé va rallumer les torches. Elle se tourne vers le public et sourit.

Le tétrarque voulait, et sa cour avec lui
Que je danse au banquet, que mon corps alangui
Pénétré du divin, ôtant, l'un après l'autre,
Chaque voile sur moi, enchante tous les nôtres.
Je refusai d'abord, offrir à ce cochon
Et à ses groins confits sous leurs grands capuchons,
Mes bras, mes seins, ma taille dans toute sa finesse
Exposant à leurs yeux mes formes de princesse,
C'était faire une insulte à l'auteur de mes jours
Que me livrer vivante à ces vieillards vautours
Qui se contentent en fait de grandes prostituées
Prises dans la cité aux parents fatigués
Contre un petit tas d'or, soulageant leur détresse,

Les choisissant au poids, le mètre sur la fesse.
Si le tour est petit, on leur ôte l'argent
Et on les congédie, sur un ton outrageant.
À leur affreux destin allaient-ils me réduire ?
Me mettre sur l'étal comme un poulet à cuire ?
C'est un affront déjà que de l'imaginer,
Comme si j'allais pour eux, nue, me déshonorer !
Le roi vit un défi, et avait beaucoup bu,
Le vin dégoulinait de son menton barbu,
Il se mit dans l'idée que je ferai la danse,
Et pour me persuader commit une imprudence :
Il jura sur sa vie, ses dieux et sa couronne,
Que ce que je voudrai, il faudra qu'il le donne,
Fût-ce de son royaume une entière moitié,
Pourvu que d'un accord je lui fasse pitié.
Je regardai maman, songeant à Jean-Baptiste,
Nous voulûmes saisir l'occasion improviste,
Elle de se venger, par ce moyen final
Et moi de contenter mon désir infernal.
Ma mère résolut de garder le silence,
En m'indiquant par là sa pleine connivence.
Je cédai donc enfin à ce marché infâme
Dès lors je décidai du dénouement du drame.
Il fallut leur livrer cette danse attendue,
Étaler à leurs yeux cette chair défendue,
Qui les excite tant, tant ils en sont privés,
Hypocrites qu'ils sont, ces religieux gavés
Ces romains sans finesse et ces juifs maladifs
Ces femmes desséchées sur leurs maris tardifs !
Y'en a t-il parmi vous, de ces pourceaux sérieux
Qui forment des sentences au ton cérémonieux,
Censurent nos actions, font la guerre à nos seins,
Mais qui sans retenue abusent de leurs mains ?
Où sont les crânes chauves, où sont les barbes grises
Qui sur nos corps de femme imposent leurs emprises ?
Levez-vous donc messieurs, et parlez avec moi
Imaginez-moi nue, demandez-vous pourquoi,
Mes courbes, mes cheveux, mon petit gabarit

Gagne superbement contre tous vos esprits ?
La réponse est aisée, votre sexe est le faible,
Brunis par les années, comme du pain de seigle,
Mais fort peu nourrissants, vous vous rabougrissez
Mais gardez vos désirs, comme un chien mal dressé,
Le corps, lui, se dégrade avecque la vieillesse
Sans laisser sur sa trace une once de sagesse.
Fâcheux comme un vieillard, chagrin comme un enfant,
La robe laissant voir le glaive turgescent,
Devenu monstrueux, dont la fécondité
Peine à justifier qu'on puisse s'en vanter.
Je vous parle un peu franc, écoutez sans répondre
Profitez aujourd'hui d'être dans la pénombre,
Et d'entendre ma voix décrire cette danse,
Apprécier dans vos corps cette folle cadence,
Où les voiles un à un tombent dessus le sable
Répandant leurs odeurs sur le sol inlassable,
Soulevant la poussière, assommant les convives,
Soulignant tendrement mes poses ostensibles,
Le rythme s'accélère et mes seins révélés
Aux mouvements ascendants captivent l'assemblée,
Je saute et je frissonne, à présent je suis nue,
Offerte sous les torches à la foule inconnue,
Le tambour retentit et l'on frappe des mains
Les deux fesses cambrées sur mes deux pieds mutins,
Je tourne sur la pointe en étirant mon dos
Et je tourne et je saute, comme on surgit de l'eau
Jusqu'à ne plus rien voir, que des traits de couleur,
Devant mes yeux mouillés par l'excès de chaleur,
Et je m'arrête enfin.
(Prise dans son récit, elle en avait perdu le souffle, elle halète un moment)
     J'ai aimé cette danse.
Observez, écoutez, car je la recommence !

Deuxième Danse
L'air (Danse des sept voiles)

Pendant que Salomé va s'habiller de voiles, sa voix se fait entendre, suave, lente, tandis que la musique commence doucement, avec une harpe grave, rejointe par des flûtes.

Voix de Salomé – Pensiez-vous que vous échapperiez à ce qui me rend célèbre ? Vous êtes mes invités, frères de Jean, fidèles d'entre les fidèles... Que serait Salomé, fille d'Hérodiade, princesse de Judée, sans son inimitable danse des sept voiles ? Une ancienne légende babylonienne raconte que la déesse Isthar, qui venait de perdre son amant, Tammuz, comme le poète Orphée parti dans le Tartare à la quête de son Eurydice disparue, avança vers les portes des Enfers. Isthar demanda au gardien d'ouvrir la porte, ce qu'il fit contre l'abandon de l'un de ses vêtements... mais derrière cette porte, Isthar en trouva une deuxième. Il lui fallut ôter dès lors une seconde pièce de vêtement et ainsi de suite... C'est après la septième porte, qu'Isthar se retrouva entièrement nue. Furieuse d'avoir été ainsi humiliée, elle se rua comme une lionne sur la déesse des Enfers Ereshkigal mais celle-ci la fit emprisonner par sa servante et déchaîna sur elle soixante maladies. Alors le Désir disparut de la terre, et nul homme et nulle femme, ni l'un avec l'autre ni même entre eux ne consommèrent l'acte d'amour. Le roi des Dieux Ea envoya donc l'eunuque Asu-shu-Namir dans les Enfers pour trouver la déesse et réclamer qu'on rende Isthar au monde des vivants grâce à l'eau de la vie. Ereshkigal était furieuse mais fut obligée de céder au roi des Dieux. Elle ramena Isthar à la vie et lui permit de franchir à nouveau les sept portes en remettant à chaque fois l'un de ses vêtements jusqu'à se retrouver habillée à la sortie. Comme Orphée, elle était vivante, mais elle avait perdu son amant à jamais.

Sitôt le récit terminé, la musique s'accélère un peu et introduit un nouvel instrument, Salomé paraît, habillée de ses voiles, par dessus ses bijoux.

La danse débute par le premier voile qu'elle jette pour découvrir son visage.

Elle commence ensuite à défaire le second avec lequel elle tourne, vole, saute et danse par la suite.

Le troisième s'ajoute ensuite au second qu'elle tient toujours.

Les laissant tomber tous deux, elle s'attaque au quatrième qui couvre le haut de son corps, la musique s'accélère encore et des percussions se rajoutent, portant le nombre d'instruments différents à sept.

Le cinquième et le sixième, détachés en même temps, donnent lieu à un passage endiablé, guidé par les percussions.

Lorsqu'elle laisse tomber ces deux-là, c'est au tour du septième et dernier, la musique alors devient folle, des bruits de mains qui claquent se rajoutent encore, et des voix aussi pour atteindre l'orchestration finale.

Grand final de la musique où Salomé adopte sa dernière pose et salue.

Noir.

Troisième temps
Le règne de l'eau

Musique accompagnée de sons aquatiques, voix de sirènes qui rient et chantent, tandis qu'une lumière bleue envahit la scène.
Montage de chants, sons aquatique, musique et voix qui se chevauchent entre les sonorités en -esse et celles en -ine.

Voix des sirènes – Princesse, Tristesse, se presse, princesse se laisse, tristesse, mollesse, prêtresse à la tresse , tendresse;, maîtresse aux caresses, déesse en détresse, faiblesse enchanteresse, diablesse sans hardiesse, promesse de poétesse, prouesses de prophétesse, jeunesse traîtresse, sagesse vengeresse...

Autres voix de sirènes – Ballerine libertine, la ruine la fascine, épine de cyprine, bruine maligne, Ballerine libertine, machine mutine, mandarine marine, mon hermine en feutrine, figurine bénigne, poitrine câline, colline sans racine...

Salomé revient, portant un costume différent, avec du corail, une coiffe, des bijoux croisés sous sa poitrine qui la soutiennent. La robe est fendue, lui permettant de plonger ses pieds dans l'eau.

Salomé – Vous me regardez toujours. Nous sommes au milieu de la nuit et vos yeux n'ont pas encore fondu ? Vous pouvez regarder une jolie femme pendant aussi longtemps ? Si je m'y attendais ! Souvent, la nuit, quand je n'arrive pas à dormir, je me rends dans mon appartement de bains, et je plonge *(elle pose un pied dans le bassin)* un pied après l'autre *(elle pose le second pied)* dans ma bassine. Comme elle est froide cette eau ! Mais je ne réveillerai pas mes domestiques. *(Elle descend dans la bassine)* Il s'agit d'y aller progressivement, il ne faut pas se brusquer. C'est comme lorsque vous me regardez. Petit à petit, vos mines ne sont plus si réprobatrices. Vous ne voyez même plus que j'ai la poitrine nue. Je suis comme un homme, mais un très bel homme, n'est-ce pas ?

(Un temps)

Mais le roi ne veut pas qu'on me voie,
Il défend qu'on approche à dix pas,
Terrasse déserte et désolée,
La lumière de lune envolée,
Et mes yeux dilatés, ces points noirs,
Dévorent la surface azurée,
Qui s'agite et se meurt tous les soirs
Comme monte et descend la marée.
(Silence)
Mais les hommes aux beaux yeux qui regardent
Tout cerclés de bleu, de vert, de brun
Éblouis de ces cieux opportuns
Courent sur les chemins, sans gardes.
Ira t-on leur parler comme aux bêtes
Éloignées du troupeau, qui s'entêtent
N'écoutant que leur cœur, qui veulent
Qu'on les laisse marcher enfin seules
Sans la peur qu'une envie fortuite
Visse en elle un odieux parasite
Qu'on ne peut arracher sans douleur

Qui nous coûte du sang et des sueurs,
Cette dette qu'Adam le maudit,
Nous légua au sortir de nos lits,
Et qui fait qu'une vierge en ce monde
Est livrée à ce commerce immonde
Ne pouvant jouir en paix, immobile
Pour subir la souffrance inutile
Pour peupler et peupler cette terre
D'une espèce avide et délétère
Qui un jour viendra mordre ! Race ingrate
Menée par des tyrans phallocrates
Et César le premier, ce Tibère
Qui violerait même sa propre mère,
Chevauche ses esclaves et les tue
Même les romains libres, les statues,
Et les lions de son cirque, pourquoi pas ?
Il est maître et donne le trépas !
Mais la terre, notre mère, on l'ignore
On y vit comme dans un décor
Et cette eau, qui m'aime et qui m'apaise
La traitera t-on mieux que la glaise ?
Et toi Jean, au fond de ta Citerne,
Dans les eaux, pour qui tu te prosternes ?
Pour ce Dieu, qui veut que dans le fleuve
Des moutons fassent pour lui peau neuve ?
Le voici donc enfin, le secret du baptême,
Se faire par tes mains nettoyer l'épiderme !
Si c'est cela, oui, baptise-moi !
(Elle se verse de l'eau sur la tête)
Oui verse-moi ton eau, je suis pure
Dans tes mains, rends-moi à la nature...
(Elle rit)
Tu vas mourir Jean-Baptiste, mourir
Ton corps va s'assécher et pourrir,
Le mien est tout mouillé, frais et doux...
(Elle se caresse le bras)
J'aime assez ce rituel des vaudous
Où deux corps sont reliés, quand on touche...

(Elle se touche l'épaule)
La sens-tu, cette main, Jean-Baptiste ?
Sur ton épaule... quoi, tu résistes ?
Ta peau est au Seigneur, arrogant !
Cède-moi, je suis un ouragan,
J'aurais raison de toi, mon prophète
Plus que l'eau du Jourdain, je suis faite
Pour laver les péchés, donner foi,
Qu'on me sacrifie tout, même toi !
(Elle passe sa main sur ses épaules)
Où es-tu ? Où es-tu Jean-Baptiste ?
Sur ma peau, un peu de toi subsiste
Cette eau capture nos fantasmes,
Ils tremblent, comme des ectoplasmes
Reflétant nos pensées inavouables
Traversant nos cerveaux perméables,
J'aime la voir couler sur ma peau,
Si fragile, une main invisible
Parcourant la chair irrésistible...
Quoi vous semblez surpris ? Innocents !
Et c'est moi qui suis vierge à vingt ans
Qui vous enseigne tout ? Ressentez !
Et fermez donc les yeux, contentez
Cette attente du noir, du silence,
Écoutez, percez la transparence,
Ami, l'eau ne se regarde pas
On la sent, on goûte ses appas
Quand nos yeux sont fermés, dans la nuit
Quand notre tête s'ouvre à l'ennui
Essayez de sentir, lui le sent,
Je le sais ; mais ses yeux menaçants
Et sa langue incendiaire me brûlent
Dans ma chair, la moindre particule
De mon être sacré se profane
Sous ses mots de mendiant épiphane !
Mais je suis la déesse et je veux
Que pour moi il renie tous ses vœux,
Et me rende un hommage royal

Là, tout près, dans ce bassin glacial.

(Elle commence à chanter des vocalises en se couvrant d'eau)

Troisième danse
L'eau (Danse des sirènes)

La musique aquatique retentit, d'autres voix viennent se mêler à celle de Salomé, elle se lève du bassin, sa robe mouillée laisse perler des gouttes d'eau, la lune vient l'éclairer.

Ses mouvements manipulent l'eau sous elle, font pleuvoir, font perler l'élément. Les voix l'accompagnent, soutenus par des instruments aux tonalités douces, elle-même chante aussi.

Elle passe des mouvements dans le bassin aux mouvements debout, et pendant la danse, sort du bassin ; et continue en passant les mains sur ses bras, jambes et cheveux tandis que les choeurs montent en puissance.

Elle frissonne et commence ses ablutions sacrées, s'asperge elle-même et fait un rite à sa propre gloire.

Elle défait ses pendants d'oreilles, son collier, ses bracelets; elle dénoue le bandeau de ses cheveux, et pendant quelques secondes elle les secoue sur ses épaules, doucement, pour se rafraîchir en les éparpillant.

Elle finit au sol, la tête contre le pilier, la main dans ses cheveux, de son autre main, elle attrape un serpent.

Noir.

Quatrième temps
Dans ses entrailles

Tout d'un coup, dans le noir, on entend le son du serpent et des instruments qui l'accompagnent. Salomé crie et rejette l'animal immobile.

Salomé – Il ne m'aime pas ! Il ne m'aime pas ! Jean-Baptiste, Jean-Baptiste, entends ma prière ! Oh tu vois comme je me mets à genoux ! Il est encore temps, fais-moi appeler dans ta cellule, demande-moi ta grâce ! Faut-il que me perce le corps ? Faut t-il que j'enfonce mes mains au fond de mes entrailles ? Qui t'a ordonné de me haïr, Jean-Baptiste ? Parce que je suis une princesse, et que les premiers seront les derniers ? Laisse-moi partager ton sort, Jean-Baptiste ! Laisse-moi me traîner dans le sable à tes côtés, être la première des pécheresses, suspendue à ton bras ! Aime-moi, Jean-Baptiste ou je deviendrai féroce ! Je commencerai par toi, et quand j'aurais ta tête, j'en réclamerai d'autres ! Mon bras ne s'arrêtera plus, je trancherai des gorges et je regarderai le sang se déverser ! Je chasserai la nuit les bêtes sauvages, et je couperai leur carotide, l'un après l'autre ! Sauveras-tu les hommes, sauveras-tu les êtres ? Apaiseras-tu ma soif lorsque tu le peux encore ? Je puis être ta meute tout entière, fidèle à tes baisers, à tes caresses, ou je puis me déchaîner et répandre la mort partout où j'irai, pour me venger de toi ! Et que fera t-il, ton dieu si miséricordieux, leur pardonnera t-il de n'avoir pu empêcher que tu ne sois pas à moi ? *(Elle se retourne vers les spectateurs)* Vous... vous qui suivez ses enseignements, vous qui observâtes sa barbe broussailleuse et son teint brûlé par le soleil, dites-moi comment vous souhaitez mourir après votre maître ? Je vous arracherai la peau, je vous ferai payer sa mort ! Descendez dans ce caveau et dites-lui de s'excuser pour les horreurs qu'il a dites sur moi ! Vous ne bougerez pas, moutons ? Misérables vers de terre ! Alors autant m'adresser directement au Seigneur ! Fais donc pleuvoir sur moi tes flèches de feu ! Je suis la Femme-Terre, soumets-moi donc, Homme-Ciel ! Qu'attends-tu pour me foudroyer pour ce que je fais à ton prophète ? Qu'attends-tu pour lancer ton fils sur mes traces ? N'est-ce pas toi, le père du Fils de l'Homme ? Alors que feras-tu, substance immortelle, contre une fille d'Eve ? Si fille d'Eve je suis ! Car quand tu chassas Lilith sous les ordres d'Adam, le fossoyeur des hommes, croyais-tu qu'elle était sans descendance ? Si Satan l'avait trouvé vierge, je ne serai pas ici ! Oui, admets-le, Seigneur, je suis la descendante de Lilith ! Ici pour te défier, sous la garde de mes dieux, de ma mère la

Terre, qui n'a nul besoin de ton joug ! Toi qui t'attribues indûment les arbres, les mers et les rochers, les animaux et les hommes, ton règne ne sera pas sans trouble ! Oui, je tiens ton prophète, je puis en faire ce que je veux ! Sa tête sera bientôt sur un plateau d'argent, entre mes mains ! Et que feras-tu alors, l'abandonneras-tu, Seigneur ? Comme tu as abandonné ta créature, Adam et sa femme Lilith, et sa seconde femme, Eve ! Moi je ne l'abandonnerai pas ! Alors, juge-moi, seigneur, lance sur moi ta foudre ! Regarde ma poitrine nue, toute prête à la recevoir ! Toléreras-tu cette indécence, devant tous tes fidèles ! Mais fais-moi donc brûler ! Lâche !

Salomé attrape le Serpent.

Regarde le Serpent ! C'est lui qui murmura à l'oreille d'Eve, c'est lui... non, c'est elle ! Car Lilith est en elle, entité immortelle, comme toi ! C'est elle qui m'a appris à danser nue, malgré vous les hommes, malgré toi ! Pleurez donc de honte devant ce corps-là, et que vos larmes deviennent sable et vous enterrent à jamais !

Quatrième danse
La Terre (Danse du Serpent)

La musique commence ; trois notes, toujours les mêmes, précipitées, furieuses ; les cordes grincent, la flûte ronfle ; on marque la cadence en frappant dans ses mains.

Le python se rabat et Salomé se pose sur la nuque le milieu de son corps, comme un collier brisé dont les deux bouts traînent jusqu'à terre.

Salomé l'entoure autour de ses flancs, sous ses bras, entre ses genoux.

Le prenant à la mâchoire, elle approche cette petite gueule triangulaire jusqu'au bord de ses dents, et, en fermant à demi les yeux, elle se renverse sous les rayons de la lune.

Salomé halète sous ce poids trop lourd, ses reins plient, elle se sent presque mourir ; et du bout de sa queue il lui bat la cuisse tout doucement ; puis la musique se taisant, il retombe.

Cinquième temps
Se réchauffer

Salomé – J'ai froid... *(Elle attrape un des voiles qui se trouvent autour d'elle)* si froid. *(Elle s'emmitoufle dans un autre)* Le jour est encore loin, mais il y a si longtemps que le crépuscule est passé. C'est le temps de la solitude. Il doit dormir à présent. Il sait déjà. Il a entendu le battement des ailes de l'ange de la mort.

Crépitement, fin,
Entre mes pieds froids
Déploie-la donc ta chaleur...

Mon lit est si loin
Ma nuit si troublée
La lune qui disparaît

Là, sous les nuages,
Son disque sourit
À mes pensées égarées

Comment suis-je ici ?
Je me souviens, oui,
De ce désastreux banquet...

Quand après ma danse,
Le roi applaudit
Me fait venir près de lui.

Là il me demande
Ce que je désire...
La tête de Jean-Baptiste.

Alors il prend peur

Se moque de moi
Dit que je veux autre chose.

Je répète encore
Lui-même a juré
Ne pouvant plus se dédire.

Il m'offre joyaux
Boissons et cadeaux
Tout cela est sans effet.

Je veux une chose,
Une unique chose
La tête de ce prophète.

J'étais inflexible
Lui avait juré,
J'obtiens ce que je veux.

Ah je vous l'ai dit
Que toujours, toujours,
J'obtiens ce que je veux.

Je l'entends se plaindre
Ridiculiser
Ses invités et lui-même

Il a peur de Jean
Des yeux de Dieu
Qui savent ce qu'il a fait.

Il craint que les morts
Touchés par Jésus
Ne reviennent à la vie.

Hérode Philippe
Frère assassiné
Sous les ordres de ma mère.

Mais il a juré
Devant tout le monde
Et doit tenir sa promesse.

Il ordonne un bourreau
Et ôte sa bague
Pour donner l'ordre de mort.

Puis le fonctionnaire
Descend travailler
À aiguiser son épée.

Alors je vous vois
Demande un délai
Pour vous narguer, tous, d'en haut.

Le roi soulagé
Espère affaiblir
Ma résolution de fer.

Je n'ai pas changé
Et lui ne dort pas
Jean-Baptiste va mourir.

Hérode le sait
Mais espère encore
Cela inutilement.

Vous aussi n'est-ce pas ?
Espoir inutile
Comme votre foi aveugle.

Jean est au Seigneur ?
Qu'il y soit donc, mort
Avec moi il serait là.

Il serait en vie
Un simple baiser
Ou même juste un regard...

Il n'a que mépris
Il parle de Dieu
Toujours de Dieu, rien que lui.

Ce ménage à trois
Me lasse beaucoup
Je ne suis pas Saint-Esprit.

Salomé possède
Salomé conserve
Ce qui est à Salomé !

Ah je me réchauffe
Dans ce tissu doux
Je ne suis plus si fragile...

Eh bien, où es-tu Dieu ?
Je t'attends, hé ho !
Ton Jean va mourir bientôt !

Toujours pas de signe ?
C'est bien malheureux,
Car l'aube n'est plus si loin !

Consume-toi Jean,
Dans le feu solaire
Que je me m'en vais invoquer !

Cinquième danse
Le Feu (Danse des Flammes)

La danse commence avec l'allumage des torches, la lune disparaît, on voit l'aurore doucement apparaître.

Salomé ôte les deux voiles qui l'habillent et à présent les tient comme deux flammes, elle les passe au dessus des torches et se retourne vers le public.

Elle commence une danse endiablée, très rapide, les voiles à la main.

Elle tourne, virevolte, saute, retombe, roule, toujours avec ces voiles qui tournent autour d'elle.

Elle frappe du pied sur le sol, les percussions s'accentuent.

La lumière baisse, jusqu'à ne plus laisser que les torches. Salomé laisse tomber ses voiles.

Elle ôte sa jupe et la jette dans le fond.

Elle reprend sa danse rapide, puissante, frappant au sol, sautant toujours.

Elle se déchaîne, terrible.

Alors que le climax musical approche, elle se prépare pour le final, alors que le soleil se lève.

Elle saute dans le bassin tandis que la musique s'achève et que le soleil l'éclaire, radieuse.

Sixième temps
L'exécution

Salomé (*Dans le bassin, recroquevillée*) – Le soleil est levé, l'exécution arrive
Je ne puis résister, je tremble toute vive,
Va t-il beaucoup souffrir ? Va t-il hurler de peur ?
Entendrais-je le râle horrifiant de douleur ?
Le soleil est venu, plus de retour possible
Il te faut dire adieu à ce monde sensible,
Et l'épée sur le cou, me renier à nouveau
Avant de t'effondrer, au fond de ce caveau
Persuadé que tu es d'aller au paradis
Tout ça parce qu'en sommeil un ange te l'a dit.
Que fera t-il pour toi, cet esprit oublieux ?
Viendra t-il s'excuser quand tu seras aux cieux ?
J'entends l'épée qu'on tire, ah que cela est long !
Sa tête sur le sol, tombant comme un grêlon
Ravage les rochers, les récoltes des hommes
Tous leurs champs de maïs, leurs oliviers, leurs pommes !
Soyez donc tous maudits pour l'avoir suivi lui,
Lui qui était le jour et dont j'étais la nuit,
Ce soleil malfaisant qui veut régner en maître
Et tourmenter l'obscur qui ne peut plus paraître !
Continuez, vous les hommes, à n'être qu'entre vous,

Les Amours de Fanchette
PERSONNAGES

Personnage	Premier acteur	Dernier acteur
MADAME VILLETANEUSE, *marchande de modes*	Carole Soucaille	Marion Ettviller
AGATHE VILLETANEUSE, *sa fille, amante de Lussanville*	Angeline Tomi	Alice Giraud
FRANÇOISE dite **« FANCHETTE » FLORANGIS,** *fille d'un bourgeois, a un très joli pied*	Emilie Pujol	Delphine Thelliez
ÉTIENNE DOLSANS, *négociant, neveu de la marchande, cousin d'Agathe*	Sylvain Lablée	Pierre Sacquet
JEAN DE LUSSANVILLE, *jeune homme issu d'une noblesse déchue, amant d'Agathe*	Jean-Baptiste Sieuw	Jean-Baptiste Sieuw

ACTE 1
Une salle basse chez madame Villetaneuse au Havre

(Petite pièce bourgeoise meublée avec goût.)

Scène 1 : Le bain de pieds
Agathe, Fanchette

(Agathe verse l'eau chaude dans la bassine, Fanchette entre, dans sa magnifique robe avec ses chaussons roses. Elle s'assoit sur la liseuse et laisse lentement tomber ses chaussons puis pose ses pieds dans l'eau en émettant un soupir de satisfaction. Agathe lui lave les pieds avec de l'huile parfumée. Au moment de rincer, Agathe voit quelque chose par la fenêtre. Elle se lève pour aller voir de quoi il s'agit.)

Agathe. Qu'est-ce que c'est ? *(Elle prend un air agacé)* Encore un homme qui t'observe ! C'est toujours la même chose à chaque fois que je te donne un bain de pieds ! Je vais fermer les volets.

Fanchette. Oh non je t'en prie ! Je n'aime pas être dans le noir ! Pourquoi ne pas les laisser regarder après tout ?

Agathe. Parce que leurs pensées sont dégoûtantes.

Fanchette. Mon Dieu leurs pensées ! Qu'est-ce que cela me fait ? Au moins ces hommes-là ne me réveillent pas la nuit avec leurs vieilles mains calleuses ! Quand j'étais chez mon infâme tuteur monsieur Apatéon, j'étais réveillée toutes les nuits parce que je sentais ses mains sur mes pieds.

Agathe. Le répugnant vieillard !

Fanchette. Oui ! Mais aujourd'hui, grâce à ta mère, je n'ai plus rien à craindre !

Agathe. Parfois je me demande... quand je pense qu'elle se sert de tes jolis pieds pour vendre ses chaussures...

Fanchette. Je t'en prie, ne sois pas trop dure envers elle ! Madame Villetaneuse est très gentille. Et sans mon arrivée, elle ne t'aurait peut-être pas sortie du couvent.

Agathe. Au moins j'étais loin d'elle.

Fanchette. Et tu y avais tes amies... surtout une, comment s'appelait-elle déjà ?

Agathe. Soeur Blandine.

Fanchette. Tu lui lavais aussi les pieds, à sœur Blandine ?

Agathe. Oui. Mais comme elle était de constitution faible, il fallait parfois que je la lave entièrement.

Fanchette. Comme tu es généreuse ! Était-elle jolie ?

Agathe. Ses yeux étaient turquoise, ses cheveux d'un blond splendide, elle était pâle, très pâle. Elle parlait toujours doucement. Le soir, quand elle faisait sa prière avant de s'endormir, je sortais en secret de ma cellule et j'allais faire ma prière tout près d'elle, si près que mon genou touchait le sien.

Fanchette. Quelle belle amitié !

Agathe. Elle faisait des cauchemars, et pour la rassurer, je venais me coucher auprès d'elle. Je la regardais s'endormir et je veillais.

Fanchette. Tu es si dévouée, Agathe !

Agathe. Sitôt qu'elle sursautait, je la calmais en lui faisant un baiser. Quand elle allait très mal, ce qui arrivait souvent, elle ne se calmait pas tant que je ne lui avais pas fait une dizaine d'autres baisers.

Fanchette. Tes baisers guérissent toujours tout ! Pourquoi ne m'en fais-tu pas plus souvent ?

Agathe. C'est que... je n'ose. Et puis il y a toujours ces hommes qui nous regardent par la fenêtre ! Ils savent que ma mère veut te marier ! Elle reçoit tant de demandes ! Et ce bal ce soir qu'elle organise... je ne suis pas tranquille.

Fanchette. Y a t-il bien du mal à se marier ?

Agathe. *(contrariée)* Eh bien, si cela vous agréé, mariez-vous donc, mademoiselle Françoise ! *(Elle s'éloigne)*

Fanchette. Tu sais que je n'aime pas que tu m'appelles par mon nom de baptême ! C'est Fanchette ! *(Elle boude un peu. Un temps, elle regarde Agathe qui ne bouge pas)* Agathe ? *(Un temps)* Si j'arrête d'être fâchée, tu arrêtes d'être fâchée aussi ? Moi je ne suis plus fâchée. *(Un temps)* Mais si tu l'es encore, je vais devoir te câliner.

Agathe. Je suis très fâchée. *(Fanchette se jette sur elle)* Doucement, Fanchette, doucement...

Fanchette. C'est que je n'aime pas voir ma petite fée triste, sinon je suis triste moi aussi. Aller, je t'en prie. Fais-moi des baisers comme à sœur Blandine !

Agathe. Des... mais non ! Enfin, on pourrait nous voir !

Fanchette. Mais qu'importe, puisque nous sommes deux bonnes amies ! Regarde ! *(Elle lui fait des baisers et Agathe la serre dans ses bras)*

Agathe. Dis, tu resteras toujours auprès de moi, Fanchette ?

Fanchette. Bien sûr, pourquoi t'inquiètes-tu ?

Agathe. Tu as une foule d'amoureux.

Fanchette. Mais ce n'est pas ma faute ! Ils deviennent fous aussitôt qu'ils me voient, je ne peux tout de même pas rester cloîtrée ici par peur de leurs instances ! Et puis toi aussi, tu as un amoureux ! Monsieur de Lussanville. D'ailleurs, tu le délaisses horriblement.

Agathe *(se sentant coupable)*. Oui, je sais...

Fanchette. Pourquoi ne le vois-tu plus ? Il doit se désespérer.

Agathe. Je ne veux pas te laisser seule, avec tous ces hommes... là, encore un qui est passé ! *(On frappe à la porte)* Quel culot, je lui réserve un soufflet dont il se souviendra ! *(Elle ouvre la porte, la main levée, prête à mettre une gifle mais a un mouvement de recul, le visage empreint de surprise)*

Scène 2 : L'amant dépité
Agathe, Fanchette, Lussanville

(L'homme avance dans le salon. C'est Jean de Lussanville.)

Agathe. Jean...

Fanchette. Oh, serait-ce vous, monsieur de Lussanville... ? Agathe m'a tant parlé de vous !

Lussanville. Je suis heureux de savoir qu'elle parle encore de moi, tout me portait à croire qu'elle m'avait oublié.

Agathe. Jean, ce n'est ni l'heure ni le moment. Fanchette a besoin de moi.

Lussanville. Et un amant n'a t-il pas besoin de sa maîtresse ?

Agathe. Que fais-tu ici ?

Lussanville. Ta mère m'a convié ce soir, j'ai pensé venir mais quand j'ai songé au peu de nouvelles que j'avais de toi, j'ai craint arriver et te trouver au bras d'un autre. Cette pensée me fut si insupportable que je suis venu ici, au mépris de toute prudence, te demander si tu m'aimais encore.

Agathe. Tu es fou, va t'en. Si ma mère nous voit, elle va s'imaginer des choses !

Lussanville. Dis-moi seulement si je dois venir ce soir. Quelle que soit ta réponse, je me la tiendrai pour dite et saurai tout ce que j'en dois penser.

Agathe. Tu sais bien qu'il est inutile d'avoir avec moi aucune exigence, et quand on en formule, on doit s'attendre à être bientôt déçu. Adieu monsieur, je m'en vais chercher les chaussures de Fanchette.

Lussanville. Je ne sortirai point sans votre réponse.

Agathe. Eh bien si vous ne craignez point qu'on vous surprenne, restez. Quant à moi, j'y vais.

Lussanville. Vous ferais-je craindre de perdre ce à quoi vous ne tenez point ?

Agathe. Je n'y tiens point, c'est entendu, laissez-moi vite aller. *(Elle sort, un temps, Fanchette regarde Lussanville, il se tourne vers elle.)*

Fanchette. Croyez bien, monsieur, que je n'ai pas l'habitude de me présenter ainsi, en chaussons. C'est très inconvenant, je le sais.

Lussanville. Je suis au désespoir. *(Il met sa tête dans ses mains. Fanchette s'est assise et fait des ronds avec son pied en chantonnant)* Que faites-vous mademoiselle ?

Fanchette. Je regarde mon pied, je me demande toujours ce qu'il a de si spécial pour que tant d'hommes veuillent m'épouser. Vous savez, d'ordinaire je ne le montre à personne. Agathe y veille. Mais je crois qu'il fallait que je ne le montre qu'à vous. Juste à vous.

Lussanville. Qu'à moi ? Et pourquoi mademoiselle ?

Fanchette. Parce que je veux qu'on ait envie de savoir, qu'on regarde derrière la porte, qu'on soit curieux, qu'on se demande ce qui se passe. Un tableau est une chose exquise, mais derrière un rideau, c'est une idole.

Lussanville. Vous voulez donc être idolâtrée ?

Fanchette. Généralement les hommes me disent que je suis une idole, c'est très embarrassant d'ailleurs, on dirait qu'ils me veulent tous quelque chose... comme c'est agaçant de sentir qu'on veut quelque chose de nous et qu'il n'est pas en notre pouvoir de rien donner. *(Agathe revient avec les chaussures)*

Agathe. Vous êtes encore là, monsieur.

Lussanville. Je vous ai fait une promesse.

Agathe. Tenez-la donc. Quant à moi, je vais chausser Fanchette. *(Elle met la chaussure à Fanchette)* Ne trouvez-vous pas qu'elle a le pied joli ?

Lussanville. Ce n'est pas pour lui que je suis venu, madame.

Agathe. Vous êtes bien le seul.

Fanchette. Ah vous n'aimez pas mon pied monsieur ?

Lussanville. Je ne dis pas cela.

Fanchette. Comment vous ne le dites pas ? Mais moi je veux que vous disiez le contraire.

Lussanville. Mais...

Fanchette. Agathe, ne mets pas mon autre chaussure. Je veux que ce soit monsieur.

Agathe. Fanchette, voyons !

Fanchette. Si après cela monsieur n'aime toujours pas mon pied, nous causerons. *(Elle regarde Lussanville)* Alors ? J'attends, monsieur. *(Lussanville regarde Agathe. Elle lui fait signe de partir mais Lussanville ne bouge pas.)*

Lussanville *(se tournant vers Fanchette)*. Puisque vous insistez, mademoiselle, je le veux bien.

Fanchette. J'en suis heureuse. *(Lussanville s'agenouille pour mettre la chaussure)* Voilà un bon début. *(Lussanville regarde Fanchette puis Agathe qui semble un peu jalouse)* Continuez, vous y êtes presque. *(Lussanville regarde Agathe, elle se retourne, furieuse)* J'ai froid au pied, monsieur ! *(Lussanville passe la chaussure à Fanchette sous le regard d'Agathe)* Voilà, ce n'était pas si difficile. À présent, je vous le redemande, monsieur : aimez-vous mon pied, oui ou non ?

Lussanville. Oui, vous l'avez joli.

Agathe. Fanchette, c'est ridicule !

Fanchette. Ah moi je suis ridicule ? Moi je suis ridicule ? Regardez-vous ! Vous vous aimez, depuis des mois, et vous vous querellez par pure vanité ! Qui est le plus ridicule ? Monsieur, demandez-lui d'être votre cavalière au bal de ce soir.

Lussanville. Un amant rebuté ferait-il une demande de la sorte ?

Fanchette. Rebuté ! Vous l'êtes bien joliment, elle n'a pas eu le temps, vous dit-elle ! Parce qu'elle s'occupe de moi, parce qu'elle s'oublie. Pourtant elle n'a cessé de me parler de vous, de votre rencontre au bal, lorsqu'elle est venue vous inviter à danser, ce qu'aucune femme ne ferait, presque aucune femme ! Je sais aussi qu'elle est venue chez vous, une nuit...

Agathe. Arrête, Fanchette ! Maman peut arriver d'un instant à l'autre !

Fanchette. Alors il n'y a pas une minute à perdre, réconcilie-toi avec monsieur ! Vois quelle chance tu as d'avoir un homme qui t'aime et qui se damnerait pour toi ! Moi, avec mon joli pied, je n'ai même pas cela !

Agathe. Viendrais-tu ce soir ?

Lussanville. Le voudrais-tu ?

Agathe. Me feras-tu te le demander ?

Lussanville. C'est parce que tu m'as demandé qu'aujourd'hui je t'aime.

Agathe. Tu m'aimes ?

Lussanville. Oui, je t'aime, je t'aime infiniment. Que ferais-je ici si je ne t'aimais pas ?

Agathe. Veux-tu un baiser ? *(Lussanville hoche la tête, elle l'embrasse)*

Fanchette. Il était temps ! Je vois le carrosse de ta mère !

Agathe. Ciel ! Jean, suis-moi, tu sortiras par la fenêtre de ma chambre.

Lussanville. Par la fenêtre ?

Agathe. Viens, dépêche-toi ! *(Elle le tire par le bras et ils sortent.)*

Fanchette, *seul.* Eh bien, je ne suis pas fâchée de les avoir réconciliés ! Dieu que les hommes et les femmes de lettres manquent de mots quand il s'agit d'être heureux !

Scène 3 : Virevoltante Villetaneuse
Fanchette, Villetaneuse *puis* Agathe

(Entre Villetaneuse, très énergique)

Villetaneuse. Fanchette !

Fanchette. Bonjour madame Villetaneuse !

Villetaneuse. Comment vas-tu, mon ange ? Oh les belles chaussures ! Qui a vendu des cartons entiers grâce à ces jolis pieds ?

Fanchette. C'est vous, madame. Et c'est un honneur d'y avoir contribué !

Villetaneuse. J'espère que tu en prends grand soin !

Fanchette. Oh oui ! Agathe les baigne tous les jours !

Villetaneuse. *(plus pincée)* Ah oui, Agathe. D'ailleurs, où est-elle ? J'ai à vous parler !

Fanchette. Là-haut je crois, mais madame...

Villetaneuse. Agathe ? Agathe ? *(Elle crie)* Agathe ! *(Agathe arrive, l'air lassé)* Où étais-tu donc ?

Agathe. Je rangeais mes livres.

Villetaneuse. Tes livres, allons bon, tu n'en as plus que quatre !

Agathe. Il est vrai, quand père est mort, tu as jeté les autres.

Villetaneuse. Et alors ? Quatre livres, c'est bien suffisant ! Qu'a t-on besoin de nos jours d'accumuler tant de connaissances inutiles ? La plupart des livres ne contiennent que des ramassis d'inepties, et ceux qui sont intéressants, on ne les sait jamais par cœur. Ne prends pas cet air morbide ! J'ai quelque chose à vous dire à toutes les deux ! Je voulais vous parler de mariage !

Agathe. Comment, tu songes à te marier, à ton âge ? *(Fanchette est choquée)*

Villetaneuse. Il ne s'agit pas de cela, vilaine ! D'abord, je n'ai que vingt-neuf ans...

Agathe. Trente-neuf, maman.

Villetaneuse. Mon corps a trente-neuf ans, mais mon esprit, lui, en a vingt-neuf !

Agathe. S'il s'agit de ton esprit, que ne te fais-tu plus jeune ?

Villetaneuse. Il faut être réaliste. De plus, c'est avantageux, je garde les avantages de la jeunesse et ceux de la maturité. Le beurre et l'argent du beurre ! C'est ce qu'on appelle être une bonne commerçante. Je t'apprendrai cela, Agathe. Car il faudra bien, un jour, que tu te maries ! *(Agathe fait la grimace.)* Si, si, ma fille, ne compte pas y échapper ! Et des finances mal tenues sont le cauchemar d'un honnête ménage !

Agathe. Alors c'était pour moi que tu parlais de mariage ! Désolé, maman, je te l'ai déjà dit, je ne veux pas me marier ! J'ai trop étudié pour être la servante d'un mari !

Villetaneuse. Oh voyons, je ne songeais pas à toi... toi, qui voudrait t'épouser ? *(Elle rit)* Mais non, je parlais de Fanchette ! Ma chère petite Fanchette... !

Fanchette. Ne prenez pas tant de peine pour moi, madame, vous faites déjà trop pour votre petite orpheline.

Villetaneuse. Si, si, si... De plus, ton prétendant m'est très cher, et cela fait plusieurs mois déjà qu'il vient tous les jeudis... tu ne devines pas ? *(Fanchette secoue la tête)* C'est le cousin d'Agathe, Dolsans, c'est un garçon délicieux ! Et il est négociant ! Ne serais-tu pas bien aise, ma petite Fanchette, de rentrer par ce biais dans notre famille ? *(Agathe fait tomber intentionnellement un plumeau sur le sol, Villetaneuse se retourne)*

Agathe. Oh pardon, maman.

(Villetaneuse monte en colère et tente de se retenir d'éclater. Fanchette va l'entourer de ses bras pour la calmer)

Villetaneuse *(calmée tant bien que mal)*. Alors Fanchette... qu'en dis-tu ?

Fanchette *(hésitant)*. Viendra t-il au bal ce soir, madame ?

Villetaneuse. Oui... et il espère être ton cavalier... Il arrive à l'instant pour te faire cette demande.

Fanchette. Mais que devrai-je lui répondre ?

Villetaneuse. Ce que ton cœur te dira, Fanchette, ce que ton cœur te dira... Il arrive. Je reviendrai très vite. À tout à l'heure, ma Fanchette. *(Elle s'arrête un instant.)* Agathe, tu n'as rien à faire ?

Agathe. Si, je dois chasser les abeilles, cela devient insupportable.

Villetaneuse. Je te prie de faire ça vite, Fanchette a besoin de toute sa tranquillité.

Agathe. J'y vais, maman. *(Villetaneuse hésite, puis sort. Agathe regarde toujours Fanchette avec reproche.)*

Fanchette. *(un peu vexée)* Il y a des abeilles dans la maison ?

Agathe. *(froide)* Ne t'inquiète pas, Fanchette, je ne les laisserai pas te piquer.

Fanchette *(provocatrice)*. J'ai un peu peur Agathe, je crois qu'il y en a une qui veut m'inviter au bal...

Agathe. *(blessée)* Tu crois... ?

(Fanchette s'approche, sourit, prend le plumeau à Agathe et commence à la chatouiller. Cela agace Agathe qui s'éloigne, tandis que Fanchette la course en riant)

Agathe *(s'arrêtant devant la chaise*. Je t'en prie, arrête, tu sais que je suis chatouilleuse ! Fanchette ! *(Fanchette continue et Agathe tombe sur la chaise, et pardonne à Fanchette, tandis que cette dernière l'entoure chaleureusement de ses bras.)*

Scène 4 : L'invitation de Dolsans
Fanchette, Agathe, Dolsans

(Entre Dolsans, il s'adresse d'abord au public)

Dolsans, *à part*. Quelle beauté cette Fanchette... et ce pied ! N'avez-vous pas remarqué ce pied ? Si petit, si doux, si blanc ! Les doigts un peu allongés, mais à peine ! Les ongles roses, brillants, sans le moindre artifice ; et ce talon... on baiserait le sol pour le voir ! Quel talon, mes amis, quel talon ! Mais je m'emporte...*(Haut)* Fanchette... *(Il voit que les deux amies sont enlacées et se disent des secrets. Il* s'arrête, réfléchit une seconde puis s'éclaircit la gorge. Pas de réaction. Une seconde fois. Toujours rien. Il se concentre puis lance, très fort :)* Mesdemoiselles ! *(Elles sursautent)* Pardonnez-moi d'interrompre ces effusions !

Agathe, *bas à Fanchette.* Voilà la crevette emperruquée !

Fanchette, *bas à Agathe.* Agathe, ce n'est pas gentil.

Dolsans. Mademoiselle Fanchette, j'espère que vous pardonnerez à ma hardiesse extrême...

Agathe. Bien sûr ! La hardiesse est sans doute la seule chose que les gens prennent au sérieux, ce qui explique le nombre de provocateurs aussi inutiles qu'ignorants que nous croisons dans nos villes et dans nos ports, n'est-ce pas, mon cousin ?

Dolsans. Tout juste, ma cousine, mais comme vous le voyez, j'essaie de parler à mademoiselle...

Agathe. Oui, à Fanchette. Je ne pense pas avoir les qualités requises pour que vous marchiez sur mes pas.

Dolsans. C'est que, lorsque Fanchette daigne faire un seul pas, un empire pourrait s'écrouler sous sa chaussure.

Agathe. Si j'en déduis que vous êtes l'empereur, j'ai hâte de voir votre prochain tableau, ce sera enfin un autoportrait réussi.

Fanchette. Agathe, ne sois pas si dure envers monsieur Dolsans !

Dolsans. Oh, vous prenez ma défense, Fanchette !

Fanchette. C'est que je ne voudrais pas vous voir sous ma chaussure, cela fait certainement très mal, surtout lorsque j'ai des talons hauts.

Dolsans. Oh admirable et magnanime princesse... Laissez-moi me jeter à vos pieds ! *(Il se met à genoux d'un coup)*

Fanchette. Monsieur, non !

Agathe. Je vous en prie cousin, ayez pitié du sol.

Dolsans. *(Regard noir de Dolsans vers Agathe puis il se tourne vers Fanchette)* Mademoiselle Fanchette, cette position me convient assez pour vous dire ce que je suis venu vous dire... voilà, pour le bal de ce soir, j'espérais que vous me donneriez...*(Il regarde le pied)* la main !

Fanchette. *(tendant sa main)* Elle est ici, monsieur. *(Dolsans, saisit la main, tout sourire)*

Agathe. Mais elle ne peut pas, cher cousin !

Fanchette. Pourquoi donc ?

Dolsans. Oui pourquoi donc ?

Agathe. Voyons Fanchette, tu as donc oublié que monsieur de Lussanville t'a invitée au bal ce soir ? *(Fanchette est surprise mais ne dit mot)*

Dolsans. Comment ? Lussanville...

Agathe. Il a été plus prompt que vous, c'est regrettable.

Dolsans. Regrettable, en effet... mais puisque mademoiselle a accédé à sa demande... *(Fanchette fait un sourire gêné)* Il est vrai que monsieur de Lussanville est un parti remarquable, sa famille est noble et possède quelques biens... soit. Je viendrai, sans cavalière, donc. Mais souvenez-vous, Fanchette, vous n'avez qu'un mot à dire, un seul.

Fanchette. Pardon, monsieur. *(Agathe sourit et entraîne Fanchette vers la sortie. Fanchette parle bas à Agathe, Dolsans n'entend pas)* Mais enfin Agathe, ce n'est pas moi que monsieur de Lussanville...

Agathe, *bas à Fanchette.* Tu seras à son bras, mon cousin est le pire des hommes. *(Elles sortent)*

Dolsans, *comme assommé.* Vous avez entendu ? Elle a dit... « pardon monsieur » ! *(Il sort, furieux)*

(Noir)

ACTE 2
Le bal chez madame Villetaneuse

(La salle s'est parée pour le bal.)

Scène 1 : L'arrivée de Lussanville
Dolsans, Villetaneuse *puis* Lussanville

(Villetaneuse entre et trouve Dolsans)

Villetaneuse. Eh bien mon neveu, tu es le premier ! Que t'a dit Fanchette tantôt ?

Dolsans. *(très vexé)* Elle m'a dit « pardon, monsieur ».

Villetaneuse. Oh l'impudente ! Et pourquoi je vous prie ?

Dolsans. Monsieur de Lussanville l'a invitée au bal !

Villetaneuse. *(émerveillée)* Est-il bien vrai ? Monsieur de Lussanville ? Le fils Lussanville, celui dont le père vécut en Amérique, celui dont l'aïeul servait le grand monsieur de la Cardonnie ?

Dolsans. *(amer)* Lui-même.

Villetaneuse. Quelle aubaine ! Ah si elle pouvait l'épouser !

Dolsans. Je vois, ma tante, que mes prétentions n'ont plus votre assentiment...

Villetaneuse. Ne sois point sot ! Il est de sang noble !

Dolsans. Et moi alors, qui épouserais-je ?

Villetaneuse. Pourquoi n'épouserais-tu pas Agathe ?

Dolsans. Bien essayé, ma tante ! J'y songerai... *(à part)* Son pied fait près d'une demi-toise de long !

Villetaneuse. Que fait donc Fanchette ? Je vais lui demander de descendre ! *(Elle sort)*

Dolsans. Ah ce Lussanville... si je l'avais devant moi, je jure que je lui tordrais le cou et que...

(Lussanville entre)

Dolsans. Oh ! Mon cher Lussanville ! Si je m'attendais à te voir ici, un vieil ami !

Lussanville. Mon cher Dolsans ! Quelle joie de te retrouver ici ! Que fais-tu en ces lieux ?

Dolsans. Je suis là pour faire plaisir à ma tante, rien de plus... mais parlons plutôt de toi, qu'est-ce donc qui t'amène, toi qui détestes les bals ? Par Dieu, je sais mon Lussanville par cœur... il y a une femme là-dessous !

Lussanville. Oh mais comment le sais-tu ?

Dolsans. Je sais tout, mon cher, c'est mon métier.

Lussanville. Je tremble à présent. J'étais venu ce soir pour lui faire ma demande !

Dolsans. Voyez-vous cela...

Lussanville. Si tu l'avais vue, Dolsans, sa beauté, sa grâce, son esprit, la façon dont elle vous regarde...

Dolsans. J'imagine assez bien... qui est donc l'heureuse élue... ?

Lussanville. Elle s'appelle...

Scène 2 : Le défilé de Fanchette
Dolsans, Lussanville, Fanchette, Agathe, Villetaneuse

(Fanchette fait à cet instant son entrée, elle est là, magnifique, avec un collier brillant de mille feux et sa coiffure achevée. Agathe l'accompagne, madame Villetaneuse est derrière elle)

Villetaneuse. Monsieur de Lussanville ! Vous arrivez juste à temps pour donner le bras à votre cavalière !

(Lussanville regarde Agathe avec émerveillement mais celle-ci reste

imperturbable et amène Fanchette jusqu'à Lussanville.)

Agathe, *tendant la main de Fanchette à Lussanville.* Monsieur, vous allez danser avec la plus belle femme du Havre. Tout le monde vous envie. *(à part)* Moi la première.

Lussanville. Mais enfin... qu'est-ce que ?

Fanchette. Je suis honorée, monsieur de Lussanville, de vous donner la main. *(Elle garde sa main tendue, Lussanville n'ose pas la prendre. Dolsans a comme un doute)*

Dolsans, *à part.* S'il n'ose pas la prendre, croyez-moi, cette main trouvera preneur !

Villetaneuse. Eh bien, monsieur, ne soyez pas timide ! Fanchette vous attend !

(Fanchette fait un sourire. Lussanville n'a plus le choix, il lui prend la main.)

Villetaneuse. Oh, comme ils sont parfaits tous deux ! Regardez ces boucles, et ces yeux bleus ! Deux angelots ! *(Lumière public)* Mais voici mes invités ! Nobles messieurs, gentes dames, j'ai décidé de dédier le salon de ce soir à Cérès, la déesse de la nature et de la fécondité ! Et afin de lui rendre hommage, nous allons tous déposer un pétale de fleur près du plus joli pied du monde ! *(Agathe va prendre un pot de pétales de roses)*

Villetaneuse. Ton pied, Fanchette, ton pied !

(Fanchette soulève un peu sa robe de sa main libre tandis qu'Agathe propose au public de jeter des pétales de roses sur le pied de Fanchette. Dolsans avance aussi derrière faisant des sourires ironiques au public. Lussanville essaie de capter le regard d'Agathe.)

(Tous sont revenus sur la scène) À présent, mes amis, amusez-vous, amusez-vous ! Je vais chercher du champagne ! Dolsans, viens m'aider ! *(Elle sort)*

Dolsans, *ironique.* À votre service ma tante... *(Il sort aussi)*

Lussanville, *à Fanchette.* Pardonnez-moi, mademoiselle, mais je dois voir Agathe. *(Il se tourne vers elle et Agathe essaie de partir dans le sens opposé à celui de sa mère mais Lussanville se met devant la sortie)*

Lussanville. Un mot, ma bien-aimée...

(Fanchette se retrouve de l'autre côté, ne sachant plus quoi faire, tournant ses pouces et faisant semblant de ne pas écouter alors qu'elle ne perd rien de la conversation)

Agathe. Je vous en prie, mon cher, je n'ai pas le loisir...

Lussanville. Ce trait que m'avez joué est celui de trop ! Je suis au bout de mes forces, et je vous conjure de me dire franchement que vous ne m'aimez plus !

Agathe. Tu es fou, je t'aime, mais je ne sais ce que j'ai, c'est comme si quelque chose était venu pour moi ce soir, que quelque chose d'horrible allait m'arriver.

Lussanville. *(la prenant dans ses bras)* Non, non, il ne t'arrivera rien... je suis là !

Agathe. Je le sais, mon ami, c'est que...*(elle se tourne et lui prend les mains)* comment as-tu trouvé Fanchette tout à l'heure ?

Lussanville. Elle était exquise, tu as vraiment bien fait.

Agathe. Vous êtes les plus beaux ici, personne n'est plus beau que vous. Faut-il que je vous aime !

Lussanville. Que tu nous aimes, mais Agathe... si je suis venu, c'était pour te demander... *(il sort une bague)*

Agathe. Paix, je t'en prie, cher amour ! Je ne suis pas la reine de la soirée et il faut qu'un prince embrasse une princesse ce soir.

(Lussanville range la bague. Dolsans passe sa tête dans la salle. Il entend.)

Lussanville. Agathe... Me demandes-tu de te quitter ?

Agathe. Je t'en prie, ne te fâche pas...

Dolsans, *à part.* Voilà qui explique tout... Fanchette est donc libre.

(Voyant Fanchette seule, Dolsans s'approche d'elle)

Agathe. Mon cousin !

Lussanville. Non, je t'en prie, pas un autre prétexte !

Agathe. Jean, prends le bras de Fanchette, tout de suite !

Lussanville. En voilà assez, je ne suis pas ici pour épouser Fanchette !

Agathe. Regarde Dolsans !

Lussanville. Il n'importe.

Agathe. Ah si tu pouvais comprendre ! *(Elle le pousse brusquement et sort très vite.)*

Lussanville. Agathe ! *(Il sort à sa suite.)*

(Dolsans vient offrir son bras à Fanchette)

Dolsans. Je vois qu'on vous a abandonnée... vous la reine de la soirée !

Fanchette. Mais je suis sûre qu'il va revenir, monsieur Dolsans !

Dolsans. Il a plutôt intérêt, quand on a une cavalière aussi belle que vous... puis-je vous offrir mon bras pour cette danse ? Je vous ramène aussitôt...

Fanchette. Je ne sais si je peux...

Dolsans. Cet air n'est-il pas votre favori ? *(Il lui tend son bras)*

Fanchette. Comment l'avez-vous deviné ?

Dolsans. C'est mon petit doigt qui me l'a dit ! *(Il bouge son doigt)*

Fanchette. Comme il est bien informé ! *(Elle lui prend le bras)*

Dolsans, *à part, en sortant.* Merci ma tante !

(Agathe entre et voit Dolsans sortir de l'autre côté avec Fanchette. N'en pouvant plus, elle court dans un coin de la pièce, en proie à la panique.)

Scène 3 : Le sacrifice d'Agathe
Agathe

(Agathe est isolée par la lumière.)

Agathe. Il ne faut pas qu'un de ces hommes la touche... non, je ne veux pas ! La poudre sur leurs mains ne cachera jamais l'odeur de leur désir infâme. Non, pas un seul de ces horribles marchands ne mettra sa main sur ma Fanchette ! Et surtout pas mon affreux cousin ! *(Soudain inquiète)* Fanchette... mon amie... mon aimée... mon a... Non ! Je ne veux pas être un monstre à leurs yeux ! Je ne veux pas que d'hideux prêtres, avec leurs infâmes sermons, me poursuivent comme une chienne puante et malade ; je ne veux pas que les soldats du roi m'amènent sous les ponts pour venger le mal qu'on a fait à leur sexe.... ! *(Un temps, elle respire plus lentement)* Il n'y a qu'une seule parade, une seule... Lussanville, mon Lussanville... tu dois épouser Fanchette... *(Lussanville, de l'autre côté de la scène, frappe la porte)* Oh je t'en prie Lussanville... ne frappe plus cette porte, pardonne-moi, laisse-moi dans le silence... Comprends-moi, comprends-moi sans me parler, mon amour. Cette porte ne cède pas sous les coups, écoute les battements de mon cœur, écoute mes sensations... sois mon corps, sois mon corps près d'elle, sois mon regard sur ses yeux, sois mon désir ardent ! Prends cette main, embrasse cette bouche, donne-moi la force de la posséder ! Lussanville, mon ange, mon aimé, souvenir de mon corps frémissant, embrasse-la comme un prince dans un conte. À chaque seconde, deviens un peu plus moi. Sens dans ton intérieur, comme nous sommes ensemble, comme ton corps est dans mon esprit, et mon esprit dans ton corps. Lussanville ! *(L'autre côté de la scène s'allume alors que l'isolation lumineuse s'éteint sur Agathe. Lussanville est là. Fanchette entre)*

Scène 4 : Agitations
Agathe (isolée), Fanchette, Lussanville

Fanchette. Monsieur de Lussanville !

Lussanville. Fanchette !

Fanchette. Que se passe t-il ? Je ne vois plus Agathe ! Comment va t-elle ?

Lussanville. Elle refuse de parler ni de voir personne !

Fanchette. Quelle terrible nouvelle !

(La lumière isole à nouveau Agathe, coups frappés à la porte, Agathe relève la tête)

Fanchette. Agathe, je t'en prie, je t'en supplie ! Je suis désolée, je suis désolée, je suis désolée ! Ouvre-moi ! Je ne ferai plus jamais de soirée, je t'habillerai comme moi, je t'en prie, sors, reste avec moi ! *(Pendant ces derniers mots, Agathe s'est approchée de la limite de la lumière. Elle fait un pas et l'isolation change. Agathe est face à Fanchette)*

Agathe. Ne me parle pas, Fanchette. Tu es le jouet de ma mère. Juste le jouet de ma mère.

Fanchette. Mon Agathe ! *(Elle veut la prendre dans ses bras mais Agathe la repousse)*

Agathe. Tu veux te marier, c'est ça ?

Fanchette. Oui, Agathe, comme toi, tu vas te marier bientôt ! Je veux le faire comme toi !

Agathe. Non, je ne me marierai pas. Je ne me marierai jamais ! *(Lussanville, derrière Fanchette, sent ses yeux s'emplir de larmes.)* Tu n'as qu'à épouser la crevette emperruquée !

(Elle s'éloigne, isolée par la lumière. Elle s'effondre alors lui le sol et fond en larmes. Noir sur Agathe, lumière de l'autre côté, Fanchette et Lussanville se sont assis sur la banquette en fond de scène.)

Fanchette. Comment peut-on être aussi insensible ?

Lussanville. Il faut avoir l'esprit plus robuste que le cœur, voilà comment.

(Isolation Agathe.)

Agathe. S'il y a un Dieu, comme ma mère supérieure me l'a si souvent dit, punis-moi et unis ces deux êtres si charmants et si parfaits. Qu'ils vivent dans le conte que tu n'écriras jamais pour moi !

(Isolation sur Fanchette et Lussanville. Agathe regarde dans leur

direction. Lussanville regarde les yeux de Fanchette. Une peluche se trouve sur l'épaule de Fanchette. Il lui retire. Fanchette regarde le visage de Lussanville. Fanchette tend sa main gantée à Lussanville pour qu'il l'aide à se relever, ce qu'il fait, une fois debout, il lui fait un baisemain. Fanchette rougit et serre très fort la main de Lussanville. Elle comprend. Ils s'embrassent alors qu'Agathe pleure.)

Scène 5 : Le bouquet
Agathe (isolée), Fanchette, Lussanville, Dolsans

(La lumière change. Entre Dolsans, avec un bouquet de fleurs qui cache tout son champ de vision)

Dolsans. Mademoiselle Fanchette, c'est pour vous que je suis venu ! *(Il écarte les fleurs pour les tendre à Fanchette. Il voit alors qu'elle tient les mains de Lussanville.)* Quoi... ? Mais Lussanville, tu n'étais pas... et Agathe... ah ! Alors là c'en est trop ! C'en est trop ! *(Il jette son bouquet à terre et donne un furieux coup de pied dedans puis sort vivement)*

Lussanville, *le poursuivant.* Dolsans, mon ami, attends ! *(Il sort à sa suite)*

(Fanchette restée seule, la lumière l'isole, tout comme Agathe de l'autre côté de la scène.)

Fanchette, *seule.* Il m'a embrassée. Tu as veillé sur moi, ma petite fée. C'est cela que tu voulais depuis le début, n'est-ce pas ? Me donner au seul que tu estimais digne de moi. Qu'il en soit ainsi, ma douce, j'irai où tu me mèneras. *(Agathe tend la main vers Fanchette et les lumières baissent peu à peu, jusqu'au noir.)*

ACTE 3
Dans le salon de Lussanville

Scène 1 : Nouvelles fiançailles
Lussanville, Fanchette, Agathe *puis* Dolsans

*(Musique. **Lumière sur Fanchette, Lussanville entre** et lui met une bague au doigt puis l'embrasse. Son regard est émerveillé. Lussanville lui sourit aussi et **Fanchette s'éloigne**. Agathe arrive face à Lussanville et lui fait un sourire triste. Elle va dans les bras de Fanchette. Pendant ce temps, la table a été installée au fond. Lussanville s'assoit à la table, il y dépose des pièces de monnaie. Il semble accablé. Du côté de Fanchette, on voit Agathe qui à présent la tient par la taille. Dolsans entre, voit les deux femmes et fait une moue dégoûtée. Il va déposer des cartes à jouer, une bouteille de cognac et deux verres. Lussanville se sert et boit. La musique baisse.)*

Scène 2 : Les problèmes de Lussanville
Lussanville (en fond), Dolsans, Agathe, Fanchette (sur le côté)

Dolsans, *au public.* Il a l'air triste, n'est-ce pas ? C'est moi qui devrait l'être. Bien sûr, après m'avoir volé ma fiancée, je pourrais encore le plaindre ! Ma cousine passe son temps à le polluer de sa présence et roucoule comme un damoiseau avec Fanchette, c'est... dégoûtant. *(Il regarde Agathe qui le fixe désormais. Fanchette l'entraîne vers la sortie. Elles sortent)* Quoi qu'il en soit, désormais, le gentil Dolsans, c'est terminé. *(Lumière tamisée)* Savez-vous qu'on vient de mener le père de ce pauvre Lussanville en prison... ? C'est qu'à cause de sa passion immodérée pour les filles de joie, le brave homme vient de subir la faillite !... Pauvre Lussanville, sa famille est ruinée, comment va t-il pouvoir prétendre à la main de sa douce fiancée ?

Scène 3 : Vive l'Amérique !
Lussanville, Dolsans

(Dolsans rejoint Lussanville à la table avec un paquet de cartes. Lussanville, relève la tête et boit.)

Dolsans. Ton père est en prison ! Qu'à cela ne tienne, en voilà un qui ne t'ennuiera plus !

(Ils commencent une bataille aux cartes où Dolsans gagne à trois reprises, raflant tout l'argent de Lussanville)

Lussanville, *un peu gris.* Voilà bien parlé, Dolsans !

Dolsans. Mais quel ennui aussi, que va faire mon pauvre Lussanville ? *(Il sert du vin à Lussanville)*

Lussanville. Pas la moindre idée ! *(Il boit)*

Dolsans. Tu n'as plus le sou, ta maison va être saisie... que faire ? C'est une situation bien embarrassante, tu ne crois pas ?

Lussanville, *perdant sa dernière mise.* Pas tant que tu le crois, mon bon ami, car je suis un homme riche !

Dolsans. Et comment donc ? *(il sort une pipe à tabac)* Tu n'as même plus de quoi jouer !

Lussanville. Mais que viens-tu de sortir, mon cher Dolsans ?

Dolsans. Un peu de tabac, comme tu peux le voir. Et je m'en vais le fumer.

Lussanville. Ce tabac fait de moi un homme riche ! Mon oncle possède un commerce sans comparaison, et ses ventes sont extraordinaires ! Je suis son héritier désigné... !

Dolsans. Naturellement ! Comment ai-je pu l'oublier ? Mais... il y a tout de même un facteur qui a son importance, mon cher... il est en Amérique !

Lussanville. Qu'à cela ne tienne ! Je pars en Amérique chercher ma fortune ! Je suis en âge d'hériter et mon père n'aura plus les moyens de s'y opposer ! Qu'en dis-tu ?

Dolsans. Lussanville en Amérique !

Lussanville. Vive l'Amérique !

Dolsans. Vive Lussanville l'Américain ! *(Ils boivent)* Quand comptes-tu partir ? Ta maison est saisie demain matin !

Lussanville. Eh bien pourquoi pas demain matin ?

Dolsans. Cela est possible, il y a un navire qui part demain avec son chargement... ! C'est une idée formidable ! Mais... ne devais-tu pas te marier ?

Lussanville. Me... me marier ? Fanchette... comment pourrais-je l'abandonner... six mois. Peut-être plus encore...non, je ne pourrais jamais...

Dolsans. Oh allons, Lussanville, il faut être raisonnable ! Tu n'as plus rien, tu n'es le parti de personne. Tu n'as ni situation, ni parents, ni métier et notre société n'a que faire de tes belles et rares qualités. Dans un mariage, on est toujours trois : l'homme, la femme, et leurs biens ! Crois-moi, il est mauvais de négliger le troisième. Dans une telle situation, plutôt que de condamner Fanchette à une vie d'errance et de pauvreté, mieux vaudrait ne pas l'épouser du tout.

Lussanville. Du tout, Dolsans ?

Dolsans. Cela est un peu trop tranché, peut-être... je dis seulement qu'à l'occasion un beau mariage peut se représenter, et qu'une Fanchette d'aujourd'hui que ta main ne peut toucher vaut moins qu'une Fanchette de demain qui tend la sienne.

Lussanville. Ainsi, tu crois qu'elle pourrait m'attendre ?

Dolsans. Je crois que chaque seconde que tu passes dans cette ville t'éloigne de ta bien-aimée. Prends le bateau qui part demain matin ! Je sais qu'il y a dix ou quinze jours avant le départ du suivant. Je préviendrai Fanchette, ne t'en fais pas. Je m'occupe de tout.

Lussanville. Dans ce cas... qu'il en soit ainsi mon cher Dolsans ! Puisqu'ainsi je ne puis rendre Fanchette heureuse et que ta tante ne me la cédera pas, il n'y a pas à hésiter. Pour rester à mourir au bord d'une route ? Cela n'a pas de sens ! Amérique, me voici !

Dolsans. Bravo ! *(Ils trinquent et boivent.)*

Lussanville. Mon ami, sans toi je ne serais plus rien !

Dolsans. Et grâce à moi, tu n'es pas loin de devenir quelque chose ! Allons, va te coucher ! Tu es gris !

*(Accompagné par Dolsans, Lussanville titube jusqu'à la sortie avec la bouteille. **Lussanville sort.**)*

Dolsans. Tu seras cocu, je te le garantis. Demain matin, il sera parti et Fanchette, désespérée, finira par se donner à moi... *(Il jubile)* Mais s'il allait changer d'avis ? Après tout il était gris... Pour m'assurer de tout, je vais engager un homme sûr... il le surveillera jusqu'au départ du navire. Si Lussanville se ravise, il le suivra et dès que l'occasion se présentera... Il le tuera. Tu ne verras plus la petite Fanchette, Lussanville, je m'y engage. La chance va tourner. Et elle va tourner en ma faveur. Il suffit de piper les dés. *(Il sort en jubilant. Noir.)*

Scène 4 : Merci ma tante !
Dolsans, Villetaneuse

(Le lendemain. Dolsans arrive en sautant de joie)

Dolsans. Lussanville est parti ! Il est parti ! Je l'ai vu monter à bord ! Dans moins d'une heure, le bateau lèvera l'ancre ! *(Criant)* Il est parti ! Parti !

Villetaneuse. *(entrant)* Dolsans ! Que signifie tout ce remue-ménage ?

Dolsans. Lussanville est parti, ma tante ! Il est parti !

Villetaneuse. Il est parti ? Où ça ?

Dolsans. En Amérique !

Villetaneuse. En Amérique ? Oh mais c'est affreux ! Qui donc va épouser Fanchette ? *(Dolsans, content de lui, se désigne lui-même. Début de la musique. Villetaneuse se fend d'un sourire hypocrite)* Tout te sourit Dolsans... je crois que notre petit arrangement est de nouveau de saison !

Dolsans. Je savais que vous sauriez reconnaître ma valeur. *(Il boit. Villetaneuse semble attendre)*

Villetaneuse. Eh bien ?

Dolsans. Eh bien quoi ?

Villetaneuse. On dit merci !

Dolsans, *ironique.* Merci !

Villetaneuse. Et merci qui ?

Dolsans. Merci moi-même. *(Villetaneuse lui donne un coup de talon sur le pied)* Ah ! Merci ma tante... !

Chanson

Villetaneuse -

C'est qu'il attend,
c'est qu'il attend
Le tout petit
Le p'tit Dolsans !
Ce qu'il voulait
C'qui lui plairait
C'est posséder
Ce joli pied !
Ah, mais enfin,
Ell'va prendr'fin
Cett'longue attente !
D : Elle est finie !
V : Et merci qui ?
D : Merci ma tante !

V : C'est qu'il attend,
c'est qu'il attend
Le tout petit
Le p'tit Dolsans !
Depuis longtemps
Ce qu'il voulait
C'était baiser
Ce joli pied !

C'est qu'il fallait Privilégier
Cett'bonne entente !
D : Quel alibi !
V : Et merci qui ?
D : Merci ma tante !

V: C'est qu'il attend,
c'est qu'il attend
Le tout petit
Le p'tit Dolsans !
Mon protégé
Mon favori,
Mon préféré,
Mon p'tit chéri !
D : Mais je voulais...
V : Oui je sais bien
Ce qui te tente !
D : Elle est ici !
V : Et merci qui ?
D : Merci ma tante !

(*Noir*)

ACTE 4
Le salon de madame Villetaneuse

Scène 1 : Fanchette apprend le départ de Lussanville
Villetaneuse, Fanchette

(Fanchette est assise, l'air triste. Villetaneuse debout près d'elle)

Villetaneuse. Ah Fanchette... les hommes font souvent cette sorte de chose. Vraiment, ne le regrette pas. De nombreux jeunes hommes respectables rêvent de demander ta main. Et pas plus tard que ce matin, l'un d'eux m'a demandé si on cherchait à te marier. Sais-tu qui est ce jeune homme ?

Fanchette. Non, madame.

Villetaneuse. C'est Dolsans ! Lui feras-tu bon accueil ?

Fanchette. Si c'est votre volonté, madame...

Villetaneuse. Je vais te confectionner une robe splendide. Je m'en vais chercher de la soie. *(Elle va pour sortir)* Où est donc passé le sourire de ma petite protégée ?

Fanchette *(souriant)*. Le voilà, madame.

Villetaneuse. Ah j'aime mieux ça ! À tout à l'heure ma Fanchette ! *(Elle sort)*

Scène 2 : Les doutes de Fanchette
Fanchette

Fanchette *(seule)*. Est-ce ainsi que se conduisent les hommes ? Il est parti. Il m'a laissée toute seule. Peut-être qu'il n'aimait pas mes baisers. Est-ce que j'embrasse mal ? *(Un temps. Elle se regarde dans le miroir et se trouve des défauts. Elle soupire et le repose)* Mon visage n'est pas aussi joli que mon pied. C'est sans doute pour cela qu'il est parti. Je savais que j'aurais dû mettre des mules hier. Tant pis pour lui !

Madame Villetaneuse veut me marier. Juste me marier ! Une jeune fille, ça se marie, ça n'attend pas le retour d'un amant qui la délaisse. Il ne m'a même pas dit au revoir, il est parti comme ça ! Moi, je suis fidèle. C'est lui qui ne m'aime plus. Je ferais peut-être mieux d'épouser Dolsans. C'est remplacer un homme par un autre. Les hommes sont des inconstants. Après tout, madame Villetaneuse veut mon bien. Elle m'a sauvé de mon infâme tuteur, monsieur Apatéon ! Quel répugnant vieillard ! Au moins monsieur Dolsans est jeune.

Scène 3 : L'aveu d'Agathe
Fanchette, Agathe

(Agathe entre en habit d'homme, une épée au côté).

Fanchette. Pourquoi es-tu habillée en homme, Agathe ? *(Agathe avance)* Et cette épée ! Tu vas te blesser !

Agathe. Alors il est parti, ce lâche. Après avoir assuré la plus belle des jeunes filles de son amour, après l'avoir prise dans ses bras, dans ses grands bras menteurs, après l'avoir embrassée tendrement et caressé son adorable visage, après m'avoir dédaignée pour être auprès de toi. Pauvre lâche. Misérable et pathétique garçon, comme il est vain de verser des larmes pour toi ! C'est un faux, un double, un homme qui n'a pas peur d'aimer deux femmes et de n'être fidèle ni à l'une, ni à l'autre. Qu'est-il encore ? Un gâchis de toutes les plus belles sensibilités que la nature ait faites. Un renoncement, une fuite, un soupir inaudible. Un homme qui a du cœur t'aurait enlevée, t'aurait emmené dans quelque obscure région montagneuse, aurait partagé chaque difficulté de la vie avec toi, aurait eu faim, froid et soif entre tes bras ; il t'aurait offert une masure, mais ta présence en aurait fait un palais. Voilà ce qu'il aurait dû faire. Et voilà ce que je vais faire, moi.

Fanchette. Toi, Agathe ?

Agathe. Oui, viens avec moi. Partons loin d'ici. Dolsans n'abandonnera pas, il te fera signer une promesse de mariage, et ma mère va l'y aider. Si tu veux t'y soustraire, il faut que nous quittions la maison, et tout de suite.

Fanchette. Mais, dois-je m'y soustraire ?

Agathe. Que me racontes-tu là ?

Fanchette. Il faut que je me résigne. Dolsans m'aime et sans doute il sera un époux attentionné...

Agathe. Plus attentionné que moi ?

Fanchette. Oh non, Agathe, non, je ne pense pas. Il est impossible d'être plus dévoué que toi ! Mais tu n'es pas un mari.

Agathe. Je peux te protéger, tu sais.

Fanchette. Me protégeras-tu des hommes ?

Agathe. Je te protègerai contre tout ! Ce n'est pas parce que je n'ai pas la voix grave, que mon menton ne pique pas, que mes bras ne font pas deux fois la taille des tiens, que mes cheveux sont longs, ou que je ne porte pas le pantalon que je ne peux pas vivre avec toi ! J'y ai autant le droit que ce gesticulateur de pacotille qui s'agite, et qui remue la queue comme un chien devant tes pieds de déesse ! Il est le parterre des hommes ! Et jamais je n'agirais de la sorte avec toi. Seuls les sentiments humains me dictent ce que je désire, et non pas les pulsions viles et basses d'une bête !

Fanchette. Dolsans n'est pas une bête. Il est intelligent. Et même si je ne l'aime pas, ses sentiments sont sincères.

Agathe. Et que fais-tu des miens ?

Fanchette. Ce n'est pas la même chose. Si tu étais un homme, on trouverait sans doute beaucoup à redire à toutes les attentions que tu as pour moi. Mais tu es une femme, et c'est ce qui nous permet d'être en paix avec le monde. Heureusement, ma chère Agathe, que ces sentiments sont différents, sinon peut-être serais-je restée seule à jamais.

Agathe. Et Lussanville, tu y as pensé ?

Fanchette. Il ne reviendra pas !

Agathe. Alors reste avec moi, Fanchette, je t'en prie. Je t'en supplie !

Fanchette. Mais Agathe, je te verrai... tous les jeudis.

Agathe. Et mes lettres, tous les jours, qui te les portera ? Et la prière le soir que nous faisions ensemble ? Et le matin, quand je t'habillais ? Est-ce que Dolsans me laissera faire tout cela ?

Fanchette. Peut-être, s'il a cette bonté...

Agathe. Tu rêves, ma belle Fanchette, tu rêves... jamais plus nous n'aurons ces plaisirs, nous serons séparées, distantes...

Fanchette. Je t'en prie Agathe... *(Elle tombe sur la liseuse et perd sa chaussure.)*

(Agathe approche timidement sa main du pied de Fanchette et le touche, du bout des doigts. Puis, après un temps assez long, elle déplace lentement sa main, en caressant, toujours du bout des doigts le pied puis la jambe de Fanchette, très lentement, avec hésitation, elle tremble même un peu. Puis, timidement, elle la relève, Fanchette est comme paralysée, elle regarde Agathe dans les yeux, nageant en plein inconnu. Agathe approche sa tête de celle de Fanchette, celle-ci a un petit mouvement de recul, mais, après un long regard qu'aucune des deux ne parvient à traduire en paroles, elles s'embrassent tendrement, leur bouches se lient, et il se passe quelque chose d'extraordinaire : la retenue accumulée par leurs corps se met tout d'un coup à craqueler, doucement, on sent Fanchette, à mesure que le baiser dure, s'abandonner de plus en plus à la passion jusqu'à elle-même embrasser Agathe, le plus langoureusement du monde.)

Scène 4 : Disgrâce
Fanchette, Agathe, Dolsans

(Entre Dolsans du côté opposé, dans l'ombre.)

Dolsans. Dieu... ce sont des tribades ! Par l'Enfer, c'est dégoûtant. Mais ce crime vient à propos, Fanchette ne m'échappera plus. *(Il se révèle)* Eh bien, mesdemoiselles...

Agathe. Lui !

Fanchette. Dolsans !

Dolsans. Je m'en veux de troubler pareille intimité, j'imagine que c'était le baiser de deux bonnes amies ? La chaste marque d'une affection sincère ?

Agathe. Serpent !

Dolsans. On me traite de serpent quand on pousse Ève à croquer dans le fruit ?

Fanchette. Monsieur Dolsans, vous êtes un honnête homme, et vous m'aimez, je le sais. Pardonnez cet emportement dont vous avez été témoin. Vous savez que nous ne songions pas à mal. Je vous en serai éternellement reconnaissante.

Dolsans. Votre reconnaissance, mademoiselle, ne saurait mieux se montrer qu'en cet instant. Et si vous acceptiez de m'épouser, je pourrais...

Agathe. Fourbe, hypocrite, punaise rampante !

Dolsans. Le temps viendra vite où je pourrai punir ces propos, cousine. Les juges du Havre seront ravis de nous débarrasser d'une tribade. La prison est le moins qu'ils puissent faire, ou peut-être bien le bûcher...

Fanchette. Monsieur Dolsans ! Je vous en prie ! Quittez votre colère. J'accepte. Je vous épouserai.

Dolsans. Oh mademoiselle... ma joie n'a plus de limite et ma ferveur est telle... *(Il va la serrer contre lui)*

Fanchette. À une condition !

Dolsans. Laquelle ? Parlez !

Fanchette. C'est que vous ne direz rien qui puisse causer du tort à Agathe.

Dolsans. Ah cela est difficile... je l'ai vue abuser de votre candeur... mais allons, je veux bien l'oublier. Pourvu que vous me signiez une promesse de mariage.

Fanchette. Je signerai, apportez-la moi seulement.

Dolsans. Je vous prends au mot, mademoiselle, et vais la chercher de ce pas. *(Il sort)*

Scène 5 : Dispute
Fanchette, Agathe

Fanchette. *(Elle vient pour prendre Agathe dans ses bras, mais Agathe la repousse, Fanchette parle entre ses larmes)* Nous étions heureuses toutes les deux, chaque geste était innocent, chaque sourire était gratuit, il n'y avait aucune étreinte qui soit coupable. Moi, j'ai besoin d'une amie.

Agathe. Je sais. Mais je t'aime, que tu le veuilles ou non.

Fanchette. *(Silence)* Ils allaient t'emporter, ils allaient te faire du mal. Et toi, tu... tu t'obstines. Je ne veux pas te perdre.

Agathe *(émue et sombre)*. Cela n'a plus d'importance maintenant. Tu vas épouser Dolsans.

Fanchette. Lussanville me manque.

Agathe (*amère*). Il est heureux lui, il est aimé. Moi, j'aime à mourir une fille qui ne m'aime pas.

Fanchette. Qui ne t'aime pas ? Non, jamais, jamais ma chérie, ma fée, ma petite Agathe, jamais je ne te haïrais. Tu entends ? Jamais ! Qu'importe ce qu'ils diront, tous ! Ce baiser venait de mon Agathe. Personne ne me l'enlèvera.

Agathe. Fanchette ! *(Elle laisse ses larmes couler tout à fait et la prend dans ses bras)*

Scène 6 : La promesse de Dolsans
Fanchette, Agathe, Dolsans

Dolsans. *(Entrant avec un papier, un encrier et une plume)* Eh bien mesdemoiselles, je me vois encore une fois obligé de vous séparer... pour la dernière fois. Ce papier *(il le dépose)* scelle désormais mon union avec Fanchette Florangis. Il est temps, Fanchette. Signez.

Agathe. Vous ne la ferez rien signer du tout.

Dolsans. Et qui m'empêchera ?

Agathe. Mon épée. *(Elle porte la main à son épée)*

Fanchette. Agathe, non ! *(Dolsans s'approche lentement d'Agathe sans toucher à sa propre épée.)* Monsieur Dolsans, rappelez-vous votre promesse.

Dolsans. Ne rien dire qui puisse lui causer du tort. *(Il gifle violemment Agathe, qui tombe)* Je crois que je n'ai pas brisé ma promesse. À présent Fanchette, si vous voulez bien signer ?

(Fanchette s'approche de la table et prend la plume pour signer. Agathe se trouve au sol, respirant fort, désespérée. Fanchette signe finalement et donne le papier à Dolsans.)

Dolsans. À présent, je suis le plus heureux de tous les hommes. Donnez votre main. *(Il lui fait un baisemain en faisant en sorte qu'Agathe le voie)* Bien d'autres baisers suivront, et votre joli pied ne sera pas en reste.

Fanchette. Qu'il en soit ainsi. À ce soir, monsieur Dolsans.

Dolsans. Dites mon mari.

Fanchette. Monsieur mon mari. *(Fanchette va aider Agathe à se relever. Elles sortent. Noir.)*

ACTE 5
L'entrée chez madame Villetaneuse

Scène 1 : Une grande surprise
Dolsans, Villetaneuse *puis* Lussanville

Dolsans. Ma tante, je vous trouve à propos ! Faites venir le notaire, car ce soir...

Villetaneuse, *très agitée.* Dolsans ! Dolsans ! C'est terrible !

Dolsans. Comment, c'est terrible ? J'épouse Fanchette !

Villetaneuse. Je reviens du marché et Lussanville... oh Lussanville !

Dolsans. Comment ? Il a quitté le navire ? On l'a retrouvé mort ?

Villetaneuse. Mort ? Mais pas du tout ! Il est en pleine forme, il est revenu ! Il vient, à l'instant même !

Dolsans. C'est impossible !

(Lussanville entre)

Villetaneuse. Oh non... ! *(Voyant Dolsans absolument furieux, elle se laisse tomber assise.)*

Dolsans. Lussanville, te revoilà...

Lussanville. Oui, j'ai laissé le bateau partir ! En arrivant à bord, j'ai fait rencontre de monsieur Rosières, le chirurgien du navire, un vieil ami de mon oncle ! Il m'a appris que ce dernier avait débarqué la veille et qu'il me cherchait ! Les gardes royaux lui ayant refusé de voir mon père, il s'est mis en route vers Paris, persuadé de me trouver là-bas. Je ne savais comment le rattraper, je n'avais ni argent ni ressource, et tandis que j'errais sur la route, sans plus d'espoir, j'ai vu un homme qui attendait non loin de ma maison, un grand brun maigre, avec une cicatrice.

Dolsans. *(à part)* Mon homme de main !

Lussanville. Il m'a demandé si c'était là ma maison. J'ai répondu que oui, mais qu'on la saisissait aujourd'hui même. Il m'a offert de m'emmener où je voudrais. J'ai accepté. Quelle naïveté fut la mienne ! Il m'a entraîné à l'écart, sur une route de forêt, il est descendu du carrosse et il a tiré son épée. J'ai dû faire de même, conscient que mon adversaire était sans doute redoutable. Mais, grâce du Ciel, nous avons été arrêtés par l'arrivée d'un attelage. Nous ayant vu les épées nues, le passager est descendu, c'était mon oncle. Il a pointé son mousquet sur mon adversaire et l'a atteint d'une balle en pleine poitrine.

Dolsans. *(à part)* Ah le maudit vieillard !

Lussanville. J'eus seulement le temps de remercier mon oncle. Il me dit aussitôt qu'à cause des troubles qui agitent le Nouveau Monde, et de la Révolution qui s'annonce, il revenait s'installer ici et me faisait le légataire universel de toute sa fortune !

Villetaneuse. De toute sa fortune !

Lussanville. Oui !

Dolsans. *(à part)* Oh le satané Américain !

Lussanville. Me revoici à présent, et je n'ai plus en tête qu'une idée, c'est vous demander à nouveau, madame Villetaneuse, la main de la douce et délicate Fanchette, que j'aime plus que jamais.

Villetaneuse *(gênée)*. Mon cher Lussanville... je...

Dolsans. Lussanville...

Lussanville. Oh Dolsans ! Mon ami, mon indéfectible Dolsans !

Dolsans. Lussanville...

Lussanville. Tu m'as accompagné dans cette épreuve ! Tu m'as offert d'aller chercher ma fortune en Amérique et la voilà qui vient à moi, ici même !

Dolsans. Lussanville...

Lussanville. Je ne mérite pas un tel ami !

Dolsans. Assez ! Je ne suis pas ton ami ! Je ne l'ai jamais été ! Toi, Lussanville, le noble, le fortuné, le maudit enfant bardé de privilèges !

Lussanville. Mais enfin, ces fêtes, ces jeux, ces conversations, ces amis que tu m'as présentés...

Dolsans. Ces fêtes étaient pour profiter de ton nom, ces jeux, pour prendre ton argent, ces conversations, pour profiter de tes savoirs, Lussanville ! Je l'ai fait pour ma négoce, et rien d'autre. Et quand tu m'as disputé Fanchette, ce fut le coup de trop. Mais c'est fini, Fanchette va m'épouser ce soir ! Elle m'en a signé la promesse ! C'est fini, Lussanville !

Lussanville. Ah traître... !

Villetaneuse. Une promesse de mariage !

Dolsans. On ne m'a rien donné, mon industrie seule m'a permis d'en arriver là. Et je la posséderais déjà si ma tante n'avait pas tant d'appétit pour la fortune et le nom des Lussanville !

Lussanville. Pauvre fou, elle ne t'aime pas !

Dolsans *(se calmant soudain, glacial)*. Peut-être pas... mais toi non plus, oh non, toi non plus...

Lussanville. Ses baisers en témoignent.

Dolsans. Son amie, sa tendre amie, Agathe, portait des habits d'homme. Elle tenait Fanchette enlacée et la baisait, comme un amant une maîtresse, je les ai vues.

Villetaneuse. Dieu me vienne en aide ! Mensonge !

Dolsans. Couvrez votre face de honte, ma tante, car voilà le vrai visage de votre protégée. Une petite tribade ! Je suis trop bon de l'épouser sans scandale. Tentez de m'en empêcher, l'un ou l'autre, et toute la ville ne causera plus que de cela. Adieu, jusqu'à ce soir ! *(Il sort)*

Villetaneuse. Mon cher Lussanville... je n'en puis revenir. La passion le fait délirer, jamais ma fille ne ferait une telle chose ! Hélas ! Votre mariage me semble compromis, je vous recommande de lui faire vos adieux. Elle est en haut. Je vous laisse. Je prie pour vous. *(Elle sort)*

Scène 2 : Conscience
Lussanville

Lussanville. Oh naïfs, naïfs étaient mes yeux ! À présent tout est clair. Ces mots, ces gestes tendres, ces regards appuyés lorsqu'elles étaient ensemble... Comment n'ai-je pas vu ? Quoi, j'ai aimé l'une, puis l'autre, et toutes deux s'aimaient ? Est-ce là mon destin ? Voir ces femmes au sommet et les mener, lentement, l'une vers l'autre, puis descendre dans l'oubli ? Hélas. Je ne blâme pas Fanchette d'aimer Agathe, au contraire ! Que sommes-nous pour les aimer ? Leurs mystères, leurs sensations, leurs peurs, quel homme peut les comprendre ? Seule une femme le peut ! Oui, rien d'autre qu'une femme. Quant à nous, nous ne les tenons dans notre amour qu'à force de tyrannie, et c'est cette tyrannie qui nous rend indignes d'elles. L'injustice qui leur est faite chaque jour est si grande qu'on ne saurait la réparer même en leur donnant toujours raison, et leur colère, qui éclatera un jour, pourrait ôter aux hommes toute la confiance qu'elles leur accordent encore, et déclencher une guerre sans merci. Il ne me reste qu'une chose à faire. Aller au devant d'elle, et entendre sa sentence : « je ne t'aime plus ». Dès lors, je les aiderai à fuir, et quand elles seront en sûreté, je partirai pour toujours.

Scène 3 : Duel
Lussanville, Agathe

Agathe, *toujours en habit d'homme*. Voilà qui est sage, mon vieil amour.

Lussanville. Agathe !

Agathe. J'étais désespérée, mais Dieu t'a mis sur ma route. Tu vas trouver une embarcation et nous emmener jusqu'à Jersey. Sitôt le bateau débarqué et Fanchette en sécurité dans une maison que tu achèteras, tu me laisseras vivre avec elle et tu nous enverras de quoi survivre. Voilà ce que tu feras.

Lussanville. Je vous emmènerai, mais tu dois me laisser la voir. Je ne demande que cela.

Agathe. Tu ne la verras qu'en ma présence. Je ne veux plus qu'un homme la touche.

Lussanville. Si tu me fais si peu confiance, ne compte pas sur moi.

Agathe. Je n'ai confiance en personne. Mais tu accepteras mes conditions, la raison en est simple. *(Elle sort un papier, Lussanville pâlit)* C'est la promesse de mariage que tu m'as signée la nuit où je suis venue chez toi. Tu te souviens ? Tu as la mienne, n'est-ce pas ? *(Lussanville sort cette promesse pliée dans sa poche)*

Lussanville. Je n'ai pas oublié. *(Il la remet dans sa poche)*

Agathe. Tu sais donc que je peux exiger le mariage. Et je te promets que sitôt que nous serons mariés je serai pour toi pire qu'un diable. *(Elle dépose la promesse sur la chaise)* Alors dis-moi, veux-tu m'épouser ? Ou m'aider à vivre avec Fanchette selon mes conditions ?

Lussanville. Pourra t-elle croire en ton amour quand elle verra qu'après m'avoir aimé, tu me hais ?

Agathe. Je ne te hais pas. Mais tu as abandonné Fanchette et à présent, elle n'a que moi. Alors je l'ai choisie.

Lussanville. Tu m'as poussé vers elle, tu m'as jeté dans ses bras.

Agathe. Oui. Vous étiez beaux tous les deux, je savais que tu ne pourrais pas t'en empêcher. Cet homme-là, cette femme-là. Vous étiez parfaits ensemble, bien plus parfaits que toi et moi. J'étais jalouse de toi. Je t'aurais volontiers arraché ton visage pour m'en faire un masque.

Voix de Fanchette (*hors scène*). Agathe ? Où es-tu ?

Lussanville. C'est Fanchette ! *(Il veut aller la rejoindre mais Agathe le bloque)*

Agathe. Va t-en.

Lussanville. Je veux entendre qu'elle me hait.

Agathe. Elle t'aime. Mais tu ne la toucheras pas. *(Elle attrape fermement Lussanville derrière le cou)*

Lussanville. Que fais-tu ?

Agathe. Je ferme notre triangle. *(Elle embrasse brusquement Lussanville.)*

Scène 4 : Les Amours de Fanchette
Agathe, Lussanville, Fanchette

*(**Entre Fanchette** qui voit ce baiser. Lussanville semble perdu. Agathe le tient fermement.)*

Fanchette. Lussanville... *(Elle avance vers lui en souriant mais Agathe fait barrage)* Que fais-tu Agathe ?

Agathe. Tu souris à qui t'a abandonnée ? Celui à cause de qui tu es promise à Dolsans ? Pourquoi ?

Fanchette. Eh bien parce que... parce que je l'aime. Je t'en prie, mon Agathe, laisse-moi aller à lui. *(Agathe ne bouge pas)* S'il te plaît. Je te le demande. *(Agathe baisse la tête et recule. Fanchette court à Lussanville et il lui ouvre les bras)*

Lussanville. Fanchette... *(Fanchette se jette dans ses bras. Agathe s'éloigne un peu)*

Fanchette. Tes bras sont grands et chauds, j'adore être si près de toi, tu ne sais pas combien j'ai eu mal de ne pas sentir tes étreintes. Quand je songe que j'ai signé cette promesse à Dolsans.

Lussanville. Le traître ! Et dire que je lui faisais confiance ! Vous êtes bien naïfs, mes yeux.

Fanchette. Mais cependant, garde-les toujours ainsi, j'aurais peur qu'avec d'autres, tu ne me trouves laide.

Lussanville. Mon amour ! Dolsans m'a donc menti ? Tu n'aimes personne d'autre ? *(Fanchette, gênée, se retourne vers Agathe et s'éloigne un peu de Lussanville)*

Agathe. Il est temps de choisir, Fanchette. Cette comédie a assez duré.

L'aimes-tu plus que tu ne m'aimes ?

Fanchette. Non !

Agathe. C'est que tu m'aimes davantage, et si c'est le cas, je ne veux plus que tu le touches.

Fanchette. Mais pourquoi, enfin ? Pourquoi ?

Agathe. Parce que c'est moi que tu aimes.

Fanchette. Mais enfin, c'est ridicule ! Lussanville, si je t'aimais davantage, me dirais-tu cela aussi ?

Lussanville. Eh bien...oui.

Fanchette. Vous êtes absurdes ! Comme vous m'épuisez tous deux avec vos jalousies ! Autant rester toute seule !

Agathe. Mais... !

Fanchette. En voilà assez ! Allez-vous tous les deux, avec vos grands manteaux et vos belles dentelles me dire que vous êtes celui qui doit emporter la loterie ? Toute ma vie j'ai entendu cela, des prétendants ! Et je n'en veux point, moi. Je veux des amants. Des gens qui m'aiment et qui ne regardent pas qui j'aime d'autre. Qui m'aiment pour ce que je suis. Qu'y puis-je si je suis Fanchette ? Fanchette vous aime tous les deux, en égales parties. Qu'allez-vous faire maintenant ? Je vous ai répondu. Poursuivez votre concours et je m'en vais épouser monsieur Dolsans. Vous n'aurez plus qu'à vous marier tous les deux, puisque vous vous l'êtes promis ! *(Elle va s'asseoir et constate qu'il y a un papier sous elle, elle se relève et le lit.)* Regardez, mes amours, j'ai vos deux signatures. Qu'en ferais-je à présent ? Les jetterais-je au feu et brûlerais-je avec ? Les garderais-je au lit pour y pleurer le soir ? Les mettrais-je en rouleaux dans le cou des statues ? En ferais-je sous clé un jardin défendu ? Que feront-ils pour moi, ces amants de papier ? *(Elle va vers Agathe)* Tu m'aimais depuis le premier jour, Agathe. Et si j'avais su comment, si j'avais pu comprendre, je t'aurais aimée aussi comme tu voulais que je t'aime. Aujourd'hui, c'est le cas. Tu m'as ouvert les yeux. Et par amour pour moi, tu m'as menée vers Lussanville. *(En tenant Agathe par la main, elle va chercher Lussanville)* Tu n'as voulu que mon bonheur et tu t'es sacrifiée.

Pourquoi devrait-il y avoir quelqu'un de sacrifié ? Dis-moi, Agathe. Pourquoi ? *(à Lussanville)* Mon tendre amour, je t'ai aimé sitôt que je t'ai vu poser les yeux sur elle. Je pensais devoir toujours rester silencieuse et t'aimer comme une sœur. Et lorsqu'elle m'a poussée vers toi, oh, comme j'ai été heureuse ! *(à tous deux)* Vous êtes la candeur et la passion, vous êtes ce que je suis. Et vous vous aimez. Sinon vous ne vous seriez pas promis l'un à l'autre, n'est-ce pas ? Vivons. Suivez ma conduite. J'aime Lussanville, je le garde, j'aime Agathe, je reste auprès d'elle. Restez avec moi, comme amants, non comme des tiers. Venez, servons tous trois d'exemples à l'univers des amours les plus belles et les plus partagées qu'il ait jamais fait naître et peuplons-le de nos passions heureuses.

Agathe. Fanchette, Lussanville, je vous aime.

Lussanville. Agathe, Fanchette, je vous aime moi aussi.

(Fanchette va écrire sur la promesse)

Fanchette. Mon nom sur la promesse, nulle aux yeux de la loi, nous unit tous les trois devant l'univers. Embrassez-moi. *(Agathe vient l'embrasser)* Non pas comme ça. Tous les deux. Embrassez-moi tous les deux.

(Ils s'embrassent tous les trois et se serrent dans leurs bras.)

Scène 5 : Je vous verrai tous les jeudis !
Fanchette, Agathe, Lussanville, Dolsans, Villetaneuse

(On frappe à la porte. Agathe range la promesse dans son corsage.)

Lussanville. Qu'est-ce ?

Fanchette. Serait-ce Dolsans qui revient ?

Voix de Dolsans. Lâchez-moi, vieille folle !

Voix de Villetaneuse. Dolsans, tu as promis, pas de scandale !

Agathe. Il est avec maman ! *(Elle prend les mains de Lussanville et Fanchette)*

(Entrent Dolsans et Villetaneuse)

Dolsans. Bonjour à nouveau, mon cher Lussanville, je m'inquiétais beaucoup pour toi. Je croyais que ma cousine t'aurait déjà tué en duel... mais vous vous tenez la main ? Méfie-toi, Lussanville, on ne sait pas où elles ont traîné...

(Agathe lui retourne une gifle très violente qui le fait tomber)

Villetaneuse. Dieu du ciel, quel soufflet !

Dolsans. Très bien, fricatrice. Je voulais t'éviter le bûcher, mais tant pis. Je vais tout dire.

Fanchette. Je dirai partout que vous mentez !

Dolsans. Mais ma chère femme, vous direz ce que vous voudrez. Parole contre parole, on entend celle du mari.

Fanchette, *à Villetaneuse*. Madame, faites quelque chose, c'est votre fille !

Dolsans. Et que peut-elle faire ? La remettre au couvent ? Ils n'en voudront pas ! Elle en contaminerait jusqu'à la dernière religieuse !

Agathe. Certainement pas, je m'arrêterais aux novices, les mères supérieures sont beaucoup trop laides.

Dolsans. Ce sont les paroles d'une traînée.

(Lussanville met la main sur la garde de son épée mais Agathe dégaine la sienne avant qu'il n'en ait l'occasion)

Agathe. Le bûcher m'attend peut-être mais tu ne seras pas là pour le voir.

Fanchette. Non !

Dolsans. Allons... calme-toi, ma cousine. Tu ne vas pas verser le sang devant la petite Fanchette, n'est-ce pas ?

Villetaneuse. Dolsans, je t'en prie !

Dolsans. Puisqu'il n'y a que des femmes dans cette pièce, soit. Mettons-nous au diapason. Je ne dirai rien, pourvu que Fanchette m'épouse sur-le-champ et que sa partenaire de débauche avoue ses crimes devant moi.

Lussanville. Traître, tu sais qu'elle n'en fera rien !

Fanchette. Agathe, ne tombe pas dans son piège !

Dolsans. Avoue.

Agathe. Je dois donc confesser le crime d'amour ? Dans ce cas je vais... *(Dolsans sourit)*

Lussanville *(la main effleurant sa poche gauche, il a une idée)*. Un instant !

Dolsans. Qu'a t-il encore à dire, monsieur l'efféminé ?

Lussanville. Simplement annoncer une heureuse nouvelle à madame Villetaneuse. *(Villetaneuse semble interloquée)* Enfin, madame, ne devinez-vous pas ? Agathe va se marier !

Villetaneuse. Elle ? Se marier ? Mais avec qui ?

Lussanville. Eh bien, avec votre serviteur ! *(Il lui fait une révérence)* Je lui ai signé une promesse de mariage et...

Agathe, *à part.* Mais la promesse... Fanchette l'a... *(Fanchette pose la main sur sa bouche, effrayée)*

Lussanville. ... elle m'en a signé une. *(Il sort l'autre promesse qui était dans sa poche et la donne à Villetaneuse)*

Dolsans. C'est impossible !

(Il va regarder par dessus l'épaule de Villetaneuse. Fanchette est au comble de la joie ; Agathe va se jeter dans les bras de Lussanville)

Lussanville. Cela fait plus d'un an que nous sommes engagés. J'ai succombé, il est vrai, au charme de Fanchette ; mais sitôt que j'ai revu ma fiancée, j'ai imploré son pardon et... je crois qu'elle me l'a accordé.

Villetaneuse. Est-il possible, Agathe ?

Agathe. Oui, j'ai pardonné à Lussanville son inconstance. Se connaît-on assez quand on aime pour la première fois ? Grâce à Fanchette, il a dompté son cœur et il est revenu à moi. Je ne le quitterai plus jamais.

Villetaneuse. Agathe, c'est merveilleux !

Lussanville. Et je m'engage sur ma vie à ne pas vous oublier ! Tous mes invités, mes amis et ma famille viendront se fournir chez vous pour le grand jour, on n'y verra que perles et satin, mules et talons !

Villetaneuse. Oh ce sera le plus beau mariage de Normandie ! Comme elle va être belle, ma fille !

Dolsans. Ma parole, on laisse se marier les tribades à présent ! Quelle époque !

Fanchette. Vous avez toujours mot pour rire, monsieur Dolsans. Mais quoique vous en disiez, Lussanville est un homme de bonne constitution. Sa parole et sa main effaceront de toutes les lèvres les accusations qu'on veut faire à sa femme. Parole contre parole, on entend celle du mari.

Dolsans. Très bien, très bien... mais quant à vous, Fanchette, vous allez me suivre, avec vos jolis pieds, chez le notaire puisque vous avez signé, vous aussi, une promesse de mariage.

Fanchette. Vous ai-je signé une promesse ?

Dolsans. Quoi, coquine, vous le niez ?

Fanchette. Je ne m'en souviens plus. Montrez-la moi.

Dolsans. La voici ! *(Il brandit le papier qu'il sort de sa poche)*

Fanchette. C'est une promesse, cela ?

Dolsans. Comment ? Et qu'est-ce que c'est d'autre ?

Villetaneuse. Enfin Dolsans, lis et nous verrons bien !

Dolsans. Quel caprice ! Je vous préviens, vous n'en ferez pas dans mon ménage ! *(Il lit à haute voix)* Je promets solennellement d'épouser le sieur Dolsans sitôt qu'il sera possible.

Villetaneuse. Et c'est signé... ?

Dolsans. *(Agacé, regardant à nouveau)* Fanchette Florangis !

Villetaneuse. Ah malheureux !

Dolsans. Quoi, malheureux ?

Villetaneuse. Fanchette n'est pas son nom de baptême. Elle s'appelle Françoise. Françoise Florangis. Le document n'est pas valable.

Dolsans. Il n'est pas... Traîtresse.

Fanchette. Pardonnez-moi, monsieur Dolsans, c'était une maladresse.

Dolsans. La candeur des femmes est morte. Comme le courage des hommes. Je ne dirai plus un mot.

Villetaneuse. Oui, Dolsans, il faut sans doute mieux que tu te taises. Cette histoire me paraissait invraisemblable après tout. Si ma fille avait vraiment corrompu la douce et timide Fanchette, aurait-elle épousé ce jeune homme ensuite, dans la même journée ? Pour cela il aurait fallu qu'elle les aimât tous les deux avec autant de force, ce qui est absurde. N'est-ce pas ? *(Dolsans reste mutique)* Je pense que tu t'es abusé, voilà tout. Et je vois bien que Fanchette ne veut pas se marier encore. Je ne vois pas pourquoi on l'y forcerait. N'est-ce pas Fanchette que tu préfères rester ici avec moi ?

Agathe. Je suis vraiment navrée, maman, de devoir te contrarier dans tes projets, mais je pense que tu sais que Lussanville est riche, et qu'un jeune couple qui s'installe doit veiller à ses affaires. Des finances mal tenues sont le cauchemar d'un honnête ménage, c'est toi qui m'as appris cela.

Villetaneuse. Où veux-tu en venir ?

Agathe. Notre famille, bien que plus modeste, se doit de contribuer également à ce mariage. Je demande donc à Fanchette de bien vouloir accepter d'être notre femme de chambre.

Villetaneuse *(très surprise)*. Votre femme de chambre ?

Fanchette. J'accepte avec joie, Agathe ! Et... je serais ravie de prendre soin de ce ménage.

Agathe. Nous en prendrons soin... à trois. *(Elle pose la main sur son corsage où se trouve leur promesse)*

Lussanville. Et une femme de chambre est sans attaches, nous ferons ainsi en sorte que ton nom ne soit plus souillé par les jaloux.

Fanchette. Et pour les faire taire définitivement, je jure dès à présent que je ne me marierai jamais !

Villetaneuse. Jamais !

Fanchette. Jamais !

Villetaneuse. Ce si joli pied ne sera donc à personne... ?

Fanchette. Mais je ne vous oublierai pas madame. Je viendrai faire des commissions pour la boutique et je vous verrai... tous les jeudis !

(Noir final.)

7

Mademoiselle de Maupin

2019

Duologie du siècle des Lumières

à Marion Ettviller,
mon inspiratrice amoureuse d'aventure

Pièce jamais représentée

Mademoiselle de Maupin
PERSONNAGES

Personnage
EUGÉNIE, *servante de Julie*
JULIE D'AUBIGNY, *dite « Mademoiselle de Maupin », cantatrice*
SÉRANNE, *prêtre, ancien amant de Julie*
MARIANNE, *amante de Julie, enfermée au couvent*
AUBÉPINE, *bourgeoise*

ACTE 1
Chez Mademoiselle de Maupin

(Le décor : Un salon luxueux recouvert de tentures noires et d'objets pieux)

Scène 1
Eugénie

Eugénie, *arrivant très agitée.* Hélas ! Hélas ! Trois fois hélas ! Quel malheur a frappé cette maison ? Quelle revanche Dieu veut-il en prendre ? Je quitte à l'instant ma maîtresse, et encore aujourd'hui, elle a renouvelé son souhait de s'enfermer pour toujours au couvent ! Mademoiselle de Maupin au couvent ! La moitié des chroniqueurs de Paris finira sans travail ! Et moi aussi ! Je suis congédiée, fort civilement, et on me prie d'aller servir dans une maison sérieuse ! Cela se peut-il souffrir quand on a servi mademoiselle, la grande cantatrice ? Les autres servantes tiennent le ménage, se brûlent en cuisine, se piquent les doigts à la couture et cent autres sottises de la sorte ! Mais moi, moi, j'écrivais des billets doux pour mademoiselle, aux dames, s'il vous plaît et – Dieu me pardonne! – mariées avec cela ! J'assistais aux duels contre les maris outragés, je recevais les huissiers, j'entretenais ses armes *(elle sort une épée)* je faisais l'entraînement, comme ça ! Ah ! Ah ! *(Elle attaque avec l'épée)* Je me coupais les mains, je tombais, je pansais mademoiselle, et après je me pansais ! Voilà une vie comme on l'aime ! *(elle se fait mal et range l'épée)* J'apportais l'épée de mademoiselle sur un coussin doré, je prenais des visages graves, et le soir même je la suivais dans les réceptions, je tenais son grand manteau à brocart tandis qu'elle s'asseyait au milieu des hommes, vêtue comme eux, la poitrine bandée, en faisant de l'oeil aux bourgeoises ! Mademoiselle m'habillait comme une princesse ! J'avais de grands et lourds jupons brillants qui tombaient sur mes cuisses, des mouches aux joues et des plumes dans mes cheveux ! Des grandes et belles plumes, de toutes les couleurs ! Et tout cela, envolé, remplacé par d'affreux bonnets de laitière, par d'infâmes tâches de graisse, par des breloques pieuses ! Regardez-moi ça ! *(Elle prend une grande croix)* Elle ne dort plus sans elle ! Mais d'où lui vient cette lubie ? Il y a des jours que je me le demande ! *(Elle prend une inspiration)* Il y a trois semaines, une de ses amantes, Marianne, a été mise par ses parents au couvent... Il est vrai que c'était sa préférée ! Mais enfin, de là à vouloir faire de même ! N'y a t-il pas assez de femmes dans le monde pour se consoler ? Et puis, honnêtement, quand on y inclut aussi les femmes des autres, cela fait un beau surplus, n'est-ce pas ? *(désespérée)* Ah mademoiselle, mademoiselle ! Que deviendra mademoiselle ? Peut-elle vouloir être l'épouse du Christ quand elle aurait voulu être aussi celle de Marie ? Elle a voulu les hommes et les femmes, peut-elle vouloir les hommes et Dieu ? Ah ma pauvre maîtresse, il n'y a rien pour vous là-haut, votre royaume est ici-bas ! Et ici-bas je suis votre dévouée servante ! Que d'intrigues nous avons démêlées ensemble, que de plaisirs nous avons chassés ! Et vous voulez, à cause d'une seule femme... mais ôtez cette croix de votre cou et mettez-la quelque autre part ! Comme je vous aimais avec vos roses, vos parfums, ah mademoiselle !

Scène 2
Eugénie, Julie d'Aubigny

Julie, *paraissant en grande toilette de dame de cour.* Eugénie, comme tu es bruyante ce matin ! À qui donc parlais-tu de la sorte pour troubler ma sérénité nouvelle ?

Eugénie. Je faisais une prière à Dieu, mademoiselle.

Julie. Ah... voilà qui est bien ! Et que t'a t-il répondu ?

Eugénie. Rien. Comme d'habitude.

Julie. C'est que tu ne sais pas le prendre comme il faut.

Eugénie. Parce que vous savez parler aux vieux barbus en toge ? Je vous ai plutôt vue alpaguer des jupons !

Julie. Ah ne parle plus de cela ! Je suis lasse.

Eugénie. Mais votre vie, mademoiselle, toute votre vie ! Julie la libertine, Julie d'Aubigny, la Maupin, la délaçeuse, la délictueuse, la dévoreuse ! Où est-elle, ma maîtresse que j'aimais tant ?

Julie, *prenant un cierge et soufflant dessus.* Disparue ! Envolée, avec ses pensées impures. Adieu les cuisses des demoiselles, adieu le sang des maris, adieu les habits d'homme ! J'y renonce et je m'en vais au couvent pour retrouver la paix, le jeûne et la prière. Non, non, Eugénie, n'essaie pas de m'en dissuader. L'opéra me fatigue et les femmes m'ennuient, il n'y a pas plus de grâce dans leurs yeux que dans leurs seins, pas plus de lumière dans leurs cœurs que dans leurs têtes ! L'ennui me guette à chaque seconde qu'on m'offre la main, l'épaule ou la fesse. Je voudrais que la chair devienne neige et que sa froideur m'en ôte le désir pour jamais !

Eugénie. Peut-être que les femmes ont fini par vous lasser ! Prenez un amant, comme autrefois Séranne !

Julie. Les hommes m'agacent, me piquent, m'insupportent. Qu'on les ôte de ma vue, eux aussi !

Eugénie. Quel crime ont donc commis les femmes pour mériter votre dégoût ?

Julie. Quel crime ? Peux-tu me le demander ! Pardi, le crime d'être femmes ! N'entends pas, quand tu le dis, comme le mot femme et le mot faible se ressemblent étrangement ? Vois cette partie de l'humanité, la moitié de notre espèce, esclave en tous points de l'autre moitié, produisant, comme des vaches dociles, des enfants qui les domineront à leur tour sitôt devenus adultes ! Regarde-les, Eugénie, se contenter avec plaisir de leur sort, jacqueter entre elles de broutilles, se faire la guerre les unes aux autres pour attirer l'attention, se haïr dans le miroir en s'acharnant sur mille détails ridicules, comparer leurs tours de taille, de poitrine, de bras, d'épaules et de doigts quand elles ne voient pas leur chaîne d'or briller au bout de leur annulaire ! Observe-les, oppressées dans leurs corsets, dans leurs petits salons basse-cour se demander ce qu'il faut faire pour bébé ! Crois-tu qu'elles subissent leur douleur en serrant les dents, en songeant à la vengeance ? Non, Eugénie, elles l'aiment, leur douleur ! Elles s'y prélassent comme dans la fange les limaces ! L'idée de révolte ne leur vient pas seulement, elles sont les premières à dénoncer le moindre manquement aux règles de l'ordre et de la morale qui font d'elles des moins que rien ! Quant à la volupté, leur plus grande ambition est d'être des réceptacles ! Demandez-leur de séduire un homme, et vous les verrez qui l'attendent sur un chemin, l'air godiche, avec au fond des yeux l'espérance que leur proie fonde sur eux et demandent à être touchées de leur flèche ! Quel effort, font-elles, après tout, pour gravir les montagnes et explorer des mondes ? Combien de nos savants ont-ils risqué jusqu'à leur vie pour faire valoir leurs découvertes ? Combien de nos esprits lettrés ont-ils défié le roi en publiant en Hollande des pamphlets contre la cour ? Et parmi notre moitié de l'espèce, ce tout petit nombre de génies, d'autrices, de peintresses, de savantes et de philosophesses, où le trouve t-on ? Dans des cabinets obscurs, à travailler pour d'autres ! Le rang n'y change rien, la pauvresse est stupide, la noble est superficielle et la bourgeoise est vaine ! Sans grand effort, s'elles s'effondrent dans mes bras, sans jamais avoir connu l'odeur d'une femme ! On les a élevé à faire ce que d'autres voulaient ! Veux-je qu'elles oublient que je suis femme ? Elles l'oublient ! Qu'est-ce qu'une femme, Eugénie ? Celle qui coupe le pain en deux et donne les deux bouts ! Et tu voudrais que moi, je les pardonne ? Non, elles ont mérité leur sort, c'est là tout ce que je puis dire ; et mon dessein est de m'enfermer avec les plus malheureuses d'entre elles, les religieuses, et de les mépriser, avec toute la hauteur dont mon esprit est capable.

Eugénie. Diable, mademoiselle, mais quel est donc ce langage ? Je suis outrée de ce que vous venez de dire, et de tout mon corps de femme, je voudrais vous gifler !

Julie. Tu ne laisserais pas même une marque.

Eugénie. C'est là tout le bien que vous pensez de notre sexe ? Tout le bien que vous pensez de moi ? Moi qui vous ai si bien servie, qui ai donné ma vie pour vous ?

Julie. Tu as été une bonne femme, sois-en sûre.

Eugénie. Mademoiselle, c'en est trop ! Je pars, puisque vous l'exigez, mener la vie de vache dont vous parlez si bien et que je croyais avoir si longtemps évitée avec vous ! Abandonnez-moi, si vous voulez, aux mains doucereuses de mon futur maître et aux acariâtres reproches de ma future maîtresse ! Je penserai bien à vous pendant mes séances de couture ! *(Elle prend la croix)* Et mettez bien ça... où vous voulez ! *(Elle lui jette la croix et sort)*

Scène 3
Julie d'Aubigny

Julie, allant ramasser la croix.

Julie. Ma candide Eugénie, ma fidèle, tu as toujours un coup de retard. Comme je te plains, toi qui me portes chaque jour une nouvelle croix de notre paroisse. *(Elle dévisse la croix et en sort un billet roulé)* Ah l'écriture de Marianne ! Fine et serrée, parfaite pour les voyages clandestins ! Comme tes parents ont eu tort de t'envoyer chez les Filles de la Croix ! La coutume veut que chaque jour elles envoient une de ces croix dans leur paroisse de naissance afin de soulager les égarés... et moi, ne suis-je pas une merveilleuse égarée ? Que me dit-elle, ma délicieuse Marianne ? *(Elle parcourt le billet)* Elle ne rêve que de moi, et n'a hâte que de me revoir ! « Je t'aime, ma Julie, je suis tout à toi » Et moi donc ! Tu ne serais pas au couvent si je ne t'avais pas séduite... il est donc de mon devoir de te rejoindre afin d'accomplir les volontés du Seigneur, qui veut que, contrairement à lui, nous ne soyons pas impénétrables ! *(Elle se tape la main)* Ah Julie, il suffit ! Je me choque moi-même, heureusement qu'aucune oreille indiscrète ne m'épie ! Je déteste rougir en public, sauf du sang d'un ennemi. *(Elle regarde par la fenêtre)* Voici Eugénie qui se plaint à toute la ville qu'on la congédie, c'est parfait. Le bruit court que je suis devenu dévote, et ce dernier trait me délivrera des outrecuidants qui ne croyaient pas à ma conversion. Elle est ma dame de confiance, on me pensera incapable de lui cacher quelque chose. Maintenant, songeons à rejoindre Marianne. J'attends la visite d'un homme qui se trouve être le vicaire de ce couvent, et qu'un de mes amis a convaincu d'examiner ma candidature au noviciat. Ah, qu'il est long à venir ! Les billets de Marianne sont si petits que je les lis dix fois avant qu'il ne passe deux minutes ! *(On entend frapper)* Serait-ce lui ? Eugénie ! Ah, il est vrai que je l'ai congédiée ! Je m'en vais lui ouvrir moi-même, comme à mon Seigneur, pourvu qu'il m'ouvre sa porte, à lui !

Scène 4
Julie d'Aubigny, Séranne

(Entre un homme en habit de religieux, il s'arrête net en voyant Julie et ne la quitte pas des yeux.)

Julie. Mon père, je vous attendais avec impatience, il me tardait de vous présenter mes résolutions et... Diable, que vois-je ? Seriez-vous... ?

Séranne. Oui, Julie. Je suis Séranne, retiré à Avignon depuis que tu m'as laissé sur la route, en prenant ma meilleure épée.

Julie, *à part.* Rencontre fâcheuse !

Séranne. On m'a parlé d'une cantatrice qui souhaitait entrer au couvent, j'ai pensé trouver une dame sur sa fin, inquiète pour le salut de son âme ou trahie par quelque amant, brisée, effondrée, venant à moi pour trouver le repos. Et Dieu m'offre aujourd'hui l'abord d'une traîtresse. Quel nom, Julie, te va mieux que celui-là ?

Julie. Nos démonstrations d'escrime ne me suffisaient plus pour vivre !

Séranne. Il y a des années que tu t'en contentais. Je me souviens encore, c'était il y a dix ans, tu es venue chez moi en pleine nuit, me dire de rassembler mes affaires, d'abandonner ma maison, de te suivre loin du Comte d'Armagnac !

Julie. Tu avais tué un homme en duel et le comte abusait de moi ! Si je n'étais pas venue te dire que je t'aimais, tu aurais fui, et tu m'aurais laissée seule entre ses mains !

Séranne. Mais alors, qu'étions-nous l'un pour l'autre ? Je t'enseignais voilà tout. Je t'apprenais à te battre.

Julie. Mon père y avait déjà pourvu, dès mes cinq ans ! Voici pourquoi, aujourd'hui, je suis meilleure que toi. Vas-tu encore m'accabler de reproches ? Cette étape de ma vie était terminée. Je chante assez bien, tu le sais, et je voulais rentrer à Paris. J'ai trouvé l'homme qui pouvait m'y emmener. Qu'aurais-tu fait en ma place ?

Séranne. J'aurais protégé la femme que j'aime, en restant à ses côtés.

Julie. Parce que vous, les hommes, vous avez besoin d'être protégés ? Tu es d'un ridicule...

Séranne. Je préfère qu'on rie de moi parce que j'ai aimé plutôt qu'on pleure sur mon sort parce que j'ai trahi.

Julie. Je n'ai pas besoin qu'on pleure sur mon sort. Je hais les gens qui pleurent sur mon sort, qu'ils pleurent sur leurs propres tragédies, ils ont bien assez à faire.

Séranne. Tu me hais, donc ?

Julie. *(Changeant soudain de ton)* Non... non, et puis, tu peux faire beaucoup pour moi aujourd'hui.

Séranne. Et qu'y a t-il pour ton service ?

Julie. Tu le sais ! Je voudrais me faire religieuse.

Séranne. Tu mens.

Julie. Pas du tout, c'est la stricte vérité.

Séranne. Dieu t'aurait-il touchée ?

Julie. En... quelque sorte.

Séranne. Dans ton esprit, Dieu a t-il les yeux clairs, une peau de lait et une longue chevelure blonde ?

Julie. Quoi...tu sais ?

Séranne. Je lis les chroniques.

Julie. Et tu fais bien ! J'ai un contrat avec eux, un scandale par semaine ! Je m'y tiens. J'en cherchais justement un pour cette semaine ! Que penses-tu de : monsieur de La Reynie a enfin arrêté le brigand Séranne ?

Séranne. Intéressant, quoiqu'un peu daté, mais j'ai un autre titre, plus passionnant : Mademoiselle de Maupin a demandé à entrer au couvent de la Visitation pour y faire de certaines visites !

Julie. Trop long pour une première page. Tu ne seras jamais chroniqueur.

Séranne. Et toi tu ne seras jamais religieuse, j'y veillerai.

Julie. Tu l'es bien devenu, toi !

Séranne. C'est toi qui m'y a jeté.

Julie. Si j'ai triomphé de ta volupté si facilement, c'est qu'elle ne devait pas être bien vigoureuse.

Séranne. Ta vue, Julie, ne l'aidera certainement pas à se relever.

Julie *(dégainant son épée, toujours en robe).* Tu as touché un point sensible, monsieur le curé. Tu m'en rendras raison.

Séranne. Allons... après tous ces efforts pour qu'on te croie convertie ? Recommande-toi plutôt à Dieu pour quand tu feras face, tout comme moi, à tous ceux que tu as tué.

(Il se retourne et part, Julie, furieuse frappe fort du pied au sol. Noir)

ACTE 2
Une cellule au couvent de la Visitation

(Le décor : Une couche simple, une petite table avec une bougie et un prie-dieu)

Scène 1
Marianne

Marianne, *tenant un billet dans les mains, pleine d'énergie.* Ah... ! Julie... ! Julie, Julie... ma toute chère, ma toute douce ! Comme tout cela est bien écrit ! Oh merci, murs épais de ma cellule ! Je peux crier tout mon soûl sans qu'aucune âme ne m'entende ! *(elle regarde le billet)* « Je suis lasse d'attendre, et mon supplice est muet, Veux-tu encor, cruelle, souffler sur mon brasier ? Te trouver dans ta chambre, ôter ton chemisier, Baiser tes douces lèvres est mon unique souhait ; Cette maison trop close contrarie mes désirs, Nuit tant à mon repos et nourrit mes soupirs ! » Elle a écrit les premiers mots de chaque ligne à l'encre bleue ! Et si je ne lis que ceux-là... Hmm... « Je... Veux... Te... Baiser... Cette... Nuit... ! » Oh, cela est adorable ! *(elle remet le billet dans la croix)* Mais la nuit est bien commencée désormais, et je ne pense pas qu'elle va arriver comme ça, sans raison, au milieu de ce cloître ! Elle veut mettre quelque chose dans mes rêves... une chose à laquelle il ne faut pas penser ! *(Elle va sur le prie-Dieu, un temps)* Ah, étaient-ils agaçants, mes parents, à ce sujet ! Tu le savais déjà, puisque tu sais tout ! Mais eux ne le savaient pas, je n'allais pas les laisser sans savoir ! Depuis que je suis petite, je leur ai toujours tout dit, ce n'est pas maintenant que ça allait changer ! Tu as vu que j'ai vite déchanté ! Ils m'ont enfermée ici, je les déteste ! Alors pardonne-moi, s'il te plaît, car j'ai péché. Je voulais juste des enfants avec Julie. Bon, j'admets que je ne savais pas qu'elle ne pouvait pas en faire. Enfin pas avec moi. Mais nous trouverons bien à nous occuper ! Alors, je te prie, s'il te plaît, de faire qu'elle revienne, qu'elle m'emmène loin d'ici, et que nous vivions heureuses ! » Moi, au moins, je suis sincère dans mes prières à Dieu, je ne lui dis pas que je veux redevenir comme avant, comme toutes ces hypocrites le font sûrement la nuit. *(On frappe à la porte)* On frappe à cette heure ? Qui peut-ce être ? Aurait-on écouté à ma porte ? Pauvre Marianne ! Que leur diras-tu ? *(Elle va ouvrir)*

Scène 2
Marianne, Séranne

(Séranne entre gravement. Marianne reste debout près de la porte, ne sachant que dire)

Séranne. Puis-je entrer ou n'avez-vous pas le loisir... ?

Marianne. Vous pouvez entrer, vicaire, je vous en prie !

(Séranne entre et va jusqu'au centre de la pièce, pensif. Il voit le lit.)

Séranne, *montrant le lit.* Puis-je ?

Marianne. Vous pouvez. *(Séranne s'assoit sur le lit)* Je ne vous attendais pas à une heure aussi tardive.

Séranne. Ordinairement, je ne fais jamais cela.

Marianne. Quel sujet vous amène... ? Je n'ai commis aucune faute, n'est-ce pas ?

Séranne. Non aucune. Par contre, vous êtes sur le point de commettre une terrible erreur.

Marianne. Une erreur, mon père ?

Séranne. Une erreur que j'ai déjà commise et dont je voudrais garder d'autres. Peut-être devrait-on laisser chacun faire ses erreurs, mais je me reconnais en vous et je ne puis me résoudre à vous voir courir à votre perte.

Marianne. Je vous assure mon père que je suis à l'abri de toutes choses ici... !

Séranne. Donnez-moi votre croix.

Marianne, *pâlissant.* La croix, mon père !

Séranne. Oui, cette croix-là.

Marianne. Je vous en prie, non, je m'en servais à l'instant pour prier.

Séranne. Et c'est aussi ce que je veux faire pour vous. *(Marianne ne sait que faire puis lui donne finalement. Séranne la tient d'abord fermement, puis donne deux petits coups de doigt sur la branche la plus longue et commence finalement à dévisser)*

Marianne. Ciel, que faites-vous ?

Séranne. Elle n'a vraiment pas changé. Ingénieux système, nous l'avions inventé ensemble pour nous parler chez le Comte.

Marianne, *très émue.* Pardon, mon père ! Je vous en prie, ne me punissez pas !

Séranne. Moi, vous punir ? À quoi bon ? Quelle punition empêche qu'on s'approche de cette femme-là ?

Marianne. Voulez-vous bien me rendre le billet ?

(Un temps, Séranne lui donne la croix avec le billet, Marianne le serre contre son cœur en pleurant.)

Séranne. Marianne, si quelqu'un vous punira, c'est bien elle. Vous n'avez pas idée du nombre de personnes qui se sont laissées abuser, tromper, trahir dans les griffes de cette femme-là. Damoiseaux, demoiselles, gentilshommes, bourgeoises, maris... elle prend chez eux ce dont elle a besoin et elle les jette comme des chopines vides. Elle monte sur leurs dos pour leur sucer le sang et sitôt épuisés, elle les laisse sur la route, vivants quand ils sont faibles, morts quand ils lui résistent. Elle promet la vie, le bonheur, elle laisse entrevoir des années de voyages, de plaisirs, d'aventures... mais vous n'êtes qu'une étape avant qu'elle trouve un meilleur cheval. Et une fois qu'elle vous a abandonné, croyez-vous pouvoir consommer votre chagrin en paix ? Non, les chroniqueurs s'en emparent, en font un sujet de raillerie, votre nom est cité dans tous les dîners, et votre famille, quand il vous en reste, vous tourne le dos de dépit. Homme, femme, qu'importe. Elle peut prendre tous les visages, se faire aimer de tout le monde. Aimer cette femme, c'est être en sursis. Si chaque semaine, vous ne lui présentez pas une nouvelle page fascinante à ajouter au grand roman de sa vie, vous finirez au feu, comme un brouillon, comme un vieux buvard gorgé d'encre. Vous et moi, Marianne, ne sommes pas des êtres romanesques. Nous sommes des êtres simples. Notre vie est fragile comme le verre, transparente comme lui, et elle ne tolère pas l'opacité des masques. Fuyez, Marianne, fuyez cette femme, avant qu'elle ne se lasse de vous et consume, avec votre chagrin, le faible souvenir que vous lui aurez laissé.

Marianne. Non, mon père, non... vous dites cela sur l'ordre de mes parents ! Vous voulez m'éloigner du péché, mais l'amour n'est pas un péché !

Séranne. J'ai aimé cette femme. Continuez à l'aimer et vous finirez comme moi. *(Il se lève)*

Marianne. *(lui prenant la main, très inquiète)* Vous allez intercepter mes billets, n'est-ce pas ? Vous allez nous empêcher de nous parler !

Séranne. Je connais votre correspondance depuis des jours.

Marianne. Vous avez lu tous mes billets ! Oh Seigneur !

Séranne. Je n'en ai pas lu un seul, ses écrits me font horreur et je respecte votre intimité comme j'aurais voulu qu'elle respecte la mienne. Reposez-vous maintenant et faites bon usage de mes conseils. *(Il sort)*

Scène 3
Marianne

Marianne. Quel sombre avertissement ! Julie a donc aimé des hommes ! Je devrai me méfier et des hommes et des femmes ! Ô mon cœur, deux fois plus d'angoisse ! Et que suis-je ici pour elle, dans cette prison ? Qu'est-ce qui l'empêche de m'écrire allongée nue entre deux corps ? Rien ! J'ai été bien sotte ! Et ce billet où elle dit qu'elle veut venir cette nuit ! Des promesses, oui ! Et les promesses n'engagent que celles qui les écoutent, elle ne va pas ouvrir la porte, comme ça et se jeter sur m...

Scène 4
Marianne, Julie

(Julie, vêtue d'un habit d'homme et d'une cape, entre et court faire un long baiser à Marianne. Elle ouvre grand les yeux sitôt ce baiser achevé)

Marianne. C'est Dieu qui m'a exaucée !

Julie. Non, ma sainte petite Marianne. C'est moi.

Marianne. Je savais qu'Il avait ton visage ! Mais comment es-tu entrée ? Les murs du couvent sont immenses !

Julie. Il n'a fallu qu'un peu d'adresse et un complice pour escalader. Mon homme doit avoir commencé à faire diversion pour que nous puissions nous échapper !

Marianne. Mais mon vicaire connaissait notre correspondance ! Si je ne suis plus là à son retour, il avertira mes parents et alors...

Julie. C'est un contretemps fâcheux mais je ne suis jamais à court d'intrigues ! *(Elle la soulève pour l'embrasser encore)*

Marianne. Oh comme tu es fougueux !

Julie. Fougueuse, ma douce !

Marianne. Pardon, je n'arrive pas à m'y faire !

Julie. Nos nuits auraient dû te le rappeler ! Mais qu'importe, songeons à sortir d'ici !

Marianne. Nous ne pouvons pas, une religieuse ne sort du couvent qu'à moins d'être morte !

Julie. Mais bien sûr !

Marianne. Quoi... ?

Julie. Cela prendra peut-être du temps, y a t-il eu un décès récemment ici ?

Marianne. Soeur Elisabeth ce matin mais...

Julie. Et où se trouve t-elle à présent ?

Marianne. Avec le Seigneur...

Julie. Certes oui ! Mais son corps... ?

Marianne. Dans la cellule voisine de la mienne.

Julie. Parfait, qu'elle y reste !

Marianne. À quoi songes-tu ?

Julie. Donne-moi tes vêtements !

Marianne. Tu veux qu'on me sorte du couvent à sa place ? Je ne veux pas être mise dans un cercueil vivante, c'est hors de question !

Julie. Il ne s'agit pas de cela, déshabille-toi je t'en prie.

Marianne. Mais... *(Elle se déshabille)* Il fait froid !

Julie. Qu'importe, fais vite, les autres vont revenir !

Marianne. Oui, oui ! *(Elle achève de retirer ses vêtements jusqu'à être en chemise)* Et maintenant ? *(Elle donne ses vêtements à Julie)*

Julie. Nous allons mettre tes vêtements dans la cellule à côté de la tienne et mettre le feu !

Marianne. Le feu ! Seigneur !

Julie. Au moins tu n'auras plus froid !

Marianne. Je ne vais tout de même pas paraître en chemise pendant notre fuite ! Et ton homme dehors ?

Julie. Mets ceci ! *(Elle lui donne sa grande cape)* Maintenant viens avec moi !

Marianne. Si tout ceci échoue, espérons qu'ils ne me donneront pas de coups de fouet ! *(Elles sortent)*

(Le feu prend, en entend le bois brûler)

Scène 5
Séranne

Séranne *(au début à l'extérieur, à la cantonade)* Apportez plus d'eau ! Videz nos réserves s'il le faut, il ne faut pas que le feu s'étende ! Tout

le monde dans le jardin du cloître ! Dépêchez-vous ! Tout le monde est-il bien là ? Il nous manque une sœur ! Se serait-elle évanouie ? Marianne, Marianne !
(Il entre sur scène)
Vide ! Sa cellule vide, et l'incendie qui ravage sa voisine, se serait-elle donné la mort ? Ô Seigneur, si cela est, donne-moi la force de vivre après cela ! La pauvre petite ! Pouvais-je ne pas la prévenir ? Qu'aurais-tu fait, Seigneur, qu'aurais-tu fait ?

(Le noir se fait, on entend l'incendie qui ravage les deux cellules et les cris des religieuses)

ACTE 3
Chez mademoiselle de Maupin

(Le décor : un salon luxueux avec canapés et tentures)

Scène 1
Julie

(Julie est affalée dans un canapé, elle porte un somptueux déshabillé d'intérieur. Grand bâillement.)
Julie. Ah... ! Hélas... quel ennui ! Je n'y puis plus tenir ! Voilà deux mois que nous occupons, Marianne et moi, cette maison retirée où n'y a rien à faire...! L'opéra ne cesse de m'écrire pour que je revienne chanter ! *(Elle chante un petit air)* Il n'y a plus de plaisir quand on est son seul public ! Car la musique ne l'intéresse guère, ou si peu, elle la berce, tout au plus, et quand je lui demande ce qu'elle pense de tel ou tel livret, elle me dit simplement qu'elle le trouve bien ! *(On frappe à la porte)* Oh oui, quelqu'un ! Sauvez-moi, emmenez-moi sur un cheval, où que ce soit ! Qui peut-ce être ? Ah, sans doute la blanchisseuse à qui on a laissé mes vêtements d'homme. Allons, faisons semblant d'accueillir les commissions d'un mari... *(Elle ouvre)* Oui... ?

Scène 2
Julie, Eugénie

Eugénie, *froide.* Mademoiselle. *(Elle entre avec les vêtements d'homme de Julie)*

Julie. Par tous les dieux, Eugénie ! Comme je suis heureuse de te voir ! Tu travailles donc chez la blanchisseuse ?

Eugénie. Puisque mademoiselle l'a voulu ainsi.

Julie. Oh, cela n'est pas fait pour toi !

Eugénie. Faites attention mademoiselle, j'ai le soufflet vif. *(Elle lui jette ses vêtements)* J'ai refusé cette commission, sachant pertinemment que c'était votre nom d'emprunt, et on m'a forcée à venir, parce qu'il n'y avait personne ! Sans cela je me serais bien épargnée de vous revoir ! Je suis votre servante ! Ou plutôt je l'étais ! *(Elle tourne le dos pour sortir)*

Julie. Voudrais-tu revenir à mon service ? *(Eugénie s'arrête)*

Eugénie. Je n'ai pas le cœur à la plaisanterie, mademoiselle.

Julie. Moi non plus, tu peux m'en croire.

Eugénie. *(se retournant)* Parlez-vous tout de bon ?

Julie. Tout de bon. J'ai besoin de toi.

Eugénie. Mais... enfin, je suppose que d'après ce vous pensez des femmes, il serait plutôt de mon devoir d'aller vous quérir un valet.

Julie. Point du tout, tu feras parfaitement l'affaire, tu as l'étoffe du rôle.

Eugénie, *allant se camper devant Julie, fière.* Je me compare ma taille et ma poitrine à celle des autres femmes !

Julie. Soit.

Eugénie. Je me déteste dans le miroir, et je déteste les autres d'être mieux que moi.

Julie. Cela me va.

Eugénie. Quand je veux séduire un homme, je l'attends d'un air godiche.

Julie. Si cela marche !

Eugénie. Et quand je coupe le pain en deux, je suis prête à donner les deux bouts !

Julie. C'est faux.

Eugénie. D'accord, je l'avoue, j'aime trop manger ! Mais vous avez compris l'idée.

Julie. J'ai compris l'idée et je te veux à mon service. Eugénie, je n'ai dit tout cela que pour tu serves mon projet d'aller au couvent pour retrouver Marianne !

Eugénie. Et vous avez...enfin vous m'avez...et après vous... Ah Mademoiselle ! Comme je vous reconnais ! *(Elle frappe dans ses mains)* Vous ne pensiez donc rien de vous avez dit ?

Julie. Rien, ce serait beaucoup dire... mais enfin, je me garderai bien de faire tomber mon foudre sur toutes les femmes, mais plutôt sur certaines, seulement...

Eugénie. À qui donc pensez-vous ?

Julie. À Marianne !

Eugénie. Ciel ! La femme que vous avez tant chérie !

Julie. Elle-même !

Eugénie. Mais pourquoi ? Vous sembliez si éprise !

Julie. Je ne vivais pas avec elle !

Eugénie. Est-elle si différente ?

Julie. Eugénie, ma chère... tu n'imagines pas à quel point ! Je voyais Marianne en passant par des fenêtres, la nuit, toujours inquiète qu'on nous découvre, je lui parlais pour lui dire mon amour, et elle me répondait avec le sien ! Nous nous embrassions, nous faisions l'amour, et aussitôt après nous nous cachions, avides de recommencer quand la fortune nous le permettrait ! Nous n'avions pas le temps de nous parler !

Eugénie. Je crains la suite.

Julie. Je ne sais que lui dire ! Elle s'occupe à de la broderie, et il n'y a rien à dire sur la broderie, si ce n'est : oh, l'ouvrage avance bien ! Jolie idée que tu as eu, ce motif ! Et après ? Car elle y passe des heures !

Eugénie. Parlez de livres, je ne sais pas !

Julie. Mais elle ne lit pas ! Ou presque. Des livres de cuisine, et des romans... je ne saurais les décrire. Ils sont tous faits sur le même modèle, ils se copient les uns les autres en changeant les noms, et à la fin l'héroïne épouse le noble et puis ils font des enfants...

Eugénie. Diable, elle veut des enfants !

Julie. Plein ! Et comme elle sait que je ne peux lui en faire...

Eugénie. C'est heureux !

Julie. Elle veut des chats, des chiens et des tortues !

Eugénie. Des tortues ?

Julie. Des tortues ! Je n'en puis plus !

Eugénie. Vous pourriez lui parler de vos aventures, de la cour, du pays...

Julie. Je le fais ! Elle m'écoute. Elle adore m'écouter, mais elle ne dit rien ! Elle n'aime ni les sciences, ni l'histoire, ni la politique, à peine la poésie, pas vraiment le théâtre, quant à l'escrime... lorsque nous avons essayé, elle s'est cassé un ongle et a dit qu'il valait mieux qu'elle arrête.

Eugénie. Vous ne pouvez pas rester avec cette femme-là !

Julie. Mais non ! C'est bien le problème ! Elle va descendre m'apporter du vin d'ici peu, et je dois lui dire...

Eugénie. Comme je vous plains !

Julie. Eugénie, fais quelque chose pour moi. Tu es à mon service ?

Eugénie. Bien sûr mademoiselle, votre fidèle servante ! Tant pis pour la blanchisseuse.

Julie. C'est heureux ! Écoute, j'ai prévu pour m'échapper de poursuivre les faveurs d'une jolie dame, assez belle, aux yeux bleus. Elle s'appelle Aubépine. Son mari est un rustre et je me charge de lui s'il résiste. Je veux que tu lui apportes ce billet, discrètement.

Eugénie. Et Marianne ?

Julie. Ses parents seront ravis de la revoir. Et ils peuvent toujours la marier. *(Eugénie semble ne pas comprendre)* À leurs yeux, elle est toujours vierge !

Eugénie, *riant.* Ah, ah ! Je n'y avais pas pensé ! Merveilleuse idée, mademoiselle !

Julie. Cours, je me charge du reste.

Eugénie, *près de la porte.* Mademoiselle ! *(Julie se retourne vers elle)* Je ne vous quitte plus ! *(Elle sort)*

Scène 3
Julie

Julie, *se changeant pendant cette scène.* Eugénie m'avait manquée ! Tant manquée d'ailleurs que j'ai payé la blanchisseuse pour qu'elle me l'envoie ! Elle n'aura pas de mal à lui donner son congé ! Je me sens si agitée... ! Les affaires reprennent ! Julie, il s'agit seulement de la renvoyer chez sa mère et tu seras libre ! *(Elle regarde la pendule)* Il est tard ! Dépêchons. Car je n'ai pas tout dit à Eugénie... Séranne doit venir. Il m'a écrit hier pour me dire qu'il acceptait mon duel. Son âme est tourmentée, il est persuadé d'avoir causé le suicide de Marianne en la mettant en garde à mon sujet. J'ai eu droit à sa confession complète ; en écrit comme en amour, il traîne parfois en une longueur insupportable. Mais sa sensibilité me plaît et j'ai bien envie de le reprendre. À chaque fois que je vois sa soutane, vissée sur son corps, je ne peux m'empêcher de vouloir l'enlever. Son attachement m'émeut et je me sens comme la déesse qui, miséricordieuse, se penche sur son malheur et, de son doigt secourable, efface les traits contrariés de son visage. Voudra t-il toujours se battre quand il saura la vérité ? Et si je lui cachais ? Je me bats, je gagne, je l'épargne, et je le reprends. Imagine t-on plus belle victoire ? Il ne me restera plus qu'à tout lui dire une fois qu'il m'aura fait allégeance. Dame, il a fait vœu de chasteté... la rupture du jeûne sera plus que passionnante. *(Elle regarde vers les coulisses)* Je m'égare. Trouvons une contenance. Assise, cela sera mieux, je paraîtrai plus déterminée. *(Elle s'assoit)* Ce n'est pas beau ce que je fais, mais enfin, dans un bon livre, il faut savoir clore des chapitres.

Scène 4
Julie, Marianne

(Marianne arrive avec un verre de vin qu'elle pose sur la table tandis que Julie affecte un regard sévère et pensif)

Marianne. J'ai mis longtemps à trouver celui que tu voulais ! Mais me voilà, je vais pouvoir finir mon pourpoint ! *(elle montre fièrement ses aiguilles)* Oh, la blanchisseuse est passée ! Lui as-tu donné mon linge aussi ?

Julie. La pauvre fille quitte la blanchisserie, sa condition lui déplaisait.

Marianne. Quelle drôle d'idée ! De quoi vivra t-elle ?

Julie. Je ne sais.

Marianne. Il faut être bien sotte. On ne vit pas d'amour et d'eau fraîche sur les chemins.

Julie. Qui ferait cela ?

Marianne. Sais-tu que j'ai déjà adopté le petit chat gris ? Il revient tous les jours. Il faudra lui donner à manger.

Julie. Et comment ferons-nous lorsque nous ne serons pas là ?

Marianne. Pourquoi veux-tu que nous ne soyons pas là ? Et puis il y a la voisine Simonette !

Julie. Une femme passionnante.

Marianne. C'est une femme simple, et qui nous rendra bien service !

Julie. Il me tarde de la voir plus souvent !

Marianne. Pourquoi es-tu si bougonne ? Bois un peu de vin, tu seras mieux.

Julie. Il faut que je sois sobre. J'ai à te parler.

Marianne. Dis moi tout, je suis ton épouse.

Julie. Sommes-nous mariées ?

Marianne. C'est tout comme. Regarde, nous avons un ménage, une cuisine, un fort joli jardin, de l'argent de côté et notre premier chat !

Julie. Parfait, il ne manque plus qu'un bébé pour que le tableau soit complet !

Marianne. Oh, Julie, tu lis dans mes pensées ! J'y ai songé longtemps et je me suis dit : je suis ta promise, ton épouse, ton bien le plus sacré, personne d'autre que toi ne me touchera. Mais toi, si tu le veux, tu pourrais tomber enceinte ! Les maris sont bien moins regardants sur leur fidélité que les épouses, et nombre d'entre elles ferment les yeux ! Je puis être de leur nombre ! Je me banderai les yeux tandis que tu concevras notre petit trésor ! Tu as eu tant d'amants que tu trouveras le bon, j'en suis persuadée ! N'avais-tu pas un ami marin ? Il sera toujours absent !

Julie. Marianne, pour l'amour de Dieu, tais-toi.

Marianne. Mais qu'as-tu ?

Julie. Il y a que tu ne me connais guère, ne m'as jamais connue et ne me connaîtras jamais. Tu crois que je suis un homme, un homme simple, comme celui qui aurait dû t'épouser. Je ne suis pas un homme, je ne suis pas simple. Je suis une femme, écorchée, divisée, pleine de sève, de salive et de sang ! J'ai voulu ta bouche, tes hanches et tes cheveux, mais aveugle que j'étais, j'ai oublié de regarder ton esprit. Flattée par ta passion, contrainte par l'adversité, j'ai mal jugé qui tu étais. Le verbe, sur moi, l'emporte plus que tout autre chose, et je baise l'esprit avant que de baiser le corps. Qu'aimes-tu ? Qu'as-tu à dire ? Tu as souillé la morale dans mes bras, tu t'es livrée à des plaisirs interdits, pourquoi ? Pour mener la même vie que ta mère ! Que de temps perdu et d'honneur gâché pour me vouloir faire engrosser par un fat puis élever ma descendance ! Je ne veux pas de tes chats, de tes chiens, ni de tes tortues ! Je ne veux pas de tes marmots imbéciles, excuse universelle de notre dépendance et notre soumission envers les hommes. Tu as eu l'occasion avec moi de ne pas faire partie des sacrifiées, des dociles, mais tout ta personne crie son besoin d'en être ! Comme je hais mon jugement de n'avoir pas su se réveiller à temps, et de t'avoir laissée dans ta famille ! Leur éducation avait fait son œuvre mortuaire bien avant que je ne puisse agir en aucune façon ; et j'ai été assez sotte pour croire que mon exemple servirait à te faire prendre une autre voie, que l'amour que tu me portes m'assurerait ta fidélité !

Marianne. Je t'ai été fidèle !

Julie. En corps, oui ! Mais pas en esprit où tu cultives ce personnage de ménagère ridicule, pressée de faire avec une femme les mêmes absurdités qu'avec un homme ! T'es-tu demandée un seul instant quelle était notre place dans l'univers ? Pourquoi nous étions là, sur cette Terre, à nous reproduire sans fin, en se faisant sur les arbres, sur les plantes, les animaux et nous-mêmes un chimérique empire ? Pourquoi nous avons vu Dieu dans le Ciel et pourquoi Dieu nous déteste, nous les femmes ? T'es-tu demandé pourquoi nous étions si faibles, si misérables face aux hommes et pourquoi eux étaient si faibles et si misérables devant leur propre fin ? Non, tout ce que tu veux, c'est d'avoir une tortue pour te tenir compagnie, parce que personne n'en a et que ça fait un chien de plus. Et tu te moques de savoir d'où elle vient ou de connaître les propriétés de ses écailles !

Marianne. On l'utilise pour des bijoux... je crois ?

Julie. Rentre chez toi et trouve-toi un mari. Ma vie n'est pas dans cette maison.

Marianne. Alors c'est bien vrai, tu me chasses ? Mon vicaire avait raison.

Julie. C'est moi qui aurait raison de lui.

(On frappe)

Marianne. Ai-je encore le droit d'ouvrir ? *(Julie fait un geste de dépit)* Très bien. *(Elle va ouvrir)*

Scène 5
Julie, Marianne, Séranne

(Séranne entre vivement, il n'est plus en religieux et porte désormais un habit de belle facture et une épée au côté.)

Marianne. Mon vicaire ! Vous tombez bien, nous parlions de vous !

Séranne, *pâle.* Mademoiselle ! Vous êtes là... ! Mais les flammes... !

Marianne. Un tour de cette diablesse, contre laquelle vous m'avez mise en garde et qui a eu le front de me renvoyer chez ma mère à l'instant ! J'ai été bien punie d'aimer ! Qu'on me fasse épouser qui l'on voudra ! Et pas une femme, elles sont affreusement pénibles ! Julie, tu feras expédier mes valises, tu connais l'adresse ! *(Elle sort en trombe)*

Scène 6
Julie, Marianne, Séranne

Séranne. *(choqué)* Elle est en vie !

Julie. Quel soulagement pour toi ! Dieu t'accueillera dans son paradis. Ou bien non, ton passé t'enverra dans les limbes !

Séranne. Je venais pour mourir de ta main.

Julie. Il n'est pas trop tard. En garde. *(Elle sort son épée, instinctivement, Séranne fait de même et les épées s'entrechoquent)*

Séranne. Cela n'est plus de saison ! *(Nouvelle passe d'armes)* Le lieu ne le souffre pas. *(Attaque de Julie, parade de Séranne)* Cela suffit. *(Il jette son arme)* Quoi, après avoir séduit cette fille, brisé son cœur, tu veux encore détruire ton foyer pour achever ton œuvre ?

Julie. Cette maison ne me sert plus de rien. Ramasse ton épée et battons-nous.

Séranne. Pour quoi faire ? Il n'y a plus lieu de mourir désormais.

Julie. Tu te reconnais si faible ?

Séranne. Il n'est pas faible, celui qui se mesure à toi.

Julie. Oh, voilà un ton qui me plaît, continue un peu et je vais baisser ma garde.

Séranne. Tu excelles déjà dans l'art de te flatter toi-même.

Julie. Folle idée, dès lors, de me flatter davantage. *(Elle range son épée et va prendre celle de Séranne pour lui tendre)* Très bien. Récupère-la, tu en as encore besoin, et viens plutôt me satisfaire.

Séranne. Comment ?

Julie. Comme au bon vieux temps. *(Elle s'allonge sur un canapé et laisse tomber son ceinturon)* Tu n'as rien à craindre je suis désarmée.

Séranne. Je suis prêtre.

Julie. Justement.

Séranne. Quoi ? Tu m'aimeras, tu me seras fidèle et tu cesseras de dévergonder les jeunes filles ?

Julie. Qui a dit que je ferais une chose pareille ? J'ai dit que je voulais être satisfaite, pas enchaînée. Sauf avec de vraies chaînes, si tu veux, mais méfie-toi, je te les mettrai aussi.

Séranne. Oublie-moi. *(Il se retourne pour partir)*

Julie. Tu me tournes le dos, Séranne ? *(Il s'arrête)* Je t'ai demandé un duel, tu as refusé, tu n'es pas un homme d'honneur, je t'ai offert mon corps, tu as refusé, tu n'es pas un homme tout court.

Séranne. *(se retournant)* Dit une femme qui s'offre aux autres femmes et qui prétend en être une !

Julie. *(attrapant son épée et dégainant)* Je suis l'exception et je tiens la règle. Je te propose un marché : nous faisons ce duel, si je gagne, tu redeviens mon amant et nous vivons selon mes règles, et si je perds j'abandonne femmes et hommes et nous vivons selon les tiennes.

Séranne. J'accepterais si je te désirais encore.

Julie. Alors tu accepteras, car tu m'aimes encore, et le désir ne tardera pas à revenir.

Séranne. Adieu, Madame.

Julie *(se mettant devant la porte).* Adieu mademoiselle ! Madame Séranne si tu gagnes... chose impensable s'il en est. Un baiser, peut-être ? *(Séranne la regarde avec froideur et sort)* Ah monsieur le cuisinier, l'entrée était fade, j'espère que le plat de résistance vaudra le détour, vite, chez Aubépine !

ACTE 4
Chambre d'Aubépine

(Le décor : un lit charmant, avec tentures et rideaux.)

Scène 1
Julie, Aubépine

(Rires alors que la lumière monte, Julie et Aubépine sont debout et se tiennent en badinant. Julie porte une chemise et un pantalon d'homme, Aubépine porte un déshabillé magnifique et ses cheveux sont à moitié détachés.)

Aubépine. Comment as-tu pu... ?

Julie. Il était trop confiant, je lui ai laissé une chance.

Aubépine. Mais mon pauvre mari...

Julie. Il a eu une belle vie, soixante ans ! C'est un bel âge ! Tu l'atteindras un jour, dans de nombreuses années... *(Elle l'embrasse avec passion)*

Aubépine. Ne veux-tu pas au moins sauver les apparences ?

Julie. Les apparences ? Nous sommes seules, dans ta chambre, il fait nuit, ce n'est plus le temps de l'apparence mais celui de l'apparition. *(Elle lui embrasse fougueusement le cou)*

Aubépine. *(rieuse)* Ah, Julie... Et si l'on nous surprenait ?

Julie. Là où est ton mari, il peut tout voir et tout entendre, cela me va.

Aubépine. Tu crois donc au Ciel ?

Julie. Je crois dans la félicité de l'âme, avant et après la mort.

Aubépine. On pourrait nous entendre !

Julie. Si on t'entend, tu pourras toujours dire que tu as vu la Vierge.

Aubépine. Quel vilain mensonge !

Julie. Tu n'es pas ignorante en choses vilaines, si j'en juge par nos anciennes amours...

Aubépine. Pourquoi tant d'indiscrétion ?

Julie. Je suis flamboyante, je ne puis pas m'en empêcher, il me faut la vigueur et la lumière.

Aubépine. La lumière fait venir la vigueur, mais elle peut l'ôter lorsqu'elle est aveuglante. *(Parlant plus bas, à l'oreille de Julie)* Toutes ces émotions m'ont troublée, et si demain matin tu es libre...

Julie. Pourquoi chuchotes-tu ?

Aubépine. Il me plaît, moi, de chuchoter. N'es-tu pas toute à mon désir ?

Julie. En ce moment oui, mais je doute que tu sois toute au mien. Où donc est caché ton amant ?

Aubépine. Julie, tu dis des choses ridicules.

Julie. Ton amante alors ? Je supporte la concurrence sans sourciller mais le mensonge me lasse vite.

Aubépine. Je peux n'avoir pas envie sans te cacher personne.

Julie. Sans nul doute, mais chuchoter, je ne pense pas. Allons, l'invité mystère, sors, avant que je ne mette nue sur le lit pour dormir jusqu'à demain matin ! *(Un temps)* Bon, tu l'auras voulu.

Scène 2
Julie, Aubépine, Séranne

(Séranne sort alors brusquement de sa cachette)

Séranne. Il suffit, mademoiselle ! Nous avons assez vu votre corps pour aujourd'hui !

Julie. Diable tout puissant ! Voici l'antémiracle ! Mon prêtre favori, amant de ma tendre amie ! *(Elle rit)* Quel monde ! Quel monde !

Séranne. Il n'y a pas lieu de rire !

Julie. *(n'en pouvant plus de rire)* Aubépine, je t'en prie ! Dis-moi que ce n'est pas vrai, dis-moi qu'il venait te confesser !

Aubépine. Il me confesse bien, je peux te l'assurer. *(Julie rit encore)*

Séranne. C'en est assez, madame, et votre humeur, ici, trouve écho dans celle de votre compagne ! Je lui cède la place ! *(Il veut partir)*

Aubépine. *(l'arrêtant)* Qu'est-ce que ce vouvoiement, Séranne ?

Séranne. Celui d'un homme qui n'a plus rien à faire avec vous et qui fut bien sot de croire que vous l'aimiez !

Aubépine. Cet homme-là, ce n'est pas toi, assurément ! *(Julie reprend son souffle)*

Julie. Oui Séranne, elle a raison ! Cette dernière aventure m'en persuade tout à fait, le dieu unique n'est pas pour toi !

Séranne. Ô Ciel, suis-je donc né pour que l'on me trahisse ?

Aubépine. Arrête, je ne t'ai pas trahi ! Tu allais te compromettre ! J'ai cherché à différer, je voulais te protéger !

Séranne. Je n'ai pas besoin qu'on me protège !

Julie. Visiblement si.

Séranne. Très bien Julie, c'en est trop, il faut que tu sortes de ma vie ou qu'elle finisse !

Aubépine. Que dis-tu ? Séranne, je t'interdis de dire cela, tu es toute ma vie, je ne suis rien sans toi !

Julie. Tu vas accepter mon duel, Séranne.

Séranne. Oui, je l'accepte ! Demain matin, à la lisière de la forêt. Sans témoins.

Julie. Cela me va. Nous nous massacrerons comme des brigands, non comme des gentilshommes. Seul à seul.

Séranne. Parfait !

Aubépine. Arrête, tu n'es pas sérieux ! Elle vient de me tuer mon mari !

Séranne. Encore un mort sur ta conscience, Julie.

Julie. Tu es le prochain. Hélas ! Et toutes ces femmes qui ne profiteront jamais de toi !

Séranne. Je n'en aimais qu'une seule et elle m'a trahi. J'y renoncerai. *(Aubépine, choquée, baisse la tête)*

Julie. Et tu ne me demandes de ne pas rire ! *(Elle rit)* Mais Séranne, tu craqueras, comme tu as toujours craqué, tes résolutions s'effondreront comme un glacier l'été ! Rappelle-toi mes chemises, quand l'échancrure s'ouvrait... ton épée partait sur le côté, ton flanc se découvrait ; l'odeur, Séranne, l'odeur t'envoûtait, tu te représentais ma poitrine et c'était trop tard ; pour l'oublier, tu regardais mes yeux mais que faisaient-ils ? Ils te perçaient avant que tu me perces. Tu étais vaincu, par un simple regard. Tu affectais la discrétion, mais on ne voyait que ton désir. Tu as érigé des murs, des falaises, des montagnes... déçu, brisé, par mon départ, tu as choisi la soutane... et où t'ai-je trouvé aujourd'hui ? Dans la chambre de la femme la plus sensuelle et la plus dévergondée qu'il m'ait été donné de voir ! *(Elle rit)* Oui, je ris, je ris, je n'en puis plus quand je vois un homme si contraire à son destin ! Tu trahis le Seigneur, croyant trouver Thisbé, et tu n'embrasses qu'une deuxième Julie ! Comme tu m'as aimée ! Comme tu m'aimes encore ! Tu es si tendu, mon Séranne, avec ton sourcil froncé et ta colère ! Mais demande-lui, demande à ta chère Aubépine comment elle a épousé son mari en espérant sa mort, se passant au poignet une chaîne rouillée pour la voir cassée plus vite, conquérant sa liberté ! Demande-lui comment elle m'a fait des avances parce qu'elle connaissait ma réputation et qu'elle s'ennuyait des nombreux amants que ses charmes lui ont donnés ! Vous êtes si vaniteux, vous les hommes, vous vous croyez seuls dans notre corps et nos pensées. Sachez-le une bonne fois pour toutes : vous ne l'êtes pas. Vous partagez la place avec d'autres et c'est grâce à cela que nous tenons, que nous pouvons vous sourire tous les jours et continuer à nourrir, dans vos têtes, l'illusion de votre omniprésence !

Aubépine. Tu as bien parlé, Julie. Des hommes, et de toi-même. Parce qu'aujourd'hui, je ne t'ai pas fait des avances par ennui, je t'ai fait des avances pour que en finisses avec mon mari ! J'aime Séranne, et il m'aime, plus que tout au monde. Il n'en pouvait plus d'attendre et voulait le provoquer. Mais allais-je risquer sa vie, qui m'est si chère ? Non ! La tienne par contre, semblait tout indiquée, tu as la vanité qu'il faut et mon projet s'est réalisé à la perfection !

Julie. Ah, Aubépine...la parade est belle ! Comme je regrette que nous nous soyons interrompues...

Séranne. Il est encore temps, mesdames. Jouissez en paix, au milieu de vos intrigues. Quant à moi, je reviendrai vider nos débats demain matin à la première heure. *(Il veut sortir, Aubépine le retient encore)* C'est assez. Lâche-moi. Je ne pourrais jamais oublier comme elle t'a embrassée. *(Aubépine le regarde avec tendresse et inquiétude)* Tant que cette femme vit, je garde mon amour, au plus profond de moi mais tu n'en verras rien. Dès qu'elle aura expiré, il resplendira, plus fort qu'au premier jour. Et si Dieu choisit de m'ôter la vie, tu seras la dernière femme que j'ai jamais aimée. *(Il sort)*

Scène 3
Julie, Aubépine

(Aubépine semble dévorée par la tristesse et l'angoisse)

Julie. Il s'aime trop en tragédien, tu ne trouves pas ? Pourtant, quand il veut, qu'est-ce qu'il est drôle ! Mais il ne fait pas d'effort pour réaliser sa nature !

Aubépine. Tu vas vraiment le tuer ?

Julie. C'est un duel, et il le prend très au sérieux.

Aubépine. Je ne veux pas qu'il meure !

Julie. Mais moi non plus ! C'est lui qui parle toujours de mourir ! Mon défi était simple : si je gagne, il vit selon mes règles et si je perds, je vis selon les siennes. Et sans vouloir t'offenser, il a tendu l'oreille quand il a cru pouvoir me posséder.

Aubépine. Et moi, ne l'aurais-je pas tendue ?

Julie. Alors là, ma petite madame, je te trouve plus passionnante encore. Je ne suis donc pas une simple spadassine à tes yeux ?

Aubépine. Spadassine, quel vilain mot !

Julie. J'accorde toujours au féminin, c'est mon petit plaisir caché.

Aubépine. T'aurais-je cédé l'année dernière si tu m'avais déplue ?

Julie. Peut-être... ou peut-être pas. Peut-être que tu me dirais n'importe quoi pour que j'épargne Séranne.

Aubépine. Je dirais n'importe quoi. Mais mes baisers étaient sincères. (*Julie rit*) Cela t'amuse donc ?

Julie. Oui, ma dernière compagne était la sincérité même, et finalement...

Aubépine. Qu'importe ce qu'on pense pourvu que le spectacle soit beau, n'est-ce pas ? C'est cela qu'ils te disent à l'Opéra ?

Julie. Personne ne sait ce qu'il pense, rien n'est plus changeant qu'une opinion, rien n'est plus inconstant qu'une émotion. Au spectacle, ce qui compte, c'est que nous applaudissons tous en même temps.

Aubépine. Tu me veux, moi et Séranne ?

Julie. On n'a pas toujours ce qu'on veut.

Aubépine. Alors je t'en prie, obtiens-le. Défais-le de sa passion morbide, convaincs-le, use du pouvoir de ta chemise !

Julie. Il a muré ses sens. Tout ce que je puis faire, c'est gagner, et qu'il accepte son sort. Il vivra selon mes règles ou il périra, tels furent les termes de notre accord.

Aubépine. Votre accord, votre honneur ! Nous voilà bien si mademoiselle de Maupin imite les hommes jusque dans leurs défauts ! Voilà une belle défenderesse !

Julie. Tiens, mon petit plaisir caché ! Très bien Aubépine, sois sa défenderesse. Quant à moi, je sors. (*Elle veut partir*)

Aubépine, *le retenant.* Sauve-le de lui-même !

Julie. Si quelqu'un peut le sauver ici, c'est toi. Moi, il faut que je me sauve de mon orgueil. (*Aubépine la retient encore*) Si tu me retiens, je vais te demander un baiser par minute. (*Aubépine l'embrasse*) Je n'en attendais pas tant !

Aubépine. Les lèvres valent mieux que l'épée quand on s'aime.

Julie. Ne dis pas cela, il faut varier les plaisirs ! *(Elle sort rapidement.)*

(Aubépine inspire doucement et regarde le ciel, joignant les mains pour prier.)

ACTE 5
Lisière de la forêt

(Le décor : une plaine dégagée, non loin des arbres.)

Scène 1
Séranne *puis* Aubépine

(Séranne est en train de s'entraîner, il est concentré et nerveux à la fois. Aubépine arrive)

Séranne. J'ai demandé un duel sans témoins.

Aubépine. Je ne serai témoin de rien, car tu ne vas pas te battre.

Séranne. Je l'ai juré. J'ai vu cette femme une fois de trop.

Aubépine. Mais tu l'aimes !

Séranne. Je n'aime que toi !

Aubépine. C'est faux, encore une fois !

Séranne. Crois-le donc. Julie ne sait que faire perdre espoir.

Aubépine. Mais qu'est-ce que cela ôterait à ton amour pour moi ? Tu l'aimes, elle, puis tu m'aimes, moi, qu'aimes-tu ? Nous !

Séranne. C'est absurde.

Aubépine. Un plus un égal deux ! Rien n'est plus sensé !

Séranne. On ne peut en aimer deux quand on aime comme j'aime !

Aubépine. Quand l'amour déborde, il a besoin de plus de contenants ! Quand on aime comme tu aimes, et comme j'aime aussi, notre amour nous étouffe, notre amour nous tue, il nous faut le répandre ! Julie l'a trop bien compris, et elle est là, seule, à ne pouvoir fixer personne. Ses amours sont éphémères parce qu'elle seule a dissipé l'illusion où nos parents et la religion nous ont enfermés ! Pourquoi sommes-nous là, par deux, à nous tenir la main, à nous garder des autres comme d'un danger affolant, à nous serrer fort avec au ventre l'angoisse qu'un jour notre étreinte ne suffise plus et que notre aimé s'en aille... nous devrions trouver la paix et cependant nous avons peur. L'eau ne se retient pas. Elle coule, entre les doigts et se répand, partout où les forces de la nature l'emmènent. Nos sentiments sont comme cette eau, imprévisibles, erratiques, incontrôlables.

Séranne. Alors maîtrisons cette eau, conduisons-la !

Aubépine. Mais alors que sommes-nous ? Des spectateurs, vissés dans leur fauteuil, attendant de voir le barrage céder, l'espérant même, pour qu'il se passe quelque chose ! L'eau se conduit, mais se retient pas. Elle doit circuler. L'amour doit circuler. Il y a un flot continu entre Julie, toi et moi. Accepte-le !

Séranne. Non, non... Julie a brisé mes rêves, je ne la laisserai pas briser ma vie.

Aubépine. Ta vie, tu t'apprêtes à la briser maintenant. Je t'en prie Séranne, regarde moi, serre-moi fort. Je t'en prie.

(Il le fait, son corps semble tendu à l'extrême. Lorsque Julie paraît au bord de la scène, Séranne repousse Aubépine et fixe son adversaire.)

Scène 2
Séranne, Aubépine, Julie

(Julie a la main sur la garde)

Julie. Tu ne m'as pas oubliée, Séranne ?

Séranne. J'ai hâte de le pouvoir, Julie.

Julie. J'avais peur qu'elle ne te convainque de jeter l'éponge.

Aubépine. Julie, je t'en prie !

Séranne. J'ai failli le faire mais dès que je t'ai vue, j'ai retrouvé toute ma détermination.

Julie. On ne change pas, on évolue à peine. En garde. *(Elle sort son épée, Séranne fait de même)*

Aubépine. Julie, Séranne, à quoi bon ?

Julie. J'ai des chroniqueurs à satisfaire !

(Elle lance une première attaque. Parade de Séranne. Le rythme s'accélère, Séranne contre-attaque, Julie pare trois fois, elle voit une faiblesse et fait une fente mais Séranne la contre. Nouveaux échanges.)

Julie. Je connais déjà tous ces coups, tu n'as rien de nouveau à m'apprendre ?

(Séranne tente deux nouvelles attaques)

Julie. Vraiment rien, c'est fou comme on a plus besoin de ses professeurs une fois qu'ils ont tout dit ! *(Julie attaque à son tour avec force, Séranne pare, Julie fait une feinte, Séranne s'était préparé et d'un coup de cape, elle lui fait perdre sa concentration et finit sur un croc-en-jambe qui le fait chuter. Il veut reprendre son arme mais Julie pose l'épée au niveau de son cou)*

Julie. C'est fini. Avoue ta défaite, tu ne t'en sentiras que mieux. Et puis nous avons un marché. *(Séranne la regarde intensément, la main toujours sur son épée)* Une femme cède bien à son vainqueur. Cède à ta vainqueresse. *(Aubépine sent que Séranne va faire quelque chose)*

Aubépine. Non, Séranne ! *(Séranne se dérobe et évite un coup mortel de Julie. Furieuse, alors qu'il se relève, Julie attaque à plusieurs reprises.)*

Julie. Ah pauvres petits hommes ! C'est vraiment trop difficile *(coups d'épées)* de nous laisser venir au dessus ! *(parades de Séranne, qui sent que Julie se fatigue)*

Séranne. Tu parles trop. *(Il contre son dernier coup)* Beaucoup trop.

(Nouvelle suite d'attaques, Julie veut utiliser la même ruse avec sa cape mais cette fois Séranne donne un coup de coude en arrière qui atteint la poitrine de Julie, le temps qu'elle reprenne son souffle Séranne attaque, la parade se fait en force et finalement il la pousse du pied et elle chute, faisant tomber son épée. Séranne place la pointe de son épée juste devant son visage. Julie semble avoir peur, ses yeux s'agrandissent)

Julie. C'est vrai... oui, j'ai trop parlé...

Aubépine. Julie...

Julie. Je n'aime pas l'admettre mais... j'ai menti, je ne te céderai pas. Je ne me donnerai pas toute à toi comme je l'ai promis. Non. Non... je ne peux pas... tu comprends ? Je veux que tu me coupes la gorge. *(On sent que Séranne a envie de la tuer à ce moment, il positionne son épée, Julie se prépare)*

Aubépine. Non ! *(Elle se jette sur Julie et la serre fort. Voyant le dos d'Aubépine, Séranne arrête son geste. Aubépine respire fort)*

Julie. Lâche-moi.

Aubépine. Jamais.

Julie. J'ai déjà sali mon honneur en refusant de respecter ma parole. Ne me vole pas ma mort.

Aubépine. Mais au diable l'honneur ! Au diable ! Ou à Dieu ! Qu'il pourrisse, qu'il croupisse l'honneur, je le hais, l'honneur ! Il me prend ma vie, l'honneur ! Mettez-le-vous ailleurs !

Séranne. Aubépine, elle a fait son choix.

Aubépine. Moi j'ai fait le mien ! Alors satisfais-la si tu veux mais tu me perceras du même coup ! Vas-y ! Aller, qu'est-ce que tu attends ? Je t'ai trahie, moi aussi ! Transperce-moi les reins, allez !

Séranne. Elle m'a abandonné... elle m'a laissé seul, sur une route. Lorsqu'elle est partie, des brigands m'ont dépouillé, et j'ai été jeté dans la forêt, sans eau ni nourriture. J'ai tenté de retrouver l'auberge où nous étions. J'ai marché, avec mes chaussures déchirées, sale et misérable comme un pauvre hère.. et lorsque je l'ai enfin trouvée, j'ai ouvert la porte et je me suis évanoui. La chance a voulu qu'un homme qui avait assisté à notre spectacle me reconnaisse et demande à ce qu'on ne me jette pas dehors. Et en me réveillant... l'aubergiste m'a dit que le gentilhomme avec qui Julie était partie avait laissé derrière lui ses laquais et que c'étaient eux qui m'avaient dépouillé, jeté dans la forêt et laissé pour mort. Ce jour-là, sans l'intervention de ce saint homme, je disais adieu à ce monde. Mais avais-je la force de le remercier ? Je lui en voulais plutôt, j'avais tout perdu, ma vie, la femme que j'aime, tout ! Et je regrettais amèrement qu'il m'ait sauvé, comme j'ai dû lui paraître ingrat ! Je ne lui ai rien dit, rien ! Je l'ai traité comme un empoisonneur ! *(Il pleure à présent)*

Julie. Je ne savais pas... il m'a juste dit qu'il partait avec moi.

Séranne. Naïve... il a vu ce qu'il y avait entre nous, il a tout vu, notre spectacle disait tout !

Julie. Oui, notre spectacle... je faisais le valet intriguant, je me battais, je chantais et à la fin on découvrait que j'étais une femme...

Séranne. Je changeais de chapeau pour faire d'autres personnages.

Julie. À l'Opéra, on ne m'a jamais donné de tels rôles. C'était des femmes sages, des amoureuses, ou des déesses. Mais rien qui ne me ressemble vraiment...

Aubépine. Julie...

Julie. J'ai mal agi, Séranne. Je voulais aller plus loin, mais... je nous ai déchirés. Je ne voulais pas d'une vie à deux. Je ne suis pas faite pour ça. Et je ne l'avais pas compris. Finissons-en. Je ne voulais pas dire tout ça. À quoi bon ? C'est mon dernier jour.

Séranne. Non, ce n'est pas ton dernier jour. *(Il jette son épée)* Non. *(Il prend sa tête dans ses mains)*

Aubépine. Tu as jeté l'épée, Séranne ! *(Elle se relève)* Mon ange, tu es un homme bon. *(Elle le serre fort dans ses bras)* Est-ce que cela importe, de gagner, d'assouvir ? Mon mari est mort, je pouvais vivre, aimer qui je voulais, et vous vous apprêtiez à détruire la vie que j'ai si longtemps espérée. *(Julie se relève)* Julie !

(Elle se précipite dans ses bras. Séranne les regarde. Julie retire lentement les bras d'Aubépine. Elle l'emmène par la main vers Séranne.)

Julie. Monsieur Séranne, acceptez-vous de prendre pour épouse la délicieuse Aubépine ?

Séranne, *troublé*. Je... je l'accepte.

Julie. Délicieuse Aubépine, acceptez-vous de prendre pour époux le sensible Séranne ?

Aubépine. Je l'accepte. Mais toi... ?

Julie. Moi... je veux vous visiter. *(Elle prend leurs mains)* Vous m'avez fait comprendre qui j'étais. Je vous aime. Mon amour est trop grand pour se cultiver dans une seule parcelle, la plante est trop vigoureuse, trop nourrie, trop intense. Votre maison sera la mienne. Je voyagerai, et en rentrant, je veux vous retrouver, tous les deux. Vous vivrez, comme vous le désirez, l'un pour l'autre, et tous les deux pour moi. Je veux être accueillie entre vos bras, ne plus faire la différence entre l'une... (*elle dépose un baiser sur les lèvres d'Aubépine)* et l'autre *(elle dépose un baiser sur les lèvres de Séranne)*. Et si un jour, nous partons ensemble sur les routes, il y aura un nouveau spectacle s'appellera...

Séranne. Mademoiselle de Maupin.

(Tendre et amoureuse étreinte. Noir final)

Imago des Framboisiers est avant tout un auteur dramatique et directeur de la troupe « Les Framboisiers ». Sa compagnie se produit en France, en particulier chaque année au Festival d'Avignon OFF.

Autres oeuvres d'Imago des Framboisiers

NOS AMOURS LES PLUS BELLES – Roman – BOD editions – Tome 1 « Fanchette », Tome 2 « Lussanville », Tome 3 « Agathe »

LES BACCHANIDES – sur Youtube, comprenant les films « La Naissance des Bacchantes », « Orphée et les Bacchantes », et « Sapphô, première des Lesbiennes »

FRENCH LOLITAS avec Delphine Thelliez – sur Youtube (websérie)

Traductions
LE PORTRAIT DE DORIAN GRAY (théâtre) – adaptation théâtrale et traduction du roman d'Oscar Wilde – BOD editions

UNE FEMME SANS IMPORTANCE – traduction d'Oscar Wilde – BOD editions

© 2022, Imago des Framboisiers
Herstellung und Verlag: BoD – Books on Demand, Norderstedt
ISBN: 9782322410514